CONRAD DETREZ

L'HERBE
A BRÛLER

roman

CALMANN-LÉVY

ISBN 2-7021-0266-2

A Beto, Marcio Valério, Teresa, Maura...
avec l'espoir qu'ils auront survécu
et qu'un jour nous pourrons nous revoir.

En bas ses racines se dessèchent,
en haut se flétrit sa ramure.
Son souvenir disparaît du pays,
son nom s'efface dans la contrée.

JOB, XVIII, 16-17.

I

Quand mon âme a quitté mon corps elle a d'abord volé vers le fuchsia sur la sellette près du lit. De nombreuses plantes décoraient ma chambre. Ma mère en raffolait. Chaque année elle faisait de nouvelles boutures. Elle achetait des pots, les rangeait sur les appuis des fenêtres, l'armoire, le couvercle de la machine à coudre. Elle en garnissait également la table et quelquefois les chaises, ce qui gênait les visiteurs. Elle en disposait dans le corridor et dans les pièces où la famille dormait. Le haut de ma garde-robe s'ornait d'un rang d'asparagus. Une fougère se déployait devant le miroir de mon lavabo, m'empêchant de voir si je m'étais bien lavé sur toute la surface du visage, si je n'avais pas laissé des traces de savon derrière mes oreilles, si la raie qui me divisait les cheveux était droite. Sur le plancher s'alignaient plusieurs variétés de cactées. Du sommet d'autres sellettes tombaient des tiges de lierre toujours propre et brillant car ma mère, journellement, nettoyait les feuilles, leur ôtait la poussière. Arrosées chaque matin, les plantes autour de mon lit prospé- raient. Certaines fleurissaient. Mais c'est sur le fuchsia que mon âme a préféré se poser. La plante lui paraissait gaie avec ses clochettes pourpres et roses. Elle était aussi la plus rapprochée de mon corps et il lui en coûtait, à mon âme, de s'en séparer après tant d'années d'amour et de disputes, tant de luttes et de réconciliations. Imprudent, ce corps lui avait apporté toutes sortes de frayeurs et parfois le ravissement.

Ces émotions, mon âme ne les connaîtrait plus. Elle abandonnait avec tristesse son enveloppe de chair. Elle s'est arrêtée, tel un oiseau, sur la tige qui frôlait ma dépouille, rêvant,
la naïve, d'y faire son nid.

Mon corps et mon âme avaient ensemble connu trop de
choses, vu trop de villes et traversé trop de pays, adoré ou
haï trop de monde pour qu'elle se résolve à quitter tout de
suite la maison vers laquelle, de guerre lasse et blessé, j'étais
revenu. Et dans la chambre, où elle s'obstinait à rester, un
homme et une femme, des inconnus, s'affairaient. Silencieux
ils lavaient mon ventre, me retournaient, faisaient craquer
mes os. Ils lâchaient de temps en temps des jurons, lorsqu'ils
trébuchaient sur les plantes, mais ils n'eurent pas l'idée de les
transporter dans une autre pièce ou de les jeter dans la
brousse du potager. Posée sur sa branche mon âme regardait,
songeuse comme une vieille maîtresse, ce compagnon désormais incapable de la rendre heureuse et de l'émerveiller,
incapable aussi de l'humilier et de la faire souffrir. Mon âme
redoutait de ne plus connaître que l'ennui.

Ma mère était morte bien avant moi. D'usure et de chagrin,
m'a-t-on dit, et seule derrière ses murs de briques et de moellons, des murs qu'on badigeonnait de rouge à l'époque où
mon père vivait et qui ont eu le temps de s'écailler. Les
plantes, dans la maison, avaient proliféré. Un buisson d'asparagus pendait entre la porte et les planches de la garde-
robe. Les feuilles de la fougère enserraient la cruche du
lavabo, les racines débordant du pot plongeaient dans le
bassin. Les cactus avaient grandi jusqu'à mi-fenêtre et les
tiges de lierre s'étaient enroulées autour des pieds du lit.
Pour fermer le meuble ou lever la cruche il m'aurait fallu
élaguer, tailler, arracher des dizaines de stipes, éclaircir ou
déraciner de multiples pousses. La maîtrise de cette végétation exigeait des forces que je ne possédais plus. Avant de
m'aliter j'avais seulement pu refouler sous l'armoire une
partie du tapis de feuilles séchées et tombées, j'avais pu verser
un peu d'eau dans la soucoupe où reposait le pot de fuchsia
et sur les plantes vertes. J'avais l'air d'un jardinier surpris par

la mort au milieu d'une serre et c'est sans doute pour un jardinier que m'ont pris l'homme et la femme qui lavaient mon cadavre, d'où leur respect, peut-être leur admiration pour un si verdoyant décor. Ils avaient l'habitude de travailler en silence, ils n'ont soufflé mot, sauf pour se demander comment l'employé des pompes funèbres accrocherait les tentures. Ma toilette terminée, ils sont repartis comme ils étaient venus : en écartant des coudes et des mains quelques tiges plus feuillues que les autres. Et le soir est tombé sur le linceul sorti d'entre les nuages d'asparagus, qui flottaient devant les rayons de la lingère, et déplié sur mon corps durci et nu comme une pierre. La fougère et le miroir ont coulé dans les eaux de la nuit. Perchée sur son fuchsia, mon âme, qui ne voyait plus rien, s'est mise à penser.

Est-ce à cause du parfum des plantes ? Mon âme s'est souvenue de ce jour où elle a quitté mon corps pour la première fois. C'était un dimanche et la guerre n'avait pas encore éclaté. La guerre, qui a commencé chez nous en lançant ses avions au-dessus du village, n'avait pas encore tué mon grand-père Gauthier, elle traînait dans le ventre éloigné du ciel, un couvercle bleu, nettoyé comme une grande assiette, strié du seul vol des mouches et des guêpes, un ciel chaud sous lequel grand-père m'avait emmené faire une promenade. La guerre n'avait pas encore chassé de l'herbe les grillons, n'avait pas tué les chardonnerets ni brûlé les bleuets des champs. Mon grand-père et moi marchions sur des pissenlits entre les rails d'un chemin de fer abandonné, lorsque tout à coup s'est levé d'entre les fleurs un jet de papillons. La main du vieillard a lâché la mienne. J'ai tendu les bras, je me suis mis à tourner sur moi-même, à sauter. Grand-père avait disparu. Je dansais dans un tourbillon d'ailes rouges et noires, j'étais seul et je voulais monter au ciel. Mon âme, à ce moment, est sortie de mon corps, a fui pareille à la mousse d'une bouteille. Elle a flotté, l'espace d'une seconde, dans les airs. Mon âme, invisible, a volé parmi les papillons qui bat-

taient, saupoudrés de soleil, leurs ailes de velours. Elle a bu
comme eux la lumière, a touché la couleur du ciel, est retom-
bée aussitôt, tel un insecte mort. Mon âme m'est rentrée dans
le corps. Celui-ci, frappé par le tournis, a chu sur le gravillon
qu'étoilaient les capsules intensément jaunes des fleurs.
Grand-père m'a tendu la main, je me suis relevé. Je devais
avoir à l'époque trois ans.

La guerre s'est abattue sur les prairies et les chemins
quelques jours plus tard. Elle devait durer quatre étés et
autant d'hivers, des éternités de nuits d'orage, portant le feu
et crevant, gigantesques et noires baudruches à l'intérieur desquelles cuisait une soupe de fer liquide, au-dessus des jardins.
La guerre devait me détruire quatre printemps et forcer mon
âme à descendre au tréfonds de mon corps, à s'y creuser une
cachette, à faire bloc avec lui. L'un et l'autre, au cours de
cette période, ont vécu, attachés comme des amants dévoués,
toujours étreints, unis par un amour de désespoir et de
panique. Les gerbes de feu, les vrombissements, les cris, les
averses de plomb et de sang, et les râles de grand-père étendu,
ventre ouvert, entre les têtes de chou du potager, l'affolement, les pleurs de ma mère, le monde tout entier, choses
et gens, se liguaient pour que je reste ancré en moi, fidèle
jusqu'à l'obsession à cette enveloppe de chair tremblante et
exposée à la destruction. Après ces quatre années d'infernal
et pathétique mariage l'âme rivée en moi a connu à nouveau
la tentation de sortir du trou. Mais elle n'y est pas arrivée.
J'avais déjà sept ans, j'étais fort, je bandais. Insectes et papillons et le soleil lui-même avaient perdu leur pouvoir de
m'ouvrir le corps et de l'amener à eux.

Dans la chambre il flotte une odeur bizarre. Les clochettes
de fuchsia se sont refermées, les tiges de la fougère ont ployé
comme si les relents s'étaient ramassés dans des poches de
gaz solidifié. Mon corps cependant n'a pas encore commencé
de pourrir. L'odeur fait songer aux entrailles mêlées de boue,
exposées au vent, de grand-père Gauthier. Malgré cela mon
âme ne veut pas quitter la pièce. Les odeurs autrefois excitaient ma curiosité, me tiraient, si j'ose dire, par le bout du

nez. Tout le corps suivait, mon âme ne s'en plaignait pas. Je recherchais surtout l'arôme des fleurs et le parfum de l'encens que j'avais découvert lorsque, parvenu à l'âge nommé de discrétion, ma mère m'avait conduit à l'église. Là, elle m'avait installé sur une chaise au premier rang, à deux pas d'un garçonnet qui balançait un encensoir fumant pareil à un feu de bois mal séché cependant qu'un vieillard en robe mauve chantait. Je m'étais dit qu'un jour moi aussi je balancerais, au bout d'une chaînette de cuivre rouge, une cassolette remplie de braises et de grains fondant comme du sucre dans une marmite. Mon âme se voyait déjà épousant les volutes de fumée qui envelopperaient ma main, s'enrouleraient autour de mon bras, me caresseraient le visage et les cheveux. Et ce jour arriva. Le vieillard en mauve m'appela dans le chœur, me vêtit d'une longue robe rouge, à jupe évasée, à godets, sur laquelle il me fit passer une chemise courte et bordée de dentelles. Il m'arrangea les trois boucles qui me tombaient sur le front, m'enseigna comment le saluer, encensoir en main. Ainsi, pour le plus grand plaisir de mes doigts, de mes yeux, de mes narines, j'accédais à l'univers brumeux et suave des gens d'Église. J'écrasais dans ma paume les grains de myrrhe, les reniflais, les faisais rissoler pareils à des déchets de viande sur le charbon de bois. Je regardais, ravi, monter autour de moi les spires des nuages. Jamais ils ne s'évanouissaient. Je balançais la cassolette avec frénésie. Je m'arrêtais seulement pour ajouter des grains et pour souffler dessus. Enivré par le parfum, la musique, habillé de fumée très douce, je flottais dans la lumière du chœur, dans ma jupe et mes dentelles. En moi tout s'aimait. La chair et l'esprit s'épousaient. J'étais un et j'étais heureux.

Ce bonheur a vécu le temps d'un coucher de soleil, d'un après-midi de galipettes dans un verger sous des arbres en fleurs, le temps d'un rêve ou d'un jeu. Le lendemain de mon entrée dans le chœur, l'acolyte qui tenait la navette m'a entraîné derrière l'autel, pendant que l'homme habillé de mauve prêchait. On avait posé sur les dalles des pots d'hortensias flétris, des vases remplis d'eau verdâtre et crémeuse où

plongeaient des tiges de lis fanés, pourrissant, et des roses à
pétales tout bruns. L'acolyte m'a fait accroupir devant lui, a
soulevé sa jupe. Il a pissé dans un des vases. Le lis inondé
tremblait, des gouttes d'or couraient sur la tige, une odeur
fétide montait de l'eau troublée par le jet. L'urine évacuée,
l'enfant de chœur a maintenu les pans de sa robe levés. J'ai
vu que sous sa jupe il s'était mis nu. L'acolyte ne portait pas
de culotte.

— A ton tour, a-t-il ordonné.
— J'ai pas besoin, ai-je protesté.
— Essaie.
— Mais j'ai pas besoin, je te dis !
— Fais semblant, rien que pour voir.

J'ai donc fait semblant, il a vu. Un petit bout seulement car
moi, en revêtant dans la sacristie mon costume de servant,
j'avais conservé ma culotte. Le prêche s'est terminé, nous
sommes revenus devant l'autel. Le vieillard a versé une cuille-
rée de grains dans mon encensoir, je l'ai salué de trois coups
devant lui, trois coups sur sa gauche, trois sur sa droite puis,
tandis que les fidèles chantaient, je me suis placé au milieu du
chœur sur le tapis central et j'ai balancé ma cassolette, me
noyant dans une large colonne de fumée. Mon âme cependant n'a pas connu le transport de la veille et mon bras a
vite éprouvé de la lassitude. L'acolyte frottait la navette contre
sa jupe. L'encens sur les braises grésillait. Mes narines conservaient des relents de lis en putréfaction. Je revoyais mon camarade pisser dans le long vase blanc à col bordé de bleu, les
doigts serrés sur sa verge qu'il pinçait afin d'émettre un jet sac-
cadé. Je le revoyais s'essuyer le sexe avec la dentelle de son surplis. La présence de ce garçon à mes côtés dans le chœur
dégoûtait mon âme. Le culte se poursuivait au son de l'orgue.
La lumière du soleil coulait à travers les vitres, éclairait les
cierges, blanchissait les volutes de fumée autour de moi. Cons-
ciencieux, j'agitais l'encensoir mais j'avais perdu la paix.

Grand-père Gauthier recueillait, chaque fois qu'il en tombait dans la rue, le crottin des chevaux. Il guettait le passage

des charrois, s'emparait de la pelle à ordures et d'un seau, se précipitait sur les étrons fumants, d'une couleur de vieille moutarde, avant que les voisins n'aient eu le temps de lever le nez derrière leurs fenêtres. Le vieil homme secouait les crottes dans leur récipient, les brisait comme des pommes de terre trop cuites, versait les fragments dans les sillons du potager entre les légumes et il ameublissait la terre. Fatigué il s'asseyait sur la planche clouée en guise de banc sur le fût d'un tronc de cerisier, sortait de sa poche un livre de prières et lisait. J'avais mon petit seau, ma pelle et mon lopin de terre où je m'évertuais à faire pousser des tulipes. Je courais derrière grand-père, ramassait la poudre de crottin laissée sur la route, la semais sur ma parcelle, la retournant dans le sol avec ma pelle comme avec une bêche. Au printemps croissaient des feuilles vigoureuses, plus pointues que des couteaux, éclataient des boutons durcis, enflés comme des ballonnets de verre, libérant des pétales d'un jaune inva-riable et laid, une couleur d'œuf de gallinacé malade ou trop vieux pour pondre des œufs mangeables, un jaune de soufre qui, lorsque je respirais les fleurs, m'écœurait. La terre engraissée, je m'asseyais près de grand-père. Il lisait sans tourner les pages, qu'il connaissait par cœur. Il refusait de les réciter tout haut, de mêler les paroles de son livre aux gloussements des poules enfermées dans l'enclos jouxtant le jardin, aux bruits d'ailes des coqs qui sautaient sur les pon-deuses, les becquetaient dans un tapage obscène et prolongé de plumes et de coups d'ergot. Grand-père ne voulait pas fondre les prières aux cris des femelles qui se débattaient, se ruaient sur le treillis du poulailler. Je quittais le banc pour m'installer devant la barrière du potager. J'épiais le passage et la défécation d'un autre attelage de chevaux. Des mouches dansaient au-dessus des sillons fumés, des papillons volaient, l'odeur du crottin me réjouissait. Cependant mon âme ne s'éveillait pas. Après quelques minutes, étendu sur l'herbe en bordure du sentier, mon corps lui-même s'endormait.

Grand-père mort, les chevaux réquisitionnés par les sol-dats, je n'ai plus fréquenté le jardin que pour arracher les carottes nourries avec les étrons, lavées à l'eau de pluie, rongées en cachette de ma mère. Le vacarme de la guerre avait chassé guêpes et papillons. Les tulipes continuaient à jaunir, stupides, sous les bombardements. Ma mère me rappelait, affolée, à l'intérieur de la maison, descendait à la cave ses cactus, ses fuchsias, ses asparagus et même le buis sec et les bouquets d'immortelles placés sur la cheminée. Elle m'enfermait au sous-sol avec elle et ses plantes, vertes ou mortes, pendant qu'au-dessus du village des avions incendiaient la nuit. Nous avons ainsi vécu toute la guerre dans l'intimité de cette forêt en pots, avons assisté au dépérissement des cactus trop longtemps sevrés de lumière et à la croissance fabuleuse des asparagus, tellement fabuleuse qu'au bout de trois mois nous étions contraints de ramper pour sortir de la cave et gagner nos lits. C'est, d'après les témoignages que j'ai pu recueillir, parmi ces plantes-là, dans la verte solitude de sa cuisine que ma mère est morte.

A la fin des hostilités, elle a remonté les végétaux dans la seule pièce du rez-de-chaussée qu'elle chauffait, où elle cuisait les patates et le chou, lessivait, repassait, où, se faisant vieille, disait-elle (à peine une quarantaine d'années), elle avait installé son lit. Ma mère lavait les pots, nettoyait à la base les tiges, marcottait les cactus et les bégonias reçus d'une cousine, arrosait, détachait les pétales fanés, prenait les poussières sur chaque feuille et même sur les brindilles des asparagus. Je la regardais, l'imitais. J'ai passé mon enfance à faire des boutures que j'allais repiquer dans le jardin. Lorsque j'eus douze ans une voisine nous apporta une plante nouvelle, à fleurs somptueuses, roses et rouges. J'eus la révélation des géraniums. Adolescent je m'intéressai plutôt aux légumes. C'est à vingt ans que j'ai quitté le village et, deux ans plus tard, le pays. Ma mère a continué à soigner ses plantes, à faire leur toilette, à tourner les jeunes pousses du côté de la fenêtre. Elle les contemplait, attendant mon retour. Comme je ne revenais pas, c'est aux plantes qu'elle s'est mise à parler. Pour leur faire hocher la tête ma mère devait souffler dessus et du souffle, elle n'en avait plus guère que

Fiche bibliographique

Première édition : SEPTEMBRE 1978

DETREZ (Conrad)
L'herbe à brûler

Collection « C. L. », dirigée par Roger Vrigny

Un volume 14 × 21 de 232 pages, 41 F

Éditions CALMANN-LÉVY
3, RUE AUBER, PARIS

Le narrateur a grandi dans la nature comme une herbe sauvage, bientôt confiné entre les murs d'un pensionnat catholique, puis transplanté dans un séminaire à Louvain. Désorienté par le spectacle d'une Eglise qui s'attarde à des querelles liturgiques, d'un pays déchiré par la guerre scolaire, il quitte les ordres, émigre au Brésil, dans l'espoir de recommencer au loin une existence nouvelle. Là-bas, il découvre un monde de violences et de misères, de folies sexuelles et de passions politiques. Partagé entre sa foi et ses ardeurs, il fera l'apprentissage de l'amour et de l'action révolutionnaire. Il se met au service de la guérilla, connaît la prison et la torture. Quand il revient en Europe, cinq ans plus tard, c'est en vain que le jeune homme y cherchera ses racines. Sa vie n'est-elle plus qu'une herbe à brûler ?

Après *Ludo* et *Les plumes du coq*, Conrad Detrez nous donne ici un nouvel épisode de son «autobiographie hallucinée». Un livre de maturité qui confirme l'originalité et la vigueur de son tempérament. Un roman plein de vie et de fureur, où se mêlent l'humour, la drôlerie, la farce et le tragique dans la meilleure tradition baroque.

Conrad Detrez est né au pays de Liège en 1937. Après des études de théologie et une licence de lettres à l'Université de Louvain, il émigre au Brésil à vingt quatre ans, où il s'engage dans le mouvement castriste. Arrêté et condamné, il est expulsé, revient en Europe, séjourne à Paris, en Algérie et au Portugal. Auteur d'essais politiques, traducteur d'écrivains brésiliens (Amado, Callado, Marighela), il a écrit deux romans : Ludo *et* Les plumes du Coq *(Calmann-Lévy).*

pour respirer. Les derniers mois elle pleurait beaucoup. Elle s'est alitée, incapable de leur verser de l'eau et de les éclaircir. Elle a trépassé, entourée de verdure, échouée entre ses végétaux pareille à un cadavre de vache dans la rigole d'une prairie.

Il paraît que mon père est parti comme je devais le faire : sans avertir. Ma mère refusait de parler de sa disparition. Lorsque je m'en inquiétais elle coupait court à ma question, s'énervait. « Il reviendra », tranchait-elle, m'ordonnant aussitôt d'aller arracher des pommes de terre ou jouer dans le jardin. Cet homme travaillait dans une menuiserie où, jeune fille, on l'avait envoyée porter une chaise qu'il fallait percer pour la sœur de grand-père Gauthier, paralysée des jambes. Mon père avait scié le rond dans le siège, ils s'étaient parlé. Il aimait les arbres, avait-il expliqué, surtout les grands : les peupliers, les érables, et aussi les noyers et certaines variétés de cerisiers. La jeune fille en avait conclu qu'il aimerait ses plantes, une délicatesse si rare chez les hommes, et elle s'était éprise de lui. Après leur mariage elle comprit que son estime s'adressait seulement à la végétation que l'on peut abattre pour en faire des planches et, avec celles-ci, des portes et des meubles. Tout le reste : bégonias, cactus, fougères et autres plantes d'appartement n'étaient pour lui que nids de poussière, inutilités. Et les pots encombraient à ce point la cuisine, occupaient, grands et petits (ceux des boutures) et en rangs tellement serrés l'appui de la fenêtre, le bahut, les étagères, la cheminée, qu'il ne savait où ranger sa blague à tabac. Il avait voulu les évacuer, débarrasser la pièce, expulser dans le potager cette végétation. La maison hélas! appartenait à grand-père Gauthier et, par voie de filiation, à ma mère qui, à grands cris, s'opposa au nettoyage. Elle était chez elle, il était choquant que, bénéficiaire de son hospitalité, il l'aimât, elle et son lit, sans aimer le décor. Entraîné dans la querelle, mon grand-père prit contre le destructeur des derniers bosquets de la région, contre le pourfendeur de chênes vénérables et d'arbres fruitiers, le parti de sa fille. Au lendemain de la dispute mon père avait aban-

donné le foyer. Un parent m'a dit qu'il s'était engagé comme
bûcheron dans une entreprise défrichant des forêts en
Afrique centrale. Ma mère a conservé l'idée qu'un jour il
reviendrait, elle n'a pas pris d'autre homme. Lorsque à table
nous évoquions l'absent elle soupirait qu'à son retour il
serait encore temps de repiquer les plantes dans le jardin. La
mort a précédé la transplantation trop longtemps et trop
cruellement différée pour ne pas entamer ses forces de femme
seule. Aujourd'hui son âme peut-être attend-elle encore,
dissimulée au cœur d'une touffe d'asparagus, incapable elle
aussi de quitter la verdure pour le désert du ciel où, de toute
façon, l'âme du père a peu de chances de monter.

Cette affaire, le village en a fait des gorges chaudes pendant
des semaines. Les voisins en ont rajouté. Certains ont rappelé
que le mari indigne était né dans une autre commune, à
cinq kilomètres de là; ils se sont donc rangés dans le camp de
la femme. Le patron de la menuiserie, compagnon d'enfance
et concitoyen de grand-père, accusa « l'étranger » de savoir
à peine raboter une poutre ou un madrier. Jamais il n'aurait
confié à cet apprenti le moindre travail d'ébénisterie. Il ne
lui donnait que du gros œuvre, lui enjoignait de débiter les
branches et les troncs des arbres abattus pour son entreprise
ou de transporter des planches et de les scier. Et quand
l'ouvrier s'était mis en tête de jouer de la varlope, après une
demi-heure d'essai le patron avait dû la lui retirer des mains.
Mon père était né pour manier la cognée et le bulldozer,
pour trancher des racines de baobab, pour se ruer, tel un soldat fanatique perché sur un tank, contre des cocotiers. C'était
une brute, un sauvage, et l'Afrique était sa vraie place, il
fallait que ma mère l'oublie. La femme du menuisier-chef
partageait en tout point l'avis de son mari et peut-être,
risqua-t-elle, qu'un baobab un jour basculerait du côté de
l'aventureux bûcheron, permettant ainsi à sa chrétienne
épouse de refaire sa vie et cette fois avec un vrai charpentier.
L'esseulée, en attendant, il convenait qu'elle résiste au démon
de la mélancolie, se distraie, occupe toutes les minutes de son
temps et se fatigue, surtout le soir. Dieu, dans sa prévoyance,

l'avait heureusement pourvue d'obligations : ses plantes et son fils. Les femmes du village, au début, s'employèrent à le lui rappeler, lui offrirent de nouveaux bégonias ou des pieds de lierre, puis elles se passionnèrent pour d'autres malheurs. Ma mère ne reçut plus aucune visite, excepté celle du curé de la paroisse, soucieux, lui, de l'état de mon âme désormais soumise à ce curieux statut de faux orphelin. Le prêtre lui conseilla de me conduire au collège. Là, j'aurais au moins vingt pères pour s'occuper de moi.

Ce collège se dressait dans un parc à l'entrée du bourg de Saint-Rémy qu'on gagnait, à travers la campagne, en une heure de vélo. Ma mère sortit du grenier la valise de bois dans laquelle l'apprenti menuisier serrait ses outils, la vida, la nettoya avec de l'eau de Javel, y rangea mon linge. Elle attacha le coffret au porte-bagages de la bicyclette que, dans sa fugue vers l'Afrique, mon père n'avait pas jugé utile d'emporter, et elle emprunta celle d'une voisine. Accompagnés par le curé, monté sur un vélo à longs garde-boue noirs, nous partîmes pour Saint-Rémy.

L'ecclésiastique roulait le premier, s'efforçait d'éviter sur ce chemin tracé dans les champs, les silex exhumés de terre par les pluies, contournait les flaques d'eau, les nids-de-poule. Je suivais, les pieds tendus, le corps oscillant à chaque coup de pédales, soucieux de ne pas me laisser distancer. La selle, haut placée, triturait l'entrejambe de mon pantalon; la partie avant, faite de cuir durci et fortement relevée, s'enfonçait dans la peau sous mes testicules eux-mêmes malaxés par le balancement du bassin. Cette bicyclette d'adulte me contraignait d'étirer les muscles de mes cuisses et de mes mollets, de pédaler en danseuse, de faire des pointes. Ma mère, droite comme une oie fuyant le long d'une route, fermait la course. Un crachin tombait sur la campagne depuis le départ. Les gouttes d'eau rebondissaient sur le large chapeau du prêtre, roulaient, pareilles à de minuscules grêlons, sur sa capote de toile sombre. Elles battaient le pneu de sa roue arrière qui les rejetait, réunies en faisceau, vers moi. La pluie me piquait le visage et les mains, imbibait mon blouson et mes culottes de golf, un ensemble coupé dans une couverture de crin abandonnée pendant la guerre par des soldats. La couturière, chargée d'en faire le costume le plus chaud et le mieux habillé qui fût, l'avait teint en bleu marine. Étrenné le jour de ma première communion, il était depuis lors devenu trop court. Ma mère avait allongé les poignets et cousu sur le haut du pantalon des bandes d'étoffe du même bleu. L'averse gonflait le tissu qui lentement s'était mis à se décolorer. Des filets d'eau noire me coulaient sur les mains, striaient mes bas tricotés avec une belle laine blanche, les tachaient comme les doigts dégoulinants d'un potache un buvard. Mes pieds baignaient dans des molières vers lesquelles convergeaient les ruisseaux d'encre descendant des pentes de mon vêtement. L'étoffe, aux crins redressés, exhalant une forte odeur de teinture, m'irritait la peau. Les gouttes de pluie me noyaient les oreilles, les cils, me noircissaient le cou. Jamais je n'avais fait de voyage aussi pénible, aussi long. Je soupirais, frottais de mes poings salis mes yeux, je pleurais bleu. Ma mère s'apercevant du désastre me consolait, criait : « Ça ne fait rien, continue, on le reteindra! » Mais je n'avais pas envie de continuer. Et le costume, n'était la présence du curé, je l'aurais quitté sur-le-champ, je me serais mis tout nu, obligeant ma mère à faire demi-tour et à me ramener chez nous. Je pestais, pédalais mollement, lorsque, levant la main, l'abbé poussa un « halte! » qui me fit sursauter, me tomba dans l'oreille comme une parole de bénédiction. Le prêtre avait roulé sur un silex, la pierre avait troué le pneu.

— Ce n'est pas grave, j'ai mon nécessaire, nous dit-il, montrant la sacoche accrochée sous la selle. Seulement, pour la réparation, vaudrait mieux que je m'abrite.

Le crachin tombait plus dru; la sacoche détachée de la bicyclette s'enflait d'eau; les rustines et le papier de verre pouvaient s'abîmer. Mais au bord de la route nulle cabane, aucun arbre, même pas la cahute d'un oiseleur n'offrait de

refuge. Seul se dressait au milieu d'un labour un énorme
chêne que l'automne n'avait pas encore défeuillé.

— Allons-y, commanda le curé.

Aucun chemin ne menait au chêne. Le prêtre s'engagea
dans le vaste rectangle de terre brune, enjambant les sillons,
serrant son vélo contre lui. Ramollies, les mottes se déro-
baient, fuyaient sous les pas de notre guide et sous les pas
de ma mère qui dérapait chaque fois qu'elle posait sa
galoche sur le terrain. Le sol remuait. Les roues de nos
bicyclettes s'enfonçaient. La mienne soudain pénétra dans
la boue jusqu'aux moyeux. La pluie tombait à verse. Je m'efforçais, en tirant très fort, de l'extraire du sol afin de gagner
au plus tôt l'abri, mais le vélo restait enlisé. Je collai alors
mes mains sous la selle et le guidon, poussant de bas en haut,
et c'est moi qui suis descendu, tel un pieu, dans la terre. Au
bout de quelques minutes de cette manœuvre ma bicyclette
et moi étions à demi ensevelis. Lâchant prise, éclaboussé
par mes piaffements, mes coups de poing, ma gesticulation,
les vêtements et les cheveux salis comme les plantes d'un
marécage, je n'avais plus qu'à demander du secours. J'ai
crié mais le prêtre avait déjà rejoint le chêne tandis que ma
mère, renonçant à poursuivre la traversée du lac de fange,
était revenue vers la route, les bâtis de son vélo lourdement
chargés de mottes, le cadre opaque, les roues pleines. J'ai
à nouveau appelé, levé les bras, j'ai hurlé. Je m'enfonçais,
de la boue j'en avais jusqu'à hauteur des poches de mon
blouson, s'ils ne venaient pas me retirer tout de suite de ma
fosse ils ne me retrouveraient plus. Ma mère là-dessus a
pris peur. Elle a couché sa machine sur la route et foncé
derechef à travers le champ. Elle courait, ainsi elle n'avait
pas le temps de s'enliser. Parvenue près de moi elle m'a
saisi à bras-le-corps, a tiré, pataugé, piétiné si bien qu'à son
tour elle est descendue dans le sol. Ses jambes pénétraient
la terre pareilles à des sondes, ses genoux s'engluaient,
quand sa jupe, abaissée au ras des mottes, s'est gonflée de
vent, s'est soulevée, claquant comme un drapeau trempé
de sang noir. Elle a poussé un cri, rabattu ses mains sur le

vêtement, l'a ramené entre ses cuisses, a serré ses bras contre
le tissu empesé de fange : l'idée de se voir enterrer nue la
tordait de honte, ce qui, vu le mouvement de vrille, accé-
lérait son ensevelissement. Son drapeau devait couler avec
elle, il a coulé, disparu. Ma mère à ce moment avait de la
boue jusqu'à la ceinture; nous descendions tous deux à la
même vitesse dans le puits de glaise lorsqu'elle s'est penchée vers moi, extirpant ses mains du sol. Je les ai agrip-
pées. Ma mère, m'attirant vers elle, m'a étreint. Elle me
remuait, plongé comme un bâton dans un seau de plâtre,
élargissait mon trou, s'efforçait de me rapprocher d'elle.
On eût dit qu'elle voulait s'emparer de moi pour touiller
la terre. Sa manœuvre en vérité consistait à me cimenter à
son corps, à former avec ma personne un bloc plus large
et plus lent à s'enfoncer. Elle a refermé ses bras sur mes
épaules et joint les mains à hauteur de ma nuque, a collé
ma poitrine contre son ventre et scellé, le limon aidant, mon
visage à ses seins. Nous étions soudés l'un à l'autre comme
des chiens en copulation et raidis par les plaques de terre
qui garnissaient de médaillons brunâtres la partie encore
émergée de nos corps. Mais nous nous enlisions avec lenteur.
Pendant ce temps, sous son arbre, le prêtre obturait le trou
pratiqué dans la chambre à air. Noués l'un à l'autre pareils à
un couple modelé dans une seule masse d'argile, ma mère
et moi attendions que la réparation prît fin. Nous sommes
restés plantés, tels des joncs dans de la vase, des poireaux
ensevelis dans un silo de mauvaise terre, jusqu'à ce que
l'abbé retraversât le labour, ce qu'il a fait alors que la tête
de ma mère s'embourbait.

— Délivrez-nous! délivrez-nous! a-t-elle eu le temps de
hurler, reprenant à son compte le répons aux litanies du
Sacré-Cœur.

Le curé lui a répondu qu'il devait d'abord étudier le
moyen de ne pas nous accompagner dans notre tombe, il
s'est éloigné. La chrétienne a cru qu'il nous lâchait; elle a
craché, blasphémé. Le prêtre a compris qu'il abrégerait
seulement la profération des jurons en revenant. Il s'est

approché, a saisi les mains de la femme, les a liées avec les sangles au porte-bagages du vélo qu'il a poussé devant lui. Ma mère est sortie de terre pareille à un légume à longue racine, une tige enveloppée d'une loque noirâtre, tordue, avec dans ses plis cet autre légume entièrement couvert de crasse, fixé à l'autre comme une boursouflure, un parasite : mon corps. La bicyclette nous a traînés de sillon en sillon, de fosses en bosses, jusqu'à la route, pendant que la pluie, toujours serrée, nous lavait.

Nous avons encore roulé une bonne demi-heure. Le crachin décapait nos vêtements de leur enduit de glaise. J'avais repris, en pédalant, mon déhanchement, ce qui faisait zigzaguer sur mon dos, sur mon torse, sur le tissu enveloppant mes cuisses, des filets de boue bleuâtre, des brins de paille en décomposition. Arrivés devant la grille clôturant le domaine de Saint-Rémy nous étions, ma mère et moi, débarrassés de notre crasse. Nos vêtements luisaient d'eau et de propreté, nous collaient au corps semblables à des bandages. L'abbé est entré le premier, a sonné. Le directeur de l'établissement a conduit ma mère se sécher dans une salle, moi dans une autre, et il a rejoint notre guide afin de décider avec lui de la section d'études vers laquelle ils me dirigeraient. Ma mère et le curé ont quitté le collège et repris la route en direction du village. Je suis resté confiné au parloir, mon costume allégé, tiédi, mes mains gantées d'encre séchée, ma valise de bois entre les talons.

II

Le parloir de l'internat est très décoré. De hauts meubles sombres s'adossent aux murs qu'on n'a plus rafraîchis depuis des années. Des escabeaux se dressent dans les coins, portant des vases sans eau dans lesquels fleurissent des bouquets de corolles en celluloïd blanc, imitant des lys. Dans des pots rangés le long des plinthes passées au brou de noix, enveloppés de papier d'argent et remplis de cailloux, sont plantées des tiges aux feuilles composites, d'un vert cru, découpées dans la même matière rigide et lisse. Au-dessus de cette végétation pendent, dans des cadres noirs, des photos dont les plus anciennes remontent à une cinquantaine d'années. A gauche figurent des groupes d'élèves et leurs professeurs de la section d'agriculture et, à droite, des groupes de la section des humanités, celle qui devait m'échoir ainsi que vint m'en avertir le directeur de l'établissement.

— Cher ami, vous vous présenterez au proviseur des humanistes, commanda-t-il, me tendant un papier sur lequel il avait apposé mon nom et sa signature.

Moi, j'avais envie d'entrer chez les agricoles. Ce mot-là me faisait penser à des promenades dans des champs de blé, à des tracteurs, à des herses, aux carrés de betteraves et de colza, me rappelait le passage des moissonneuses dans le village. Les autres, les humanistes, j'ignorais ce qu'ils apprenaient à faire, à quoi ils servaient. Je craignais de ne pas y être à ma place. Il fallait cependant obéir. Je suis allé frapper à la porte du bureau dudit proviseur.

— Entrez, fit une voix très douce.

Je me suis trouvé devant un homme assis dans un fauteuil que cachaient à demi plusieurs piles de livres oscillant, dressés telle une colonnade sur un terrain mal égalisé. L'homme a avancé la tête entre deux colonnes, s'est penché :

— Vous habiterez au pavillon Justus Lipsius et vous vous appellerez Conradus ou Conradus Primus puisque vous êtes seul chez nous à porter ce prénom. Les humanistes latinisent toujours leur nom, il convient d'honorer la tradition.

Ce disant le proviseur feuilletait l'un après l'autre de gros livres à couvertures de carton bleu sur chacune desquelles était imprimé en lettres blanches le même mot, le nom sans doute d'un humaniste très important : Lexicus. Avec ces livres il construisit une nouvelle colonne puis se leva pour retirer d'une immense armoire d'autres matériaux : des grosses briques de papier rangées à la verticale sur des étagères qui ployaient, faisaient de jolies courbes de bois fauve. C'est alors que j'ai noté sur son fauteuil la présence de trois épais volumes reliés de cuir et que j'ai commencé à comprendre qu'un humaniste est quelqu'un qui ouvre et ferme des livres, respire dans des livres, les caresse, s'assied dessus, qui se frotte du matin au soir à des livres, édifie avec eux des murs à l'intérieur desquels il mange, parle et vit, qu'il dort peut-être même sur un lit fabriqué avec des volumes recouverts de tissu soyeux comme le missel de ma mère. Le proviseur s'est rassis, les bras chargés de nouvelles briques qu'il a laissées choir en désordre derrière les colonnes. Ces colonnes ont tremblé; l'humaniste les a retenues. Il a tripoté les matériaux, les a retournés, a choisi une pièce rectangulaire, jaunie, que, dans un petit nuage de poussière, il a fendue. Les inscriptions que contenait le cube de vieux papier parlait de moi :

— Conradus... Conradus... oui, c'est cela : *Kon'*... de l'audace... Qu'elle vienne à propos !... Et *rad* ou *rat* ou *rath,*

avec un h, naturellement... c'est-à-dire : le conseil, le bon
conseil... Conradus, vous êtes un prud'homme, fit-il, relevant la tête. Vous êtes un prud'homme, proficiat!

Le manipulateur de livres me semblait avoir passé du latin
à une autre langue. Conradus Primus et Prud'homme sans
us, c'était bizarre. Je me suis dit que des humanistes il devait
en exister de différentes marques. Le proviseur a fermé le
cube, l'a posé en guise de chapiteau sur la colonne la plus
rapprochée de lui. Il a fait reculer son fauteuil, a plongé les
mains dans une caisse dissimulée sous la table. Il en a retiré
six livres qu'il m'a tendus :

— Voilà, emportez-les, il est bon de commencer tout de
suite.

Ma valise pouvait servir de plateau. J'y ai empilé les volumes
et j'ai gagné le pavillon Justus Lipsius en suivant les indications du fournisseur de mes premières briques d'humaniste.

Les fenêtres du bâtiment donnent sur le potager, un terrain qui s'étend jusqu'aux confins du domaine, où travaillent
les élèves de la section d'agriculture. L'intérieur de la maison
comporte des salles meublées de petites tables et de tabourets.
Là, les apprentis humanistes respirent l'odeur des volumes
étalés devant eux. A l'étage, des cloisons de contre-plaqué
divisent l'unique et longue pièce en une succession de chambrettes alignées de part et d'autre d'un couloir. Chacune des
chambrettes est fermée par un rideau accroché à une tige de
fer et tombant à ras du plancher. Les chambranles qui
séparent ces portes de tissu blanc s'ornent de cartons où
figurent les noms des occupants. Je lis : Humbertus Clet,
Petrus Lebeau, Jacobus Minime et son frère Jacobinus
Minime, Amadeus Quaquevoet et aussi ce vocable bizarre :
Leopoldus N'Dongo Mulele Sassa I Seko. Immédiatement
après me tombent sous les yeux mes nom et prénom. Je devrai
donc dormir dans le voisinage de ce Leopoldus. Je l'enten-
drai ronfler tout au long de ma première nuit d'internat.

Je ne parviens pas à trouver le sommeil. Leopoldus est noir. Ses épaules, son torse se découpaient devant le miroir des lavabos comme une ombre sur un mur blanc. Mon évier touchait le sien. Alors que j'ôtais ma chemise il s'est incliné, m'a souri. « Comment tu t'appelles? » m'a-t-il demandé. Le surveillant, qui venait de surgir du dortoir, m'a empêché de répondre. Avant de tirer le rideau de ma chambrette, Leopoldus s'est arrêté, toujours en souriant, devant le carton portant mon nom. Il l'a prononcé tout bas, ajoutant « bonne nuit ». Je l'ai entendu choir comme une masse sur son lit. C'est la première fois que je dors à proximité d'un Noir mais je ne suis pas sûr que ce voisinage soit la cause de mon insomnie. Je songe à sa peau couleur d'argile, à ses mains; je revois ses dents, ses yeux, je pense à la terre du labour où j'ai cru mourir enterré vivant. Mon corps cependant aspire à couler dans le trou du sommeil mais mon âme résiste, elle est inquiète et j'ignore de quoi.

Le lendemain matin je retrouve Leopoldus dans la salle où nous attendent quantité de piles de livres posés de guingois les uns sur les autres.

— Je suis Congolais, me dit-il, et toi?

— Je suis Belge, fais-je, étonné de m'entendre décliner pour la première fois ma citoyenneté.

Des Congolais, le collège en compte six, élevés par des missionnaires et envoyés par eux afin qu'ils poursuivent leurs études dans un des établissements qu'ils possèdent en métropole.

— C'est toujours ce qu'ils font quand ils pensent qu'on pourrait entrer dans leur congrégation, m'explique le Noir.

— Et tu comptes y entrer?

— Je n'en sais rien... S'il faut d'abord lire tous ces bouquins...!

Nous sommes une vingtaine de garçons à nous partager plus de cent livres et chacun édifie devant lui une sorte de rempart. Le Congolais se construit un petit paravent. Son pupitre se trouve rangé contre le mur sous la fenêtre. Plutôt que de fixer les yeux sur les pages ouvertes devant lui, il

observe le va-et-vient des élèves de l'autre section éparpillés
dans le potager.

— T'aimerais pas mieux être là? me chuchote-t-il.

— Je ne sais pas... je...

— T'aimes les livres ou t'aimes mieux les vaches?

Leopoldus m'embarrasse, je n'ai jamais vécu ni avec des
vaches ni avec des livres, excepté le bréviaire de grand-père
Gauthier ou le paroissien de ma mère mais je n'y touchais
pas. Les vaches du village, elles, ne s'arrêtaient jamais devant
chez nous, elles broutaient plus loin, aux abords de l'abreuvoir aménagé dans une autre rue, près du château d'eau, et
la bouse qu'elles laissaient tomber, liquide comme du jus de
groseille verte, grand-père négligeait de la ramasser : cet
engrais ne valait pas le crottin.

— Ben, j'aime mieux les livres, risqué-je. Enfin, je verrai...

— Moi, je préfère les vaches. Au Congo, je courais toujours
derrière les vaches de la mission.

A Saint-Rémy on n'élève que des poules destinées à nour-
rir les pensionnaires. Ces bêtes, Leopoldus les juge inaptes
à servir son goût du jeu, de la poursuite. Ce qu'il aime, c'est
taquiner les laitières, s'accrocher à leur queue et les traire en
faisant gicler le lait dans sa bouche. Les poules, ça l'énerve,
elles sont ridicules; d'ailleurs on ne taquine pas une poule.
Il ne raffole donc pas des livres, surtout octroyés d'un coup
et en si grand nombre. Pourtant là-bas, en Afrique, il lisait
mais un seul volume à la fois et entre deux randonnées dans
la brousse. Ici on est obligé de choisir entre les livres et les
plantes. Un mur, des horaires, des professeurs, des paysages
différents séparent adeptes de la lecture et partisans de
l'agriculture. Les premiers se lèvent tôt, descendent dans la
salle d'études avant l'aube. A cinq heures ils tournent déjà,
sous les lampes suspendues au-dessus de leurs tables entre
des murs nus, les pages des manuels contenant les mots de
leur futur métier. Les agricoles règlent leur lever avec celui
du soleil. Ils quittent leur dortoir et vont contempler les
effets de la rosée ou du givre sur les salades et sur les roses.
Ils causent avec leurs maîtres, les suivent entre les rangs de

légumes autour des parterres, cueillent et goûtent avec eux des brins de cerfeuil, du vert d'échalote et respirent le parfum des fleurs. Les jeunes agricoles mangent les radis qu'en cachette ils font pousser entre les plants de pommes de terre. Rivés à nos chaises, serrés dans des salles où flotte une poussière sèche, nous apprenons, nous, à dévorer du papier.

— Tu crois qu'on ne peut jamais aller de l'autre côté ? interrompt à nouveau le Noir.

— Je crois bien que non.

— Même le dimanche ?

— Le dimanche, tu sais bien qu'on doit prier.

— Alors peut-être le samedi ?

— Peut-être...

Mais le samedi on lave les pièces et on cire les meubles. On réunit les livres utilisés au cours de la semaine écoulée et on les transporte dans la grande salle du pavillon. Là, il faut les ranger, par matière et par ordre alphabétique, sur les rayons fixés contre les murs et ensuite faire la queue, classe par classe, pour aller recevoir les manuels de la semaine suivante. On revient avec sa provision de lecture, on s'attable et reconstruit, avec ses nouvelles briques, qui son temple, qui sa colonnade ou sa pyramide. Qui son paravent, comme Leopoldus de plus en plus attiré par les activités, le mouvement, les bruits du jardin. Mais le Congolais attendra. C'est seulement l'année suivante, à la fin de l'automne, que, saturé de grammaire et de latin, il tentera de déserter la section.

L'arrière-saison, plus douce que les années précédentes, se prolongeait, épargnant les carrés de scaroles, de laitues, soustrayant aux brûlures du gel les parterres de dahlias. Le retard de l'hiver favorisait les chutes de bruine et de crachin. Les feuilles des érables et des peupliers se détachaient, une à une, des branches, planaient, solitaires et lentes, rongées de taches humides. Quelques-unes, poussées plus loin par le vent, tournoyaient devant la croisée que Leopoldus maintenait entrouverte, se faufilaient dans la salle, se posaient

pareilles à des papillons roux, fatigués, tout en ailes, sur son
pupitre. L'odeur de ces feuilles l'excitait, ravivait son idée de
passer de l'autre côté de la frontière divisant l'institut. Un
samedi, pendant que nous allions échanger nos écrits et nos
opuscules contre d'autres opuscules et d'autres écrits, le
Congolais, qui avait glissé entre les miens ses livres, a grimpé
sur l'appui de la fenêtre et sauté dans le vide. Une haie d'aubépine, plantée cinq mètres plus bas le long du mur, accueillit
l'évadé, lacéra son pantalon, sa blouse, érafla ses mains, et
le côté gauche de son visage. Une épine lui resta piquée dans
le lobe de l'oreille, mais enfin il était dans le territoire
convoité. Leopoldus pouvait embrasser d'un regard le paysage, admirer la splendeur des frondaisons, leurs couleurs,
contempler les bouquets pâles des dernières roses, les crêtes
si vertes des plants de poireaux et des choux montés en graine.
Il a couru vers le coin du domaine où un groupe d'agricoles
sarclait des plates-bandes, ratissait, cependant qu'un autre
groupe émondait des poiriers nains. Il leur a déclaré que
dorénavant c'est parmi les amis de la nature et des plantes,
loin des flacons d'encre et du papier, parmi les cultivateurs
qu'il voulait passer le restant de son séjour à Saint-Rémy. Les
cultivateurs ont réagi bizarrement. Aucun nègre ne fréquentait leur section et les gouttes de sang qui perlaient sur
sa joue, rougissaient le col de sa chemise, ses vêtements
déchirés, salis, les effrayaient. Pris de panique ils ont appelé
leur maître qui est accouru, les sabots lourds de glaise et un
sécateur à la main.

— D'où viens-tu? T'as voulu t'enfuir, hein garnement? a
lancé le maître, saisissant Leopoldus par le bras.

— Mais non, m'sieur, ce que j'aimerais...

— C'est faire de l'agriculture, n'est-ce pas? Le même refrain
que les autres, toujours le même! Faudrait varier, jeune
homme...

Et le maître d'ironiser sur les dix à vingt humanistes qui,
chaque année quelques semaines après la rentrée ou alors
au printemps, saisis sans doute par la nostalgie de leurs villages, des jeux, des courses dans les prairies, font le mur et

cherchent à traverser le domaine mais se font presque tous
arrêtés dans le potager ou le verger, se font capturer par les
agricoles avant d'atteindre la grille du collège. Et naturellement, ajoute l'homme au sécateur, ils prétendent qu'ils n'ont
fui leurs livres que pour changer de section.

— Mais je n'ai pas fui, proteste le Noir, désappointé par un
tel accueil, je n'ai pas fui : je suis tombé.

— Tombé? D'où ça?

— Je suis tombé de la salle de lecture, je lisais le *De bello
gallico*.

Retrouvant son assurance, le fuyard explique qu'il s'était
installé avec l'œuvre de Jules César sur l'appui de la fenêtre,
et quelle œuvre, quelle histoire que cette guerre des Gaules!
Il la dévorait, les batailles le passionnaient tellement qu'arrivé au passage où les Romains se font déculotter... enfin : se
font éreinter par les Éburons, il s'est à ce point excité — il
faut dire que le latin du fameux général est d'un vivant! —
que lui, Leopoldus, oubliant où il s'était assis, il a basculé
dans le vide.

Captivés par son récit, admiratifs, les agricoles ont lâché ce
lecteur à la fois si doué pour les langues mortes et si imprudent. Le Noir a léché le filet de sang qui coulait de sa pom-
mette vers sa bouche, essuyé avec son mouchoir sa joue et son
cou, a extrait l'épine fichée dans son oreille, interrogeant du
regard son accusateur. Celui-ci, devenu perplexe, a hoché la
tête.

— D'ailleurs, a repris le latiniste, si vraiment j'avais voulu
faire une fugue, est-ce que j'aurais sauté, comme ça, dans la
haie d'aubépine? Je serais sorti par les escaliers, la nuit.

— La nuit? Mais les portes sont fermées à clef.

— Le jour alors...

— Comme maintenant!

— Mais pas dans les aubépines.

Là, le professeur de marcottage hésitait. Il a fait reconduire
mon camarade, encadré par deux des plus robustes agricoles,
au pavillon Justus Lipsius.

Déconfit, la moitié de la figure blanchie par du sparadrap, le nègre a repris sa place au milieu des glossaires et des abrégés, s'est retrouvé comme nous tous muré pour l'hiver entre des sommes poussiéreuses et angulaires, pesantes comme des pierres de taille.

— J'aurai le temps de revoir la tactique, m'a-t-il dit, tu pourrais m'aider.

Les tactiques, moi, ça m'a toujours déconcerté. En grammaire j'en essayais plusieurs avant de trouver la bonne et dans les versions je m'y prenais si mal que dans la construction de mes phrases je ne savais jamais par où ni comment faire passer certains compléments. Je n'avais de plan ni pour me jouer des verbes ni pour sauter, dans les livres, les passages à vide. Je coupais mes périodes en me fiant à mon flair, séparais préfixes et suffixes et recomposais, vingt fois, au petit bonheur, le paragraphe démonté. Je m'acquittais de mes lectures dans le désordre mais je lisais tout. Ma tactique c'était le hasard. J'improvisais puis attendais les résultats. Et quand des tactiques m'apparaissaient, elles provenaient de démarches involontaires. C'est ainsi qu'aux concours de Pâques mes notes en néerlandais furent si médiocres que le professeur, perdant tout contrôle, me lança : « Vous serez toujours bon pour fumer le jardin ! » La tactique venait de se manifester. Le moyen propre à faire passer un humaniste dans le camp des agricoles, c'était qu'il échoue à ses examens. Leopoldus reçut la trouvaille comme une délivrance. Aux concours de fin d'année il laissa ses copies en blanc, recueillit les zéros de ses rêves. Le titulaire de la classe recommanda de transférer le cancre *ad partem rusticam,* ainsi qu'il l'écrivit.

Je me suis retrouvé seul dans le coin de la salle de lecture. Je ne parlais plus à personne et j'ai lu, en un mois, sans relever la tête, les ouvrages inscrits au programme de tout un trimestre. J'ai dévoré les bouquins avec une telle frénésie, une telle angoisse, que j'en suis tombé malade. Ma mère est venue me rendre visite avec le curé. Ils m'ont rapporté des nouvelles du village et elle m'a remis une paire de chaussettes et un bégonia repiqué avec des rameaux d'asparagus dans un pot de terre cuite qu'elle a posé sur ma table de nuit. La plante m'a tenu compagnie. Leopoldus dormait dans un autre pavillon, son successeur dans le lit voisin ne ronflait pas. Je ne quittais plus ma couche, pourtant je n'avais mal ni à la tête ni aux entrailles ni nulle part. Seuls mes yeux piquaient lorsque je fixais les boutons du bégonia, la poignée de l'armoire ou le pagne blanc du Crucifié accroché, comme dans toutes les chambres, au-dessus du miroir. Mes yeux comme mes muscles et mes nerfs étaient fatigués. Je prendrais, confiné entre mon rideau et mes cloisons de contre-plaqué, quelques jours de repos.

Je dormais le matin et l'après-midi; le soir je veillais. Ainsi ai-je pu m'entretenir clandestinement avec Leopoldus. Le Noir n'avait rencontré dans son nouveau dortoir que des collègues soupçonneux et froids, qui refusaient de parler; il s'était mis en tête de venir me voir. Il entrait par les lavabos, enfilait, nu-pieds, le couloir qu'éclairait la veilleuse. Mon ami entrait dans la chambrette, s'asseyait sur mon lit.

— Pourquoi tu ne viens pas chez les agricoles? me demandait-il, tout bas. On est tout le temps à l'air et on vit au milieu des plantes. Des tas de plantes. De toutes les espèces.

J'invoquais alors la présence dans ma chambre de l'asparagus et du bégonia maternels, accordant toutefois que ce n'était pas grand-chose à côté de la floraison du jardin. Mais des plantes, j'en avais tellement vu, touché, arrosé dans la maison de ma mère, j'avais tant vécu dans leur odeur, tant mangé, tant bu, dormi dans leur compagnie; j'avais contourné, déplacé, enjambé tant de pots, écarté pour sortir de la cuisine, traverser le corridor, tant de feuilles larges et grasses et bousculé tant de cactus, qu'il devait comprendre que pour moi l'attrait des livres restait plus neuf. Lui-même à la longue se fatiguerait peut-être de toute cette verdure.

J'ai retrouvé des forces, mes nerfs se sont distendus; mes muscles, mes articulations obéissaient à nouveau à ma volonté, mon cerveau frémissait, léger comme une pelote de duvet, dans ma boîte crânienne. Je me suis lancé dans la lecture de trois sommes à la fois, ouvertes l'une près de l'autre sur la table, pareilles à des ailes de grands oiseaux blancs. Les journées passaient plus vite que la demi-heure de récréation. J'apprenais à composer, accorder, séparer, décliner dans trois langues en même temps; je mariais les thèses et les antithèses, tournais les préceptes, étendais le champ d'application des paradigmes. Je jonglais avec les règles et les exceptions, opérais d'un texte à l'autre des transfusions de verbes et changeais les temps; je gonflais des phrases, résumais des paragraphes. Jamais je ne m'étais instruit avec un tel enthousiasme. Le soir, mes yeux se fermaient tout seuls, je dormais avant d'avoir enfilé mon pyjama, m'enlisais dans un sommeil si profond, si ancien, antérieur, semble-t-il, à ma venue au monde, que pour me réveiller Leopoldus a dû me tordre le bras, mouvoir mes jambes, me retourner; il a dû me secouer comme si je m'étais évanoui.

Mon camarade a repris ses visites nocturnes, poussé par le besoin de m'entretenir d'un événement tout à fait nouveau, extraordinaire : il est amoureux.

— Amoureux, répète-t-il, tu m'entends? Je suis a-mou-reux!

Pour mieux me parler de cet amour, chuchoter à mon oreille son histoire avec tous les adjectifs, les détails, m'enseigner à moi, son meilleur ami, comment ça vient, ce qu'on fait dans ce cas et ce qu'on sent; pour m'y préparer aussi car un jour — j'avais l'âge, n'est-ce pas? — l'amour s'engouffrerait en moi, m'élargirait les veines, les artères, et ferait danser mes organes; pour bien me raconter son aventure le nègre se déleste de son veston, soulève mes couvertures, me bouscule avec son grand corps, ses membres nerveux, ses pieds froids comme les pierres d'un chemin sous le vent du

Nord, s'étend, se cale contre moi. Et il me rapporte que
depuis quelques jours on l'a envoyé, comme pour le punir,
semer de l'orge sur le terrain situé à la limite du domaine,
une bande de terre étroite, encombrée de ronces et de cailloux, qui jouxte la prairie de la ferme des Trois-Gués, un
hameau du bourg de Saint-Rémy. Le Noir semait donc son
orge, rejetant les cailloux, écartant les ronces, emblavait de
son mieux ce labour à demi abandonné, lâchait des graines
sous les buissons, le long de la clôture, lorsqu'il s'est trouvé
devant un énorme trou. Des traces de pas marquaient le sol,
un maître ou un élève avait dû sectionner le treillis. Les pas
s'orientaient vers le pré, l'ouverture permettait le passage
d'un homme. On était en plein après-midi, ses collègues
travaillaient loin de lui, dans le potager. Mon ami a ôté son
tablier de semeur, l'a plié, rangé au pied d'un arbre, s'est
coulé dans le trou. La prairie, de l'autre côté, verdissait par
plaques. Sur ces plaques le gazon luisait en dépit de l'absence
de soleil, des vaches broutaient. Ailleurs des traînées de chardons bleuissaient la pâture. Leopoldus a couru vers les vaches
qui se sont écartées, ballant de la queue, abandonnant l'une
d'elles qu'un licou attachait à un piquet fiché dans le sol.
Derrière cette vache se trouvait une jeune fille assise sur un
tabouret, un seau entre les jambes. La jeune fille trayait l'animal. Mon camarade craignait que son teint l'effrayât et fît
basculer la trayeuse de son siège, renverser son seau, répandre
le lait. Il s'est approché sans faire de bruit, s'est accroupi de
l'autre côté de la bête. Les flancs de l'animal cachaient ainsi
sa tête. Le Noir a prononcé le « bonjour » le plus doux
qu'il pût.

— Bonjour, a répondu la jeune fille, tu viens traire ?

On aurait dit qu'elle avait l'habitude de ces visites.

— Moi ? Euh... oui... si vous voulez... enfin, si tu veux...

— Eh bien, prends les mamelles, mais ne fais pas tomber le
lait par terre, hein !

Leopoldus a tendu ses mains, les a glissées sous le pis.

— Quelles pattes, dis donc ! T'aurais bien fait de te les
laver !

— Mais elles sont propres, je te jure, s'est défendu mon
ami tirant sur les mamelles et frôlant de ses doigts pliés les
mains de la trayeuse. C'est ma peau, chez moi tout le monde
est comme ça.

La jeune fille alors s'est redressée, a contourné la vache :
— Oh, un nègre, s'est-elle exclamée, battant des mains,
tressautant, pareille à ces petites filles qui, un jour, reçoivent
une poupée différente des autres, un gros bébé à tête de
caoutchouc brun et cheveux sombres et serrés, moussus
comme de l'écume de savon noir. D'habitude c'est toujours
des Blancs qui viennent me voir, a poursuivi la vachère
comme résignée, et les Noirs, je sais bien qu'il y en a plusieurs là, dans le collège, de l'autre côté de la grille,
mais aucun n'est jamais venu, t'es le premier ; je suis contente
de pouvoir changer.

Là-dessus, me chuchote Leopoldus, sa tête et la mienne
ensevelies sous les couvertures, là-dessus la jeune fille le prie
de s'asseoir à l'écart de la vache afin de se protéger des coups
de queue, des giclements de bouse, des coups de pattes. Il
choisit une touffe de gazon très vert, moucheté d'étamines
de pissenlits, une sorte de coussin brodé de fils de soie, pré-
cise-t-il, exagérant sans doute la beauté de l'endroit, et la
fille se couche contre lui, prend son menton entre ses mains,
colle ses lèvres contre les siennes.

Mon camarade interrompt son récit, je questionne :
— Et alors ?

Il garde la bouche fermée. Et les yeux. Comme s'il était
encore en train d'embrasser la trayeuse.

— Et alors ? insisté-je, lui enfonçant mon coude dans la poitrine.

— Ah, c'était le paradis !

Ce baiser, son premier baiser, l'a mené au paradis, l'a
couché sur un nuage en plein soleil, un nuage très doux,
flottant parmi une volée d'alouettes sur un fond de ciel bleu,
un nuage parfumé, en conque, une sorte de grand pétale de
rose. Sur ce nuage, au milieu des oiseaux qui sifflaient, il a bu
un mélange de miel très liquide et de sel. Ce sel le brûlait sans

consumer ses lèvres, tel un sel sucré, très fort, un sel de miel,
qui, de sa bouche, s'est répandu dans son corps, s'est uni à
son sang, ses eaux, l'a rendu si léger qu'il aurait pu rouler à
bas de son nuage et voler dans le ciel avec les alouettes; le
nègre se sentait pousser des ailes. Et lorsque la fille s'est
détachée, s'est retirée, il se serait soulevé, aurait traversé la
prairie sans toucher le gazon. Ce baiser valait plus que tous
les plaisirs du jardinage et de la lecture ensemble, enivrait
davantage qu'un parterre entier de roses les plus odorantes,
que les poèmes de tous les recueils lus depuis son entrée à
Saint-Rémy. Ce baiser lui réjouissait l'esprit et le corps,
l'exaltait plus intensément que l'approche des vacances.

— Et d'ailleurs, ajoute-t-il, c'est un baiser d'amour.

— Ah?

— Quoi : ah...?

— J'sais pas... je... comment tu le sais?

— Elle me l'a dit, tiens! Je t'aime, qu'elle m'a dit tout juste
avant de m'embrasser.

— Mais elle embrasse tout le monde.

— Non, proteste Leopoldus, c'est pas vrai!

— Tous ceux qui vont la voir, par le trou de la clôture...

— Ils vont traire, c'est tout, ou marauder des pommes.

On ne peut pas, m'explique le Noir, dire « je t'aime » à
n'importe qui, ce n'est pas possible. On ne dit ça qu'à une
seule personne : la personne qu'on embrasse, c'est tout. La
vachère lui a dit « je t'aime », elle ne peut l'avoir dit aux
autres fugueurs, ne peut leur avoir donné à tous le même
baiser, c'est quelque chose de trop fort, ça la rendrait folle.

— C'est comment?

— Je te l'ai dit : du miel et du sel.

— Ça ne pique pas? Le sel, c'est mauvais.

— C'est un sel spécial, enfin ça brûle sans brûler, comme du
miel très fort, du feu de miel, des langues de feu de miel, si
tu veux.

Ces comparaisons me dépassent, je n'y comprends rien
mais les mots, les explications de mon ami ont jeté le trouble
en moi, éveillé une curiosité très vive et des besoins qui me

semblent nouveaux, qui viennent de loin, d'un endroit situé
très profondément, très à l'intérieur de mon corps, peut-être
de mon âme elle-même : le besoin de connaître ces choses-là
que lui connaît et qui le rendent si présent dans ce lit, sous
les couvertures, si fort, supérieur à tous les autres élèves du
collège.

— Et moi, lui demandé-je tout à coup, tu crois qu'elle
accepterait de m'embrasser?

— Peut-être qu'elle te trouvera trop jeune.

— J'ai quinze ans! Et elle?

— Je ne sais pas : peut-être seize, comme moi, mais je suis
plus grand qu'elle.

— Alors, comment je vais faire?

— Attends...

— Attendre quoi? L'année prochaine? Mais dans un an elle
sera toujours plus vieille que moi!

— Attends une autre fille. Qui te dit qu'elle est seule à venir
traire les vaches près de chez nous?

Cela dit, mon camarade n'a jamais rencontré d'autre
vachère dans la prairie des Trois-Gués, et il y est souvent
retourné et a embrassé chaque fois la trayeuse et même plusieurs fois lors d'une seule échappée si bien qu'au bout de
sa neuvième ou dixième visite, la nuit, dans ma chambrette,
il m'annonce que maintenant il est devenu son fiancé. Ça lui
donne, m'explique-t-il, le droit de lui caresser les seins.

— Et puis tu te marieras? interviens-je subitement inquiet.

— Ben, oui. Mais qu'est-ce que t'as?

Je me suis écarté de Leopoldus, ai tourné la tête. Je ne sais
ce qui se passe en moi, je me sens triste, tellement triste qu'il
me semble que je vais pleurer mais je ne veux pas qu'il le
remarque.

— Qu'est-ce que t'as? répète-t-il.

Et il me tourne de force le visage, me tord le cou, cherchant
à me rassurer. Ce n'est pas pour tout de suite, déclare-t-il, il
se mariera plus tard, après ses études. Il restera au collège
tant que j'y serai et il va tâcher de me trouver une fille qui
m'embrassera moi aussi et qui m'épousera, peut-être la sœur

de la vachère, il verra. Leopoldus ne veut pas que je sois triste et fâché contre lui. Il est toujours mon ami, je suis le sien, son seul véritable ami, il le jure!

Cette histoire de sel et de miel, de lèvres qui brûlent sans se détruire, m'a poursuivi tout au long de la journée. Du matin au soir, je tournais ma salive dans ma bouche, caressais de ma langue mon palais, mes gencives. J'essayais d'imaginer cette chose à la fois cuisante et veloutée, comme d'une poire sûrie et sucrée en même temps, dont m'avait parlé mon ami. Mais ma salive était fade et mes lèvres conservaient leur tiédeur de toujours, elles ne goûtaient rien. A la salle d'études je me répétais, à voix basse et feignant de consulter mes livres, les mots « amour » et « baiser », des mots que je n'y avais jamais lus. Et ces livres soudain me paraissaient vides. Je rêvais et, faute de savoir, mes pensées restaient confuses, imprécises. Mon âme s'en trouvait d'autant agitée. J'attendais que la nuit tombe, que Leopoldus revienne me voir et réponde aux questions que je me posais.

J'ai gagné le dortoir, expédié ma toilette et me suis glissé sous mes couvertures. L'expression « baiser d'amour » suscitait en moi un tumulte vague, j'en retournais les termes sous ma langue comme des pastilles Valda. Le surveillant éteignit, s'en alla. Je guettai, entrouvrant le rideau de ma chambrette, l'arrivée secrète du visiteur. Mais le visiteur n'est pas venu. La sonnerie m'a tiré du lit sans que j'eusse fermé l'œil. J'ai titubé jusqu'aux lavabos. Je suis descendu, j'ai pris place au réfectoire mais je n'ai pas mangé. Ma bouche s'est détournée du bol de café chaud, la boisson la plus réconfortante de la journée, la plus riche (à midi et le soir on nous servait de l'eau). Je suis allé vers la salle de lecture. Je ne pouvais lire. Mes regards papillonnaient, incapables de s'attacher au texte le plus simple, le plus facile à traduire et même aux pages illustrées de planches. Je fixais les murs, les fenêtres et le plafond, les têtes et les livres de mes collègues, j'attendais le soir. De ce jour je ne ferais plus autre chose qu'attendre la nuit, la montée au dortoir et l'apparition de mon camarade. Je ne lirais plus, n'apprendrais plus rien,

négligerais mes devoirs et mes leçons, je ne transcrirais plus
une lettre et si, après cela, Leopoldus ne revenait pas,
j'échouerais afin qu'expulsé vers la section agricole je puisse
enfin le retrouver.

Finalement le dimanche est venu, le seul jour de la semaine
où lecteurs et horticulteurs prient ensemble, méditent,
assistent à la messe, à vêpres, battent ensemble leur coulpe et
communient. J'ai cherché le banc du nègre, je me suis age-
nouillé près de lui.

— Pourquoi tu ne viens plus? ai-je demandé, tout bas et
feignant de réciter des prières.

— Parce que!

— Parce que quoi?

— Parce que Julienne ne veut plus, elle dit que c'est dangereux.

Julienne est le nom de la vachère. Leopoldus lui a raconté
ses visites au dortoir de mon pavillon et les risques qu'il
encourt à me voir ainsi clandestinement. La jeune fille
redoute que le surveillant le surprenne et le fasse renvoyer.
Or, elle veut qu'il reste au collège jusqu'à ce qu'ils aient l'âge
de se marier. Et puis à quoi bon m'expliquer davantage ce
qu'est un baiser? D'ailleurs, estime Julienne, il est malsain de
parler de ces choses avec un autre garçon dans le même lit.
Si je veux qu'on m'embrasse je n'ai qu'à faire comme mon
camarade : m'évader. La jeune fille accepte de me recevoir.
Après cela je laisserai Leopoldus tranquille.

— Entendu, lui dis-je, je m'évaderai demain.

— Non, j'veux pas! oppose le Congolais qui m'explique
que Julienne est sa fiancée, qu'elle n'a pas le droit d'accorder des baisers à un autre que lui.

— Alors, comment je vais faire?

— J'sais pas!

— Et tu crois que je vais pouvoir vivre comme ça, sans être
embrassé par personne...?

Je me fâchais, les mains jointes car la messe avait commencé. Jamais Leopoldus n'aurait dû venir me raconter son
aventure. Jamais il n'aurait dû me surprendre dans mon lit,

se glisser contre moi et avoir la mauvaise idée de me parler
de baisers, car maintenant j'étais malheureux, c'était de sa
faute.

Ma protestation a produit le meilleur effet. Vers minuit,
deux jours plus tard, le nègre s'est glissé dans mon dortoir,
a soulevé le rideau, s'est installé sur le bord de mon lit. Il
m'apportait, m'a-t-il soufflé à l'oreille, une très bonne nouvelle : il m'avait déniché une fille. Elle s'appelait Alphonsine,
c'était une cousine de Julienne, elle avait mon âge. Alphonsine fréquentait l'école de couture des Sœurs du Calvaire, à
Saint-Rémy également, et cette fille n'aimait pas les fermiers.
Elle rêvait d'épouser un employé des postes ou un instituteur.
Leopoldus avait expliqué à son amie que je poursuivais des
études très sérieuses, en français difficile, en latin, en toutes
sortes de langues, dans une autre section que la sienne : une
section qui ne fabriquait, au bas mot, que des professeurs et
je serais sans doute ravi de pouvoir offrir à sa cousine le
mariage rêvé. Seulement Alphonsine habitait à une dizaine
de kilomètres de Trois-Gués, de l'autre côté du bourg. Elle
se rendait à son école à bicyclette, accompagnée de sa sœur
aînée, qui travaillait aux magasins Pribas et qui la chaperon-
nait, et de trois autres amies de son village, élèves, elles
aussi, chez les sœurs. Aucune escapade vers les Trois-Gués ou
même Saint-Rémy ne pouvait me la faire rencontrer. D'ailleurs comment m'échapper d'entre les murs de ma section, si
ce n'était la nuit, et la nuit Alphonsine dormait, recluse entre
sa sœur et ses parents, à deux heures à pied du collège, deux
heures d'un chemin tracé à travers champs, en lacet et sans
éclairage. Mais enfin l'important, estimait mon visiteur, était
de disposer d'une bouche qu'un jour j'embrasserais et ce
jour, pensait-il, n'était pas éloigné : dans deux mois vien-
draient les grandes vacances et le dimanche, pendant ces
vacances, Julienne et sa cousine faisaient de longues promenades à vélo à travers les campagnes, suivaient, de village en
village, les fêtes foraines. Je rencontrerais alors Alphonsine
comme je voudrais.

Là-dessus Leopoldus se lève. J'essaie de le retenir, il disparaît, léger comme une ombre, par l'entrebâillement du rideau. Je me roule dans mes draps et rumine cette idée de me fiancer à la cousine de la vachère. Je tâche d'imaginer le visage de cette Alphonsine. Je songe à une amie du catéchisme près de laquelle je m'asseyais, en face de l'autel de la Vierge, dans l'église du village, une amie avec qui j'ai fait ma communion. J'y songe parce qu'elle s'appelle Francine et que les filles dont le nom finit en *ine,* me semble-t-il, sont toutes pareilles : roses avec des cheveux blonds et plus maigres que les Raymonde, grassouillettes comme la Raymonde du boulanger où ma mère m'envoyait porter des raisins secs qu'il mêlait à la pâte du pain spécial qu'elle commandait pour le dimanche. La fille du boulanger avait les cheveux bruns, la peau mate. Au catéchisme elle ne connaissait que les réponses aux questions imprimées en gros caractères, celles d'une seule ligne, réservées aux petites classes. Francine, elle, était la première. Je l'avais toujours préférée. Alphonsine devait lui ressembler. Cette image de ma fiancée future m'a réconforté, je me suis endormi.

Mes rêveries, durant les semaines qui me séparaient des vacances, n'ont pas changé mais je m'étais remis à lire, j'étudiais. Le soir, dans mon lit, je m'imaginais roulant à travers les campagnes vers le village de la jeune fille et je m'arrêtais à l'entrée d'un verger où elle et sa cousine m'attendaient, en compagnie de Leopoldus. J'appuyais ma bicyclette contre le tronc d'un pommier, m'avançais, l'emmenais à l'écart. Je m'agenouillais dans l'herbe non encore fauchée, aussi haute que nous, et là j'approchais son visage rose, je caressais ses cheveux blonds, je cueillais sur ses lèvres le miel et le sel des baisers dont m'avait parlé mon ami.

Je ne me suis pas trompé. Alphonsine était rose et mince. Ses cheveux avaient la couleur de la paille, seulement elle les avait coupés et s'était fait teindre de-ci de-là des mèches en châtain clair et légèrement cendré. Alphonsine se coiffait comme les actrices dans *Sélection-Tricot,* le magazine que ma mère rapportait quelquefois de chez la voisine aux bégonias. Et elle se maquillait. Elle avait enduit ses lèvres d'une épaisseur de rouge éclatant comme les pétales des coquelicots fleurissant le long du chemin suivi pour venir la voir. Julienne aussi s'était rougi la bouche et jamais Leopoldus ne m'avait dit que ça le gênait ni changeait ou dénaturait le goût des baisers.

— T'aimes pas? a demandé Alphonsine à me voir examiner le dessin de ses lèvres.

— Si... si, ai-je fait.

J'étais embarrassé. J'ai collé tout de suite ma bouche à la sienne. C'était de la pâte. Ses lèvres étaient faites de pâte à modeler, comme sa langue, qu'elle introduisit entre mes dents, et qui ne brûlait pas, ne goûtait rien. La salive l'imbibait telle une boulette de papier mâché. Cette salive, ni mielleuse ni salée et trop abondante à mon gré, était seulement tiède et elle ne changeait rien à l'insipidité de la pâte. Le baiser d'Alphonsine me fit simplement baver.

— Viens, on va retrouver les autres, lui dis-je, me retournant afin de dissimuler mon haut-le-cœur. Viens, lève-toi!

— Déjà?

— On recommencera.

— Embrasse-moi encore, insistait-elle.

— Pas maintenant, ta cousine est déjà partie, je ne les vois plus.

Julienne et Leopoldus étaient invisibles. Nous les avons cherchés dans le haut tapis de foin, avons circulé entre les arbres, les avons trouvés étendus, la main du Noir posée comme une ventouse sur un des seins entièrement dénudés, exposés au soleil et aux regards, de sa fiancée. Alphonsine alors a voulu qu'on se recouche, que je caresse sa poitrine et me remette à lui sucer la langue.

— C'est tellement bon! faisait-elle, on a le temps, ils ne partiront pas de si tôt.

Mais je n'ai plus sucé. On n'avait pas le droit, lui ai-je dit, la première fois c'est mauvais de recommencer tout de suite.

— C'est à cause du rouge? a-t-elle questionné.

Je ne voulais pas répondre.

— C'est à cause du rouge, n'est-ce pas? Dis-le, répétait la fille, dis-le-moi!

— Mais non, m'efforçais-je de la calmer, c'est pas ça : sur ta langue y a pas de rouge...

Alphonsine tout à coup s'est mise à sangloter, a retiré de la manche courte et bouffante de sa blouse un petit mouchoir sur lequel, voulant essuyer ses deux yeux en même temps, elle a tiré si fort qu'elle l'a déchiré. Le spectacle me plongeait dans la gêne, me paralysait. Pour y mettre fin je l'aurais embrassée à nouveau mais il m'a semblé qu'il était trop tard. Alphonsine a rajusté sa blouse et secoué les plis de sa jupe, a couru en direction de son vélo. Je l'ai vue pédaler à toute vitesse, sur la route, entre les pommiers.

Quand je suis revenu au village, la nuit tombait. Ma mère m'attendait, pleurant davantage encore que ma promise.

— T'as pas de pitié! m'a-t-elle querellé, tu me feras mourir avant mon heure.

— Mais maman...

— A-t-on idée de rentrer si tard? Il fait noir et quand il fait noir, en chemin, on ne fait rien de bon. Je le sais bien! Ton père, il lui plaisait de rentrer le soir, toujours le soir!

— C'est la première fois...

— Une de trop! coupa-t-elle.

— Je l'ai pas fait exprès, je...

— Qu'as-tu fait? coupa-t-elle encore. Qu'as-tu fait, hein, à cette heure? Où es-tu allé? Dis-le-moi! Dis-le à ta mère, je ne vis plus!

Mes vacances étaient finies, gâchées, ai-je pleuré à mon tour, et j'ai dit à ma mère que cette fille, je ne l'embrasserais jamais plus. Je le lui ai juré, à genoux sur les pavés entre les plantes vertes, et ma tête tremblait, tapotait ses genoux. Elle l'a relevée, ses larmes avaient cessé de couler. Ma mère décida que je rentrerais au collège le lendemain. Là je pourrais m'occuper des enfants que les familles du bourg confient

pour la journée aux prêtres de l'internat. J'y retrouverais
aussi des collègues, ceux qui pour différents motifs : absence
de parents, distances, désir d'aider, passaient l'été au pensionnat. Ma mère me fit encore jurer qu'aussitôt arrivé
j'avouerais à mon confesseur mon égarement.

J'ai avoué. Le confesseur a secoué, telle une femme quittant la table, sa longue jupe noire, l'a lissée du revers de sa
main, comme si de ma bouche étaient tombés avec mes
paroles des miettes, des fragments de luxure, noirs et salis-
sants. Et il a posé des questions : combien de fois, dans quel
lieu, quelles parties avais-je touchées, la chose m'avait-elle
mouillé, avais-je également vu et comment était-ce...? Chacune de ces questions me torturait, augmentait la gravité de
ma faute. Le prêtre insistait, fouillait mon âme. Il cherchait,
disait-il, à déceler en moi les racines du mal les plus pro-
fondes et les plus lointaines, à les isoler, à exhumer des
recoins de mon être la dernière parcelle de péché. Et il était
grand, mon péché; c'était comme une bête à plusieurs têtes
et tentacules de toutes les grosseurs, une sorte de nœud de
vers solitaires que seule une confession générale expulserait
de moi. L'interrogateur s'est emparé de mes souvenirs d'enfance, les retournant, ouvrant des plaies, crevant des abcès
que je ne connaissais pas. Il extirperait le mal, tout le mal,
soufflait-il, descendrait au tréfonds de ma conscience, arra-
cherait la dernière petite graine d'une mauvaise pensée.
Le prêtre avec ses questions de plus en plus précises mettait
au supplice mon âme; il en exprimait le pus jusqu'au sang. Il
aurait, semblait-il, voulu extraire de moi le péché originel.
Il m'a si bien englué dans ma sanie que je me suis pris en
horreur, ai juré, promis, me suis engagé à ne désormais plus
vivre que pour Dieu, la grâce, la Vierge, les saints, mes supérieurs et les livres. J'ai pleuré abondamment sur ma vie. Les
flammes de l'enfer, qui déjà me léchaient le corps, ont baissé.
Mon acte de contrition, mes baisers sur les mains très
blanches et velues du confesseur, ont étouffé les langues de
feu.

Septembre a ramené mes camarades au collège, les cours et les lectures ont repris. Leopoldus a entamé son avant-dernière année de formation chez les agricoles mais je n'ai pas cherché à le revoir. Le dimanche, à la chapelle je m'agenouillais sur un banc éloigné du sien. A la salle d'études j'ai cessé de m'asseoir près de la fenêtre ouvrant sur le potager. Le soir, dans mon lit, je pensais parfois à ma randonnée avec lui, sa Julienne, et au baiser d'Alphonsine. Aussitôt je me relevais et tombais à genoux sur le plancher, je priais pour que la tentation à laquelle m'avait induit le nègre ne revienne plus. Je détachais de la cloison de ma chambrette le crucifix de fer-blanc, le réchauffais entre mes paumes, me recouchais, le serrant sous les couvertures contre ma poitrine. Mon confesseur me recevait toutes les semaines dans un des petits parloirs du pavillon, une pièce étroite, aux murs blancs, meublée d'une chaise, d'un prie-Dieu et, je me demande pourquoi, d'un lit. Je m'asseyais devant lui sur mes talons, les mains sur ses genoux. Je l'entretenais de mes progrès dans la prière et dans l'étude de la religion, parlais de mes pensées, lui confiais mes rêves sur lesquels il posait les mêmes questions douloureuses et nécessaires, expliquait-il, pour juger de la sanctification de mon âme, et il m'invitait à renouveler ma confession générale et complète.

Cette confession, je l'ai reproduite pendant les deux ans que je suis encore resté au collège, sans jamais ajouter rien de neuf, si ce n'est, un jour, de n'avoir pas interrompu la fornication de deux mouches qui avaient atterri sur la page d'un de mes traités. Mais je m'étais racheté : quelques jours plus tard j'en avais attrapé deux autres et je leur avais arraché les ailes. J'apprenais par cœur des livres entiers, connaissais sur le bout des doigts la liste des papes depuis saint Pierre jusqu'à Pie XII et les principales dates de l'histoire de l'Église. Je priais pour la conversion des athées, des juifs et des Congolais. J'offrais même des sacrifices pour le salut des âmes des bébés qui planent, tels des moineaux tristes

et muets, dans les limbes. J'ignorais qu'il était trop tard, que
ces âmes étaient condamnées à flotter éternellement dans la
nappe de brouillard spécialement créée à leur intention par
le Seigneur. Mon confesseur toutefois vit dans ma bonne
volonté un zèle apostolique qu'il interpréta comme un indice
de vocation à la prêtrise. La monotonie de mes confessions
l'assura qu'en moi la plante de la luxure était bel et bien
desséchée, brûlée. En deux ans le lys de la chasteté avait si
joliment fleuri mon âme que le prêtre, avec l'accord du
directeur du collège, décida que je poursuivrais mes études
dans un des grands séminaires attachés à « notre très chère »
Université catholique de Louvain. Le curé du village, convoqué avec ma mère, applaudit. Ma mère, elle, estimait qu'il
était temps que je gagne ma vie. J'avais dix-huit ans, elle avait
rêvé de me voir succéder à l'instituteur de l'école paroissiale,
un homme usé, plus souvent malade que tous les élèves
ensemble, qui avait dépassé l'âge de la retraite. Mon confesseur et les abbés prêchèrent. La hauteur des vues de Dieu sur
moi la firent s'incliner.

III

J'ai pris le train. La locomotive a tiré les wagons entre les talus élevés comme des terrils et plantés de maigres bouleaux, de noisetiers sauvages, a foncé pendant des kilomètres au fond de cette rigole d'où je n'apercevais, avec les herbes et les frondaisons que le ciel, est finalement ressortie pour franchir un pont. Après le pont, le convoi s'est engagé entre des labours gras et plats, étendus jusqu'à l'horizon noyé dans un brouillard qui montait d'entre les sillons. Ensuite j'ai traversé des villes aux noms si différents : Grandville, Kumtich, Erps-Kwerps, Moha... qu'à chaque gare j'avais l'impression d'entrer dans un autre pays. Le train a glissé à nouveau entre des talus. Il a longé quelques secondes une rivière au bord de laquelle venaient boire des vaches, puis la rivière a disparu derrière de très hautes orties. Des villages ont défilé, séparés par des vergers, des alignements de peupliers. Des hameaux, des fermes surgissaient au détour d'une haie. Des maisons de briques rouges traînaient, pareilles à des jouets au milieu d'un pré et autour de ces maisons couraient des chiens, des enfants. Le train roulait entre deux gares lorsque brusquement il s'est arrêté. J'ai abaissé la vitre : une file de tracteurs et de chariots s'étaient immobilisés en travers des rails, des hommes et des femmes s'agitaient devant la locomotive. Ils étaient habillés de noir, criaient, brandissaient des tridents, des fauchets, des bannières de procession.

— Qu'est-ce qui se passe ? a demandé l'unique voyageur à partager mon compartiment.

— Y a des gens devant le train, ils ont l'air en deuil.

— En deuil? a répété l'homme qui portait une barbiche, un chapeau et tenait dans ses mains un livre. Ça doit être les ouailles d'un curé; ils veulent sans doute faire fermer les nouvelles écoles.

Et il m'a expliqué que le gouvernement de la province, où siégeait une majorité de socialistes, avait fait construire des établissements où n'enseignaient que des professeurs formés par l'Université de l'État. Les évêques qui, jusque-là, contrôlaient à eux seuls la totalité du réseau scolaire n'admettaient pas la concurrence. Ils avaient célébré des messes spéciales, des neuvaines, demandé qu'on versât des oboles supplémentaires, écrit des lettres pastorales à toutes les paroisses et celles-ci organisaient des marches de protestation, chantaient des litanies, arrêtaient les trains et semaient des clous sur les routes, exigeant que les nouvelles écoles fussent dirigées par des prêtres. Le voyageur connaissait bien le problème, il était fonctionnaire : Maxime Loo, se désigna-t-il, soulevant légèrement ses fesses de la banquette et le chapeau de son crâne. Et naturellement, soupirait-il, dans les campagnes on ne trouvait guère de contre-manifestants.

— Et en ville? questionnai-je, craignant déjà de me voir pris dans une guerre.

— Ça dépend. Dans la capitale, et j'y habite — il souleva de nouveau son chapeau et ses fesses —, les gens descendent dans la rue pour défendre les nouvelles écoles. Ailleurs, ça varie suivant le pourcentage d'électeurs chrétiens.

J'appris ainsi qu'à Borgworm il y avait autant de citoyens pour semer des clous que de citoyens pour les ramasser, d'où l'indice très faible dans cette ville de pneus crevés et de semelles trouées. A Montagu, par contre, le fameux centre de pèlerinage à la Vierge de la Bonne-Odeur, on avait répandu devant le nouvel établissement scolaire un tapis de clous si serrés, de gros clous à trois pointes, que seuls des fakirs auraient pu se présenter comme élèves et à Montagu il n'y avait pas de fakir socialiste. Mais à Court les catholiques se trouvaient en si petit nombre et avaient si peur qu'ils

s'étaient tout juste risqués à semer des punaises. Dans la ville
où j'allais, seule une minorité avait voté pour le gouvernement : les ouvriers de la cité récemment construite au-delà
du boulevard périphérique; et c'est là qu'on avait ouvert la
nouvelle école, c'est là qu'on se battait. La vieille ville, ramas-
sée autour de l'université, demeurait aux mains des seuls
cléricaux.

J'étais rassuré, j'attendais que le train redémarre, j'avais
hâte de gagner l'endroit qui, dans les désordres de cette province, prenait figure de refuge. La locomotive a sifflé mais
le convoi ne s'est pas ébranlé.

— C'est sûrement que le machiniste est un rouge, estimait
le voyageur, il actionne seulement le sifflet pour intimider
les gens.

Le soir tombait, les brouillards de l'horizon avançaient vers
nous, pareils à un troupeau de bêtes grises et floues, courtes
sur pattes, à poitrail bombé, occupant tout l'espace des
labours de part et d'autre de la voie. Le plafond du ciel, cendré, descendait sur la terre à mesure qu'il s'obscurcissait. Le
fonctionnaire a éclairé le compartiment. Les ténèbres, au-
dehors, ont noyé les arbres, les pylônes dressés en lisière
des champs. La nuit avait fondu, pareille à un vol de grands
oiseaux noirs, sur le convoi. Avec elle s'était installé un
silence plus gênant que celui d'un dortoir de pensionnat :
le silence d'un cimetière qu'on visite seul, après tout le
monde, le soir de la Toussaint; un silence à laisser croire que
des voyageurs avaient égorgé le machiniste puisque la locomotive ne sifflait plus. Je regardais, assis dans mon coin,
mon compagnon de voyage. Il avait ouvert son livre mais
ne lisait pas. Son calme, cette façon placide, un peu lasse,
d'attendre la fin de ce qui pouvait être un drame, une affaire
de sabotage et de destruction, de sang, m'intriguait. Tout à
coup me vint l'idée qu'il était peut-être un ennemi, qu'il
me surveillait. La clarté du compartiment m'exposait à tous
ses regards, elle me parut dangereuse, j'avais l'air d'une
proie. Mais je n'osais pas éteindre, je ne devais pas montrer
au fonctionnaire que j'avais peur. J'ai rejeté la tête contre

le cuir du dossier, j'ai croisé les bras et fermé les yeux. Un
froissement de tissu ou de papier, le frottement peut-être
d'une aile d'oiseau de nuit sur la tôle a troublé le silence.
Il valait mieux que je reste coi, paupières baissées, feignant
de m'assoupir, mais des cris me les ont fait relever. Des
bouches et des mains s'étaient collées, dans le noir, contre la
vitre, des nez s'écrasaient, des langues s'aplatissaient devant
moi dans des coulées de crachat, des yeux s'arrondissaient
ou se plissaient, la pupille brillante et figée, des fronts s'élar-
gissaient, déformés, dans des nuages de buée : les assaillants
s'en prenaient à nous, vociféraient, heurtaient de leurs
masques la fenêtre du compartiment. Sans penser, oubliant
qu'ils étaient mes frères en Dieu et dans l'Église, les prenant,
effrayé que j'étais, pour des diables, j'ai levé la main, me
suis signé. Les masques à l'instant ont pris une forme plus
humaine, un des diables a souri. L'autre voyageur, cria
l'assaillant, était-il, lui aussi, un ami des écoles chrétiennes ?
Le fonctionnaire maintenait ses doigts serrés sur les pages
de son livre, son visage avait pâli, sa mâchoire tremblait. Les
manifestants à nouveau ont glapi, aplati leurs visages sur le
carreau, faisant se multiplier les coulées de bave. Ils frappaient de leurs fronts la vitre avec une telle force que j'eus
peur qu'ils la brisent et sautent dans le wagon. Cependant
mon compagnon ne bougeait pas.
— Signez-vous, monsieur, ils nous laisseront tranquilles,
ils partiront, l'ai-je exhorté.
— Non, monsieur ! J'ai mes convictions, a-t-il répliqué.
— Comment... vous... ?
— Je suis incroyant, oui, monsieur, pour vous servir.
Et il souleva une fois de plus son postérieur et son couvre-
chef. Cette déclaration, les manifestants ne pouvaient l'entendre. Pourtant la fureur continuait à leur tordre la figure,
inonder de salive les lèvres et le menton, à leur faire s'écra-
bouiller le nez. Des poings se sont dressés entre les masques,
s'abattant sur la vitre qu'ils ont martelée de plus en plus fort.
Je savais que si les agresseurs brisaient le carreau, s'engouf-
fraient dans le compartiment, ils m'épargneraient mais l'idée

de voir couler, sous mes yeux, le sang du voyageur me faisait horreur. Je l'ai supplié d'esquisser, qu'il y crût ou non, le
signe de la croix.

— Ça suffit! trancha-t-il, se départant pour la première
fois de son calme. Monsieur, je ne suis pas de votre bord!

Les coups sur la fenêtre se faisaient plus violents, dangereux. Je me suis précipité, hors de moi, sur l'interrupteur, j'ai
éteint. Un voile noir est tombé sur les masques et les poings,
les cris ont diminué, le martèlement s'est estompé. Les
diables se sont évanouis dans la nuit. Le fonctionnaire
remuait les pages de son livre. S'il rallume, pensai-je, les
manifestants reviendront. Mais le voyageur n'a pas rallumé.
Chacun est resté dans son coin, silencieux, séparé par des
croyances que je découvrais différentes des miennes. Jamais
je n'avais parlé avec un athée. Au collège on ne m'avait pas
enseigné ce qu'il me faudrait dire le jour où j'en rencontrerais. Je me suis tu jusqu'à ce que la locomotive se remette à
siffler, que le train reparte, que j'arrive, alors que le jour se
levait, à destination.

Le hall de la gare est désert. Seul, affaissé sur une banquette, dort un jeune homme qui serre contre sa poitrine,
pareil à un oreiller, un colis mal ficelé, d'où sort la manche
d'une chemise. Une porte aussi haute que large, aux vitres
sales, en demi-cercle, ouvre sur le perron et, au-delà, sur une
longue avenue tracée en ligne droite au bout de laquelle se
dresse la tour de l'université. A cent mètres de là, en bordure
d'une place carrée, se trouve, m'a-t-on renseigné, le séminaire. Je m'engage dans l'avenue. Il fait gris, le jour nais-
sant se dilue dans une brume froide, humide, qui flotte entre
des façades à pignons. Les volets des magasins sont encore
abaissés, aucun autobus ne sillonne l'avenue, les voitures
sont rares. Les trottoirs commencent à se peupler. Des
prêtres apparaissent, beaucoup de prêtres de tous âges,
et des nonnes amplement drapées, trottant, coiffées de cor-
nettes à l'architecture compliquée. Des jeunes ensoutanés

débouchent, en rangs de deux ou de trois, des rues latérales.
Ils doivent, à cette heure, gagner les églises, les oratoires. Ils
se croisent, virevoltent à l'angle des routes, se saluent, se
séparent semblables à des danseurs d'un ballet réglé sur la
seule musique des cloches. Une si naturelle ordonnance,
ce quelque chose de calme et de léger dans la façon de marcher, le silence des religieux, confirment qu'aucune agitation,
aucune bataille politique ne trouble la ville. Tout ce monde,
me suis-je dit, vit dans une belle unanimité. Il m'a fallu franchir la porte du séminaire pour m'en détromper.

Une querelle imprécise, encore sourde, opposait le préfet
des études, un logicien scolastique de renom spécialiste du
Moyen Age, au directeur spirituel de la maison. Toute la
communauté le savait, les séminaristes prenaient parti pour
l'un ou pour l'autre, sans connaître très clairement l'objet du
litige, mais ils se préparaient, théologiquement, à la guerre.
Un sous-diacre, le chef orné d'une tonsure très grande pour
sa petite tête et les doigts jouant dans les plis de sa jupe, m'a
pressé de choisir mon camp. J'hésitais, je voulais attendre.
Dans ce cas, lança-t-il, je me laisserais prendre au dépourvu
et mes adversaires m'écraseraient. Attendre était donc observer la pire des politiques...
    — C'est faux! intervint la voix d'un autre collègue, qui
m'avait suivi, soupçonnant le piège, ainsi qu'il me l'avoua
plus tard, et qui s'était arrêté derrière moi. C'est faux : dans
mon pays on attend toujours et ça ne donne pas de si mauvais
résultats.
    — Tu parles! Ça vous met en retard sur tout le monde...
Trente ans de retard! répliqua le sous-diacre. D'ailleurs ici,
ce n'est pas ton pays, on est en Europe *ici!*
    Là-dessus il fit volte-face, s'éloigna, me laissant nez à nez
avec mon défenseur.
    — Excuse-moi, je me présente : Rodrigo da Silva, je suis
Brésilien.
    Les facultés de philosophie thomiste et de théologie comp-

taient des étudiants venus de tous les coins de la catholicité.
Il y avait des Noirs et des Blancs, d'autres encore au teint
olivâtre ou brun, des garçons turbulents, disait la rumeur,
qui provenaient d'Amérique du Sud. Il y avait même des
Jaunes quoiqu'en petit nombre. Ces jeunes gens représen-
taient la fleur intellectuelle et religieuse de leurs prélatures,
diocèses et missions. L'université était fière de les accueillir et
de les instruire. Ils vivaient, répartis dans les différents séminaires de la ville. Rodrigo était l'un deux, il habitait dans la
maison depuis une année.

— Tu sais, moi aussi l'an dernier ils voulaient m'avoir,
enchaîna mon défenseur. Ils font toujours ça avec les nouveaux.

— T'avoir pour quoi?

— Pour les disputations, pardi!

— Les quoi...?

— Les disputes, les batailles de textes, les interprétations,
si tu préfères. Avec tous ces changements et le Concile et tout
ça, y a toujours des pour et des contre. Et les plus futés
cherchent à se trouver des alliés avant même que n'éclatent
les discussions. Mais maintenant je ne marche plus, j'attends.

La fermeté de Rodrigo me rassurait. Dans cette ambiance
de querelle voilée, de machinations, je n'avais qu'un recours :
suivre l'étranger, attendre avec lui. Cette complicité me sou-
lageait. Je n'étais plus seul dans cette maison d'inconnus,
d'alliés douteux et d'ennemis incertains. J'eus envie de rester
avec lui. Un long coup de sonnerie à ce moment se répercuta
dans les corridors.

— C'est la conférence du préfet, m'annonça Rodrigo. Si tu
veux, après on peut se voir, j'irai me promener dans le parc.

Le préfet en début d'année accueillait solennellement les
nouvelles recrues et saluait les anciens qu'il félicitait pour
« leur persévérance dans la rude montée ». Il vitupérait les
déserteurs, ces faibles que les vacances avaient distraits de
leur vocation, formulait toutefois le souhait que, dans le
monde, ils épargnent à leur âme la damnation. Ce préam-
bule terminé, venait le discours, une pièce doctrinale qui,

habilement exposée, servait tout simplement de défense à
ses thèses et de déclaration de guerre contre les thèses
adverses puisqu'en théologie, ainsi que je devais l'apprendre,
la vérité balance toujours entre des interprétations contraires.
Le préfet commença par une longue citation latine, extraite
d'une encyclique. Il y était question, ai-je cru percevoir, de la
place qui, dans les lieux de culte, revenait respectivement au
clergé, aux meubles et aux fidèles. L'orateur reprenait à son
compte l'opinion papale puis il se lança dans une vaste, historique et canoniale argumentation. Il évoqua les Pères,
parmi les plus illustres, et leurs commentateurs. Il reprit *in
extenso* les termes de la disputation dite *Des instruments mobiles
et immobiles des clercs,* s'étendit sur les clauses, *maximaliter* aussi
bien que *minimaliter interpretandae,* des articles qui, dans le
droit canon, traitent *directe aut indirecte* de la liturgie. Le préfet ne consultait plus ses notes. Il parlait, les yeux dans les
nôtres, emporté par les flots d'un savoir inépuisable et tumul-
tueux comme la vie et les luttes de l'Église. Il pourfendait
avec la même vigueur que ceux du passé les schismes et les
hérésies couvant, à leur insu peut-être, chez quelques-uns
de ses confrères. L'allusion était claire, certains élèves se sont
sentis visés. Des séminaristes se sont raidis, triturant nerveu-
sement leurs doigts. L'orateur avait ouvert les hostilités, il ne
dissertait plus que pour diviser l'auditoire. A la fin de la
diatribe les camps étaient définis, ainsi que me l'a fait
comprendre un ancien. Quels camps, diable! me suis-je
demandé et lequel était le bon? Les arcanes de la science
exposée me déroutaient, j'avais peur que l'on ne m'entraînât
dans une voie insoutenable, opposée à celle qu'avait choisie
Rodrigo. J'ai quitté la salle de conférences et j'ai pris le couloir qui conduit à l'extérieur, vers le parc.

Rodrigo s'y promène déjà. En sortant il a décroché du
porte-manteau une longue cape noire, de clerc, dans laquelle
il s'est drapé jusqu'au menton. Il trouve, me dit-il en s'excu-
sant, les fins d'après-midi froides. S'il s'habille de ce vêtement ce n'est donc pas qu'il est pressé d'accéder aux ordres,
je n'ai pas à me poser de question.

— Mais je n'en pose pas!

— Pas encore... et moi, je réponds d'avance, fait-il, le regard soudain malicieux et soulevant le vêtement pour en dégager sa main et me taper dans le dos.

Cette cape, qu'elle en fasse un ecclésiastique précoce ou un jeune seigneur, s'accorde admirablement au jais lustré de ses cheveux, au tracé épais et sombre de ses sourcils, à ses yeux trop noirs et trop grands pour un visage aussi effilé que le sien. La pèlerine accentue le teint d'ocre de sa peau, un ocre terni par le manque de soleil et piqueté d'une myriade de minuscules poches grises, séquelles d'une maladie tropicale ou d'une mauvaise alimentation, qui lui vieillissent les joues, alors que le front est resté lisse et le sourire jeune. Son visage d'ailleurs a quelque chose de blessé, son regard brûle. On dirait qu'une passion le ronge, une fièvre de l'âme, un tourment qu'il cherche peut-être à étouffer dans ce séminaire, sous nos climats frileux et loin de son pays. L'ample tissu noir rehausse la gravité de ce visage que jamais je ne trouverai vraiment beau, même dans l'enthousiasme d'une amitié un peu maniaque. Rodrigo me propose de gagner le bosquet dressé au-delà d'une prairie mal entretenue qu'on appelle « la pelouse ». Le bosquet s'étend jusqu'au boulevard périphérique de la ville.

— Alors, ce discours, ça t'a plu?

— Pas tellement, lui dis-je, cette manie des citations, ça me gêne toujours un peu, même lorsque je les comprends.

— Et pourtant le préfet ne s'en prive pas. Tu verras quand on sera lancé en pleine bagarre.

— Justement, cette bagarre, je n'ai pas très bien saisi son objet.

Rodrigo s'en étonne. N'ai-je pas entendu parler de culte et de clergé, de lieux et de places et de ces instruments dits mobiles et que lui, le préfet, prétend immobiliser?

— Quels instruments?

— Les autels, pardi! Le préfet ne veut pas qu'on change les autels de place.

La guerre, en conclut mon informateur, portera cette

année sur l'orientation de la table du sacrifice à l'intérieur de la chapelle. C'est pour lui tout à fait clair et d'ailleurs il la sent venir, cette guerre, depuis qu'au Vatican les Pères conciliaires en ont disputé avec une brochette de liturgistes fameux, des semaines durant, sans se mettre d'accord. Toute mésentente au sommet se répercute à la base. C'est pour cela que dans les séminaires on ne vit plus que dans une ambiance de croisade. La peau neuve que tient à se faire l'Église suscite des attaques et des contre-attaques et toutes les manœuvres classiques de l'art militaire : la ruse, le siège et la mise en circulation de rumeurs et de communiqués qui visent à décourager l'adversaire. Et là, estime Rodrigo, le préfet a marqué des points en faveur du maintien de l'autel dans le fond du chœur, orienté de telle sorte que le célébrant continue à tourner le dos aux fidèles. Pourtant le gros de la communauté penche pour la célébration face au peuple. Seulement son chef de file, le directeur spirituel, n'arrive pas à disputer aussi brillamment que le préfet, il met de son côté trop de sentiments, pas assez de raisons. C'est un paysan, il sent les choses mais s'en explique mal. L'érudition du préfet, ses dons d'avocat, qu'il doit tenir de son père, professeur émérite de droit, lui confèrent toujours, en début de bataille, le dessus.

— Et après? coupé-je, excité, comme si la guerre battait déjà son plein.

— Après, l'érudit s'essouffle et le sentimental propose ses méditations.

— Ça doit être passionnant!

— Peut-être, si l'on fait abstraction de l'enjeu.

Car pour Rodrigo il est dérisoire, l'enjeu. Comme sont dérisoires les autres querelles des évêques et des théologiens des Églises d'Europe. Chez lui, on se divise sur des choses plus graves : la torture, la faim, la guérilla, la misère, tout ce qui fait le tran-tran de l'Amérique du Sud. Et il me dépeint une fresque pleine de bouches tordues, de sang, de bras déchiquetés, parle d'hommes qu'on émascule, de jeunes gens qu'on ligote sur des enclumes, de ventres de mère que dévorent, avec leurs fœtus, des rats. Il évoque des foules et

des meetings, des rafles et des fusillades. L'étranger me révèle
des atrocités, des carnages que mes livres, quand ils les rap-
portaient, situaient toujours dans la lointaine époque des
martyrs. Et voilà que ces carnages persistaient et qu'on y
trouvait, mitres en tête et parés de chasubles cousues de
rubis, des évêques qui crossaient les combattants que d'autres
prélats bénissaient, entraînant dans la bataille leurs prêtres
et leurs séminaristes, contraints eux aussi de choisir entre le
coup de crosse et la bénédiction. Et là Rodrigo a toujours
choisi, il s'est engagé, à quinze ans, alors qu'il était au petit
séminaire. En ce temps-là le plus jeune des trois cardinaux
de son pays avait aspergé d'eau bénite l'avion du haut duquel
la police avait jeté à la mer un groupe de jeunes communistes mais le vieux cardinal-primat avait protesté. Rodrigo
s'était rangé dans son camp. C'est ainsi qu'à plusieurs reprises
et sans en avoir beaucoup le goût il avait dû faire de la politique. Là-bas aucun prêtre ne peut l'éviter, les enjeux de
l'Église sont toujours des enjeux politiques.

Pour moi, ce terrain est encore plus neuf. Je suis mal, la
politique ne m'intéresse pas et d'ailleurs je n'y comprends
rien. Au village les gens qui se lancent dans la politique se
disputent à chaque élection, s'injurient, ne se regardent plus
puis finissent par voter tous ensemble pour le même homme.
La religion, les études m'ont toujours paru plus utiles. Et
voilà que dans la maison de Dieu, dans la ville de l'université
que patronne l'Église, je ne tombe plus que sur des gens qui
se passionnent pour la politique, et quelle politique! des
histoires de semis de clous, d'arrêts de trains ou d'écoles que
les uns veulent construire et les autres détruire, ou alors ces
terribles récits sortis de la bouche du Brésilien dont j'attends
plutôt qu'il m'éclaire sur ses préférences concernant l'orientation de la sainte table. Seulement, des préférences, Rodrigo
n'en a pas. Pour lui, l'unique problème est de la maintenir
ou de la supprimer. Or tout le monde est d'accord pour la
maintenir. L'orientation qu'on lui donne et le nombre de
pots de fleurs dont il convient de l'orner, ça ne l'intéresse pas,
là-dessus il n'a aucun conseil à me donner.

— Et si on te demande ton avis ?

— On ne me le demandera pas, on me connaît, on sait que je m'en fous. Je ne suis pas le seul : les Congolais aussi s'en fichent, sauf un, qui justement s'est spécialisé dans les questions liturgiques avec deux Sud-Américains auxquels mes compatriotes ne parlent pas. Les Européens disent que nous ne sommes pas assez civilisés pour mesurer l'importance de leurs guerres. Naturellement, pour leur prouver le contraire, le Congolais et les deux Sud-Américains s'engagent encore plus à fond que les gens d'ici.

L'attitude de Rodrigo me plaît. Je me sens moi aussi incapable de trancher. Je m'abstiendrai.

Le coucher de soleil a noyé dans l'ombre les allées du bois, transformé en nuages compacts et noirs les frondaisons des arbres, bouché les espaces entre les buissons, sauf à l'est où brillent les néons jaunes du boulevard. Attirés par cette lumière, par la route et le fragment de paysage que les lampes arrachent à l'obscurité, Rodrigo et moi changeons de direction. Nous arrivons bientôt à la clôture, un treillis surmonté, comme sur les terrains militaires, d'une double ligne de fils de fer barbelés.

— Ils ont peur qu'on s'échappe ? demandé-je, plaisantant, à mon compagnon.

— Ils ont peur qu'on nous envahisse !

— Qui ça ?

— Eh bien, les gens de la cité, m'explique-t-il, indiquant les alignements de petits cubes, tous pareils, des maisons sans étages, hérissées d'antennes de télévision, construites derrière le rideau de lumière et au-delà d'un incessant défilé de voitures.

— Et pourquoi nous attaqueraient-ils ?

— Parce qu'on les a provoqués, mon vieux !

Et il me raconte qu'avant les vacances le recteur magnifique de l'université, le doyen de la collégiale et les curés de la ville ont signé une lettre distribuée, avec le courrier, dans

toutes les maisons. Cette lettre exhortait les parents à boycotter les « écoles dites neutres mais antichrétiennes », déclarait
le texte. Le message a déclenché un mouvement de colère
dans la cité. Le tapage qu'on y fait répond à celui de l'université, un tapage de riches, estime le Brésilien, qui s'y sent aussi
étranger qu'aux querelles liturgiques. Dans son pays, des
écoles il y en a si peu que lorsqu'il s'en construit une, catholique ou pas, évêques et ouvriers, sacristains, bonnes sœurs
et patrons de bistrot tombent dans les bras les uns des autres
en riant de bonheur. Lui-même, étant gosse, a appris à lire
dans l'arrière-salle du magasin d'un vieux libraire qui ne
mettait jamais les pieds à l'église et quand il est mort, tout le
village, qui était chrétien, a pleuré : il n'y avait plus personne
pour instruire les enfants. Il a fallu attendre des années avant
qu'on nomme un instituteur, davantage encore avant qu'on
bâtisse l'école, et lorsqu'il est arrivé, l'instituteur a donné ses
leçons dans la chapelle. Pourtant on le disait communiste
et, un jour, des policiers du chef-lieu sont venus le fusiller ;
les parents des élèves ont jeté des bouteilles et des pierres sur
leur voiture. Rodrigo trouvait ridicule de se battre parce
qu'on a trop d'écoles.

Le soleil avait basculé derrière les édifices de la ville, le
ciel était noir, les allées se fondaient dans la masse informe
et bruissante des taillis. Une faible clarté bleuissait la pelouse.
Nous l'avons traversée, en ligne droite, afin de gagner au plus
vite la maison.

Nous mangions, dormions et priions derrière les murs du
séminaire mais nous suivions les cours à l'université. L'hiver,
précoce cette année, avait dévêtu arbres et buissons. Il
gelait. Le jour se levait très tard et mettait des heures à
percer la nappe de brouillard qui planait sur la ville et le
parc. Il pleuvait souvent. Mon ami et ses compatriotes
mouraient de froid. Ils s'habillaient de multiples lainages,
enfilaient des pardessus et des passe-montagnes, se plai-
gnaient davantage que les étudiants africains, plus résistants
ou moins enclins à protester.

— Encore quatre ans! Jamais je ne tiendrai le coup, maugréait le Brésilien.

Il avait tellement insisté pour venir en Europe! Chez lui, dans son diocèse, il n'y a qu'un petit séminaire. Ceux qui veulent poursuivre leurs études partent ensuite pour les villes de Recife, de Bahia, de Rio, ou alors, s'ils sont premiers de classe, l'évêque les dirige vers l'Europe. Rodrigo s'était acharné à prendre la tête de sa promotion. L'Europe, pour lui, c'était le paradis du savoir, le contact avec la philosophie, les grands esprits; c'était la civilisation. Il voulait absolument la connaître. Il avait donc étudié d'arrache-pied et, avant d'arriver, il lisait déjà des livres en français. Le Brésilien avait même rédigé, toujours dans ma langue, une méditation de trois pages, en vers, sur la mort supposée chrétienne de Victor Hugo. Ses professeurs l'avaient félicité et l'évêque avait décidé qu'il était apte à faire le voyage.

— Un voyage que maintenant tu regrettes, lui dis-je...

— Oui et non... Si j'étais resté dans mon trou j'aurais vécu frustré, malade d'un grand rêve irréalisé. Maintenant que je suis là je me sens également frustré. Ton Europe, elle n'a rien à voir avec mon rêve, elle est presque bête, et gâtée, trop gâtée, elle n'invente plus rien, elle passe son temps à se diviser sur des trucs accessoires. Que veux-tu que ça m'apporte? Alors je me demande si ça vaut le coup de supporter encore pendant quatre années vos mois de pluie...

L'Europe, pour moi, c'était des noms d'auteurs : ceux qu'on m'avait fait lire au pensionnat et c'était les croisades, les rois de France, la vie des saints. Ce que je connaissais : le village, le bourg de Saint-Rémy, appartenaient à un autre monde et ce monde n'avait aucun rapport avec celui de mes lectures. Et voilà que l'étranger me la lançait, l'Europe, au visage. Il disait « ton » Europe comme si je vivais en plein dedans. Ainsi tout d'un coup me donnait-il l'impression qu'en passant du collège au grand séminaire, en entrant à la Faculté, j'avais complètement changé de monde. Mon voyage, il est vrai, m'avait révélé des choses nouvelles : la guerre des écoles, les cortèges d'ouvriers, les batailles de clous, mais cela, c'était de la politique, je ne voyais pas, lui dis-je la relation que ça pouvait avoir avec l'Europe.

— L'Europe de Jeanne d'Arc, bien sûr, ou celle de Pie VII, l'Europe d'hier. Mais celle d'aujourd'hui, qu'est-ce que c'est? Celle de ton pays, de tes évêques? Où vis-tu donc et à quelle époque, hein?

Rodrigo avait sans doute raison : on m'avait fait vivre dans la Rome des papes, la Belgique de Charles Quint, le Paris de saint Thomas. Comme lui, exactement comme lui, là-bas, dans son trou d'Amérique du Sud. Et ce trou il l'avait quitté, comme moi mon village, pour se retrouver dans quoi...?

— Dans des querelles de briques! Mille briques pour l'école du chanoine Machin, neuf cent quatre-vingt-dix-neuf briques pour l'échevin socialiste Chouette, un autel en marbre tourné comme ceci pour le révérend préfet, un autel en albâtre tourné comme cela pour le directeur... Et tout cela au pays d'Érasme, au pays de Louvain-la-Grande : celle des bouquins, naturellement, car l'autre, celle d'aujour-d'hui, Louvain-la-merde, on n'en parle pas et pourtant c'est dans Louvain-la-merde qu'on patauge! C'est cela ton Europe, pas celle de ton arrière-arrière-arrière-grand-père!

Rodrigo exagère, me disais-je, ses paroles ne découlent pas de sa pensée mais d'ailleurs, d'une blessure, d'une souffrance cachée ou tout simplement de sa nostalgie du soleil, des siens, de sa haine de nos brouillards et de nos pluies, de son dégoût de patouiller de longs mois dans la boue. Cependant je ne trouvais rien à répliquer et le silence, mon silence, il pouvait l'interpréter comme un acquiescement, une défaite. Et je refusais de m'aligner sur son avis, de m'incliner. L'Europe, mon pays, Louvain, le séminaire n'étaient pas, j'en étais sûr, ce qu'il affirmait. Après quelques mois de fréquen-tation des cours, quand j'en saurais plus, je lui opposerais une image plus élevée et digne de celles du passé. D'ici là je ne l'écouterais plus. J'ai tourné les talons, l'ai laissé pour-suivre tout seul son chemin. J'ai gagné par une autre rue la Faculté.

On était en mai. Les plantes du parc, le gazon, très vert, avaient repoussé. Dans le bois, les arbres bruissaient de toutes leurs feuilles. Des milliers d'anémones rosissaient les allées. La température s'était adoucie mais, le soir, mon ami, éternel frileux, revêtait sa cape. Nous marchions jusqu'à la clôture, nous nous couchions dans l'herbe, discutions. Un jour, Rodrigo proposa de passer la nuit dans le parc.

— Parfois je trouve ma chambre trop petite et je songe au hamac que mon père accrochait aux goyaviers devant la maison. J'adorais dormir à la belle étoile. D'autres fois j'en ai marre de toujours me retrouver seul, la nuit, entre mes murs et je regrette le dortoir du petit séminaire, je me souviens de mes camarades qui ronflaient, qui faisaient grincer leurs lits, de ceux qui rêvaient tout haut et des somnambules ou qui feignaient de l'être pour aller boire aux lavabos. Tu ne crois pas qu'on devrait installer deux lits par chambre?

— J'aimerais bien mais je pense que les supérieurs ne le permettront jamais. Ils diront qu'on serait tenté de bavarder, de se distraire, que sais-je? au lieu de méditer.

— Tu médites, toi, sous les couvertures?

— Pas beaucoup, je pense à trop de choses.

Mes pensées, au lit, me ramènent au village, à la rue, au potager de la maison, aux plantes vertes. Je me revois traversant les prairies, la main serrée dans celle de grand-père Gauthier, je cours puis je vais m'asseoir entre ma mère et ses pots alignés sur les pavés de la cuisine. Je songe aux asparagus fleurissant l'armoire de ma chambre et je saute, brusquement, de cette image à des souvenirs d'un autre temps, d'un autre lieu : du collège, du bourg de Saint-Rémy, des histoires que me racontait Leopoldus, de ses visites et des nuits que nous passions, bien au chaud, sous les draps. Mais cela m'attriste, j'éprouve une sorte de malaise, ça m'énerve et je perds le sommeil. Depuis mon arrivée au grand séminaire j'y pense souvent et, au lit, je dors mal et ne médite guère. Alors je me relève et m'agenouille, face au mur, et j'essaie de prier jusqu'à ce que la fatigue me gagne. Le sou-

venir de Leopoldus persiste et je songe parfois au baiser
d'Alphonsine. Mais pourquoi parlerais-je à Rodrigo de ces
choses puisque j'ai changé de vie? J'ai simplement dit à mon
camarade que je pensais comme tout le monde à ma famille,
à mon enfance, aux menus événements de mon adolescence, à
mes lectures, mes projets...

— Quels projets? a-t-il demandé.

— Eh bien, ma spécialité en théologie et le type d'apostolat
que j'aimerais exercer, ou encore le délai dans lequel je me
sentirai capable de prononcer mes vœux.

— Tu te sens prêt?

— Pas encore, j'ai des doutes, la chasteté me fait peur et
pourtant je ne faillis jamais. Je songe à demander un sursis
mais je ne sais pas pourquoi.

— Moi, si je pouvais, je prononcerais mes vœux tout de
suite. Comme ça je serais bien forcé de les observer. Pour
certaines choses, faut que je me force.

— C'est risqué... Je ne suis pas sûr que le Seigneur le
demande.

— Dans mon cas Il l'exige!

Rodrigo se faisait mystérieux. Je sentais à nouveau affleurer
dans ses paroles, dans son regard, l'anonyme passion,
l'énigme, le secret qui sans doute m'eût fourni la clef de
l'intransigeance de Dieu à son égard. Mais son abandon ne
durait que le temps d'un mot; l'étranger se ressaisissait,
changeait le sujet de la conversation. Je me taisais, m'inter-
rogeais sur la nature et l'origine de cette passion, me
demandais ce qui, là-bas dans son pays, avait pu l'amener
au bord de la perdition. Car il s'agissait de perdition.
Rodrigo, à seize ans, avait décidé de poursuivre dans la voie
tracée par le petit séminaire, mais ce n'était pas pour satis-
faire un rêve ou une vocation, pour apprendre à bénir,
convertir, confesser les pécheurs, prêcher. Ce n'était pas,
contrairement à d'autres de ses collègues, pour être heureux.
C'était, trancha-t-il, se raidissant, pour sauver son âme.
Étrangement j'ai eu l'impression que mon camarade la
savait déjà condamnée. Quant à moi, expliquai-je, j'étais

entré au séminaire parce que je n'aimais pas la vie que les gens mènent. Leurs travaux, leurs passe-temps, l'usine, le commerce, le mariage et leurs conversations ne me disaient rien, je cherchais autre chose, une autre vie et cette vie, on me l'avait démontré, c'était celle des prêtres. Mon confesseur avait clairement perçu, dans mon refus de la vie des gens, un appel de Dieu.

Une procession de nuages bleu marine, effilochés, s'étirait au-dessus des arbres, franchissait le barrage noir, pointu, des toits du séminaire, et défilait, écumant, devant la grande hostie légèrement cendrée de la lune; puis les nuages se perdaient en silence dans l'océan de la nuit. Les rameaux feuillus des arbustes et des buissons se frôlaient. Sur la pelouse des touffes d'herbe déjà haute oscillaient au gré d'une brise que Rodrigo trouvait froide, ce qui le faisait se recroqueviller sous sa cape sombre comme un drap de catafalque. Au froissement des plantes se mêlait le ronflement sourd et sporadique des automobiles glissant dans le rai de lumière du boulevard. Le carillon de la tour de l'université sonna deux heures. J'avais envie d'aller me coucher.

— Dors ici, suggéra mon camarade.

— Mais je n'ai pas de couverture.

— La cape est assez grande pour deux.

La proposition de Rodrigo me ramenait à l'époque de mes nuits de collégien, des intimités bouleversantes et clandestines. J'hésitais à m'étendre, quelque chose me troublait. L'étranger a déployé son vêtement; il a reculé pour me faire place.

— Qu'attends-tu, a-t-il plaisanté, t'as peur de recevoir des coups de pied?

J'ignore si le dormeur est resté dans le parc jusqu'au matin. Après quelques phrases sur la dureté du sol et la fraîcheur de l'air, sur l'odeur sauvage et forte du bois mouillé, Rodrigo s'est enlisé dans le sommeil. Moi, j'ai continué à lutter contre le souvenir de Leopoldus. Vers cinq heures, les nuages se sont violacés, une lumière à stries rose et mauve s'est déversée sur la pente des toits. Je me suis remis debout, ai plié la cape sur le corps de mon camarade. Abruti de fatigue, je me suis retiré.

Rodrigo a reçu la tonsure au terme d'une semaine de retraite organisée après le retour des vacances. Les candidats aux ordres mineurs se sont avancés, revêtus de longs surplis parés de dentelles, chantant, les mains jointes, les litanies des saints. Ils s'étaient frictionné les cheveux, les avaient peignés avec une certaine recherche pour leur dernier jour de coquetterie. Il convenait d'offrir aux ciseaux de l'évêque une toison dont la destruction constituât un vrai sacrifice. Mon ami tendit sa chevelure sombre et lisse, ses mèches courtes et légèrement ondulées qui, sous la lumière blanche des lampes du chœur, semblaient faites de fils de soie très fins, trempés dans l'encre la plus noire, des pinceaux à reflets bleus. Le prélat coula ses doigts dans la coiffure, les serra sur la touffe qui couvrait l'occiput. Il fit luire les lames de l'instrument, cisailla, retrancha de la toison de mon ami une torsade de jais. Rodrigo releva la tête, une entaille séparait sa chevelure en deux parts inégales et hirsutes; sa tonsure ressemblait à une cicatrice piquée de poils ras. Après la cérémonie un confrère raccourcit les mèches épargnées, élargit avec un rasoir la cicatrice, l'arrondit, la nettoya de ses piquants. L'étranger dorénavant offrirait à mon regard la blessure blanche et circulaire d'une chevelure humiliée, enlaidie davantage encore que celle des autres ordonnés et à cause de son teint. Les séminaristes blonds présentaient un cercle de couleur chair et les nègres une hostie aussi foncée que la mousse crépue de leur tête; leur pastille on ne la voyait qu'en les suivant de près. Rodrigo arborait sa tonsure comme une grosse médaille cousue sur une pièce de velours noir. La médaille éclatait au soleil, on l'apercevait de loin. Plus que les autres clercs mon ami semblait marqué.

Cette cérémonie m'a indisposé. Le signe était trop voyant, j'ai ressenti la tonte comme l'imposition d'un défaut physique. L'idée de porter un jour sur le crâne cette couronne de chair me rendait malade. Le rond de peau blanchâtre appellerait des rires ; d'avance j'en étais honteux. J'évitais de regarder Rodrigo aussi longtemps que ses cheveux n'avaient pas repoussé. A chaque nettoyage de sa tonsure le malaise revenait. Mon directeur de conscience à qui je confiai ma gêne, y décela des symptômes de ce qu'il appela « une crise de vocation ».

— Mais je veux me donner, lui ai-je dit, je veux quitter le monde.

— Alors, pourquoi ces réserves, pourquoi ce refus des signes par lesquels vous montrerez que vous l'avez quitté ?

— Je ne sais pas, je... c'est trop visible.

— Comme tous les signes !

— Oui mais ce qui compte...

— C'est la tonsure de l'âme, nous sommes d'accord, et je sais qu'il en est qui se contentent de celle des cheveux. Mais sans le sacrifice extérieur comment le monde saurait-il qu'intérieurement aussi vous en êtes séparé ?

Le directeur devait avoir raison. Pourtant je m'obstinais à souhaiter que mes seules vertus suffisent à prouver ma consécration. Je voulais être un saint qu'on reconnaît à ses paroles, à son regard, qu'on découvre progressivement, en le voyant agir, qu'on aime, et non pas un personnage qu'au premier abord on salue à cause de ses vêtements, du ton de ses chaussettes ou de l'estampille figurant sur son crâne et dont justement à cause de cela on se sent coupé.

— Au fond, toi, tu es un mystique, estimait Rodrigo, et ce que moi je recherche : les démonstrations, les représentations, les rites et les preuves que je suis bien en train de sauver mon âme, ça ne t'intéresse pas, tu n'en as pas besoin ; tu te sens sauvé d'avance.

Depuis la fin des baisers, l'écœurement cueilli sur la bouche d'Alphonsine, depuis mon repentir, l'idée de la damnation de mon âme s'était dissipée. Mon camarade voyait clair et ses doutes sur lui-même n'en devenaient que plus troublants, excitaient ma curiosité, mon désir de descendre en lui, de pénétrer sa vie intérieure comme je le laissais pénétrer la mienne. Mais l'étranger se fermait, opposait l'écran de son indéfinissable blessure. Son âme, au seuil d'une intimité trop grande, se retournait.

La guerre scolaire, après l'accalmie des vacances, connaissait depuis la rentrée un regain de violence. Évêques et politiciens s'accusaient d'exciter le peuple, de le dévoyer, de le lancer dans des désordres et des manifestations toujours plus fréquentes et plus périlleuses. Aux meetings des uns répondaient les campagnes d'intimidation des autres, aux boycottages les blocages et détournements de circulation. Les syndicats convoquaient leurs troupes, les partis politiques diffusaient des proclamations, les pères et les mères se mobilisaient, lorsque le cardinal décida de faire marcher les croyants sur la capitale. Les curés des paroisses convoquèrent les fidèles qui se rendaient à la messe en automobile, en camionnette et même en tracteur. Ceux qui allaient à l'église à pied se cotisèrent pour louer des autocars. Les propriétaires de bicyclettes partiraient après avoir assisté, avant l'aube, à un office spécialement célébré pour eux. Les prêtres et les séminaristes, les internes des pensionnats chrétiens escorteraient les manifestants et les dirigeraient. Les étudiants de l'université catholique assureraient le service d'ordre et lanceraient les slogans. Les religieuses des ordres actifs se joindraient aux contemplatives et passeraient avec elles toute la durée de la marche en prière. Le préfet des études nous pria de nous associer à la protestation. Les séminaristes étrangers n'avaient pas à se sentir extérieurs aux enjeux, à dédaigner le combat, à s'abstenir ; le préfet les a invités à emboîter le pas aux clercs nationaux : la catholicité ne connaissait pas de frontières...

La veille du jour dit de Protestation des Écoles de Dieu, mes collègues et moi nous sommes retrouvés, après le petit déjeuner, devant la porte du séminaire. La prudence incitait à se rendre en groupe à la Faculté. Le brouillard, apparu depuis quelques jours, était dense; on pouvait s'égarer, s'exposer à des attaques surprises et tomber sur des adversaires invisibles et dressés, la trique à la main, à cinq mètres de soi, en pleine rue. Rodrigo, irrité par le froid et l'humidité de ce mois d'octobre, se hâtait d'arriver à la salle de cours. Il avait pris la tête du groupe, j'allais à ses côtés. Tout à coup il a poussé un cri de douleur, a vacillé, s'est retenu à mon bras. Il s'est mis à danser, en hurlant, sur un pied. L'autre battait l'air telle une aile d'oiseau blessé, entravé par un trébuchet. Son genou était pris de secousses, sa jambe tremblait. « Les salauds!... les salauds! Foutu pays! » geignait-il, sautillant toujours sur un pied et me broyant les biceps. Finalement il a cessé de gigoter, m'a tendu la jambe : Rodrigo avait marché sur un clou. Je me suis accroupi; les pavés devant nous en étaient jonchés : les premiers d'un barrage de pointes d'acier, de piquants soudés quatre à quatre de telle sorte qu'il y en eût toujours un tourné vers le haut. L'épine de métal avait traversé la semelle du brodequin de mon camarade, s'était enfoncée dans sa chair. La laine de son bas s'humectait, le sang coulait à l'intérieur de la chaussure. J'ai aidé Rodrigo à s'asseoir sur le bord du trottoir, ai soulevé son pied afin d'extraire le clou. La pointe logée dans le cuir tenait bon, les trois autres, orientées vers mes doigts m'empêchaient d'opérer à l'aise, de tirer avec le maximum de force. L'épi de fer restait planté dans la semelle.

— Saloperie! gémissait le blessé, qu'est-ce que j'ai à voir avec vos croisades?

— Calme-toi.

— Vos disputes, moi, je m'en... aïe, j'ai mal!

— Si j'ôtais ta chaussure?

— Mais ça va m'écorcher tout le pied!

L'épine résistait, le brodequin délacé la remuait, au moindre mouvement, à l'intérieur de la chair; le clou avait rivé le cuir au pied du marcheur. Les piquants fixés à l'extérieur meurtrissaient ma main. Impossible d'extraire cette épine sans outil. Rodrigo s'est redressé, a passé son bras derrière mon cou, est revenu à cloche-pied vers le séminaire.

Le brouillard a persisté toute la journée et le soir il était si épais que tout le monde s'est demandé si la manifestation du lendemain n'allait pas se réduire, avant même de prendre forme, à une guerre de clous. On s'est groupé trois par trois sur le trottoir devant la maison, attendant que défile la colonne des manifestants. Après une bonne heure d'immobilité, transis par le froid, les membres gourds, les écharpes et les cheveux à demi givrés, on s'est mis en branle en se disant qu'à longer les murs on avait quelque chance d'éviter les clous. On s'est enfoncés dans la brume sans perdre de vue les façades et on est arrivés, moyennant quelques semelles perforées, au boulevard où déjà s'étaient massés les pensionnaires des autres séminaires et des internats de la ville. La colonne n'avait pas encore fait son apparition, on craignait qu'elle se soit perdue et qu'au lieu de prendre la route nord vers la sortie de la cité, elle se soit engagée sur la route sud, ce dont les marcheurs ne s'apercevraient qu'en franchissant le pont du chemin de fer, après cinq ou six kilomètres de course inutile. Il était toutefois vain de partir à leur recherche : on risquait de se tromper de rue. Mieux valait rester sur place et tourner en rond; au moins on ne se laisserait pas engourdir. Seulement traînailler aussi près de la cité ouvrière constituait un péril. De la purée de pois pouvaient à tout moment surgir des défenseurs des nouvelles écoles, avec leurs commandos entraînés, disait-on, par des syndicalistes de choc et armés. Mais l'ennemi ne se montrait pas. L'attente de la colonne, l'énervement s'ajoutaient à notre situation de faiblesse et nous ignorions combien de temps durerait le piétinement. La brume, pas plus que les jours précédents, ne se dissipait, on gelait sur place. Je regrettais de ne pas avoir moi aussi marché sur une épine de fer; à cette heure je bavarderais, calfeutré avec Rodrigo dans la bibliothèque, le dos contre un radiateur et les pieds sur le velours d'un tabouret. L'étoupe glacée du brouillard me piquait les yeux, m'entrait dans le nez, les oreilles, se déchirait sur mon front, me gerçait les lèvres. Mes doits gelaient à l'intérieur des poches de mon pantalon. Les plus fanatiques de mes confrères commençaient à rouspéter. Une dispute avait éclaté entre deux étudiants de la faculté de théologie, partisans l'un de monter tout de suite vers la capitale, et l'autre de persévérer dans l'attente comme dans la prière, en offrant au ciel la douleur qui nous atrophiait les orteils, nos débuts de rhumatisme et nos gerçures. Des regroupements se formèrent, des religieux se rangèrent aux côtés de chacun des étudiants, des cris fusèrent, la querelle s'amplifia lorsque enfin une troupe d'ombres blanches déchira le rideau de gaze : la colonne arrivait. Les premiers marcheurs expliquèrent qu'ils avaient tourné comme des aveugles dans le labyrinthe des écoles et des couvents, pénétré sans le savoir dans la cour intérieure du bâtiment central de l'université, qu'ils avaient confondue avec la grand-place de la ville et dont ils avaient mis deux heures à trouver une issue. Cela dit, on ne pouvait plus perdre une seconde, il fallait foncer, si possible au pas de course, sous peine de manquer le meeting prévu pour l'après-midi devant le siège du gouvernement.

Nous avons donc foncé, supérieurs en tête, sur le macadam verglacé du boulevard, dérapant, chutant, nous aidant à nous relever, à repartir. Le brouillard noyait le paysage et les balises de la route mais celle-ci menait tout droit jusqu'au lieu du rassemblement, on ne pouvait se méprendre. La fuite en avant était trop belle, nous allions, trop confiants et même chantant, quand nos supérieurs se sont rués sur un semis de broquettes et de clous sans tête, effilés comme des épingles et mêlés de doubles et triples clous cavaliers. Une clameur de rage, des cris, des pleurs s'élevèrent, les blessés s'écroulèrent, tamponnés par ceux qui couraient derrière, provoquant un long carambolage de soutanes et de cabans. Une moitié de la colonne, emportée par l'élan, piétina l'autre moitié, se répandit sur d'autres semis de pointes, s'effondra, elle aussi, laissant pour uniques marcheurs valides les manifestants relégués comme moi sur les accotements du chemin. C'est en poursuivant sur ces accotements que je suis parvenu à gagner les faubourgs où je me suis joint à un autre groupe massé devant une gare de tramways à l'entrée de la capitale. Le groupe occupait toute la place, des gens se bousculaient, bloquant les véhicules que les marcheurs, fatigués de marcher, prenaient d'assaut.

— Où est-on? ai-je demandé à un manifestant.

— Je ne sais pas, je ne suis pas d'ici.

— Porte de Flandre, m'a renseigné un autre, et pour aller vers le centre il faut prendre le 12 ou bien suivre les rails sur le boulevard mais avec cette purée de pois comment le trouver, leur boulevard? On ne voit même pas les fils du tram!

Le brouillard, comme une fumée sortant de bûches humides, mal éteintes, semblait monter des pavés. De la brume émergeaient de temps en temps un trolley ou la baladeuse d'un tram aussitôt arrêté, malgré les coups de klaxon, par la foule. La masse protestait, jurait, suivait le premier braillard venu que contrecarrait très vite un autre meneur qui, lui, hurlait de prendre la direction opposée. La masse ballottait entre la gare et un énorme cylindre noir, une bobine géante et presque aussi haute que large qu'on me dit être un gazomètre. Une palissade de bois l'entourait ainsi que je m'en suis rendu compte lorsque entraîné par le mouvement j'ai failli m'y faire écraser. La palissade a remué, les planches se sont incurvées, ont craqué. Je suis tombé, étourdi, une lamelle de bois plantée dans la main. Un homme qui avait trébuché sur moi m'a aidé à me remettre debout. Je suis revenu en me faufilant, extrayant l'écharde de ma chair, vers les rails.

— Camarades! ai-je entendu tout à coup crier, camarades, réorganisons-nous, les corbeaux s'amènent!

Une rumeur a empli la rue, des slogans ont retenti et même des blasphèmes. Les gens s'agitaient, hurlaient « kwaak, kwaak, kwaak! ». Un voisin m'a tapé sur l'épaule, me criant : « Camarade, on va les plumer! » Les corbeaux, répétait l'organisateur, arrivaient. Je n'avais pas la berlue, ils venaient de Louvain, ces corbeaux et c'étaient mes confrères qui sans doute s'étaient relevés, avaient pansé leurs pieds et repris la route. J'ai manqué défaillir; je m'étais sans le savoir fourvoyé parmi mes ennemis, je me trouvais incorporé à une bande de contre-manifestants. Un début d'affolement m'a saisi mais je ne pouvais fuir, je risquais de me découvrir et de me faire massacrer. J'ai alors attendu, calculant qu'à la faveur du brouillard et des heurts, je réussirais à rejoindre mon camp. Pour ce faire il convenait de me glisser dans le premier rang de mes adversaires. J'ai joué des coudes, vociférant plus fort que les autres « à bas les corbeaux, à bas! » Je levais le poing, me donnais de tels airs d'agressivité que la troupe s'est fendue, les gens m'ont laissé passer. J'étais parvenu en première ligne quand le choc s'est produit. Attaquants et contre-attaquants sont tombés les uns sur les autres. Un gourdin m'a frôlé la tempe et arraché l'oreille. J'ai tourné sur moi en criant : « Je suis des vôtres, je suis des vôtres! » mais en vain : un autre gourdin s'est abattu sur moi. Je me suis écroulé, inconscient, sur le sol.

On a dû me marcher dessus. Quelques heures plus tard je reprenais mes sens, allongé sur une civière dans une ambulance. Mon caban, mon pantalon étaient en lambeaux. Mon visage, mon dos, mes fesses me faisaient mal; des taches rouges couvraient mes mains; ma jambe gauche pendait comme une loque, le genou ouvert, la cuisse écorchée. L'ambulancier m'a amené avec d'autres blessés à l'hôpital de la faculté de médecine. On nous a rapporté que la manifestation commandée par le cardinal avait rassemblé des milliers de personnes mais que le gouvernement n'avait pas cédé. La guerre des écoles reprendrait, on organiserait de nouvelles colonnes et le sang à nouveau coulerait.

— Le mien ne coulera plus, ça je le jure! ai-je promis à Rodrigo venu s'asseoir à mon chevet.

— Que feras-tu? Le préfet vous convoquera tous, tu verras.

— Je désobéirai, j'en ai marre!

Je m'étais fait assommer pour rien, peut-être par un confrère, j'en étais dégoûté. J'éprouvais des douleurs partout, des crampes me tiraillaient la cuisse, je boitais. C'est depuis lors que mon oreille droite a l'air de battre le vent. Elle ne s'est jamais bien recollée.

IV

Rodrigo allait prononcer ses vœux. Il jeûnait depuis deux jours, veillait. Il arpentait seul, des heures durant, les allées du parc, récitant rosaire sur rosaire. La retraite préparatoire aux ordinations se déroulait, selon le règlement, dans le plus grand silence. Et c'est en silence qu'à la veille de la cérémonie je l'ai surpris débarrassé de son froc, vêtu d'un pantalon de velours à grosses côtes, d'un blouson, la tonsure dissimulée sous une casquette. J'ai ouvert la bouche, intrigué par ce travestissement.

— Chut! la règle, a-t-il fait, en posant son doigt sur ses lèvres.

— Mais...

Je voulais insister.

— Chut! a-t-il répété.

Rodrigo avait fait ses valises au cours de la nuit. Il a déserté la communauté sans que j'aie pu lui parler. Le lendemain je recevais, contrarié, les ordres mineurs. Mon âme brusquement était tombée et mon corps semblait sortir d'une longue immobilité : il pesait, j'avais mal aux articulations. Monseigneur Kazimir Karkass, un évêque exilé, délégué par le chef du diocèse, avait présidé aux rites. Il avait retranché de ma chevelure quatre mèches, dessinant avec ses ciseaux une croix. J'avais négligé, après la solennité, d'aller faire arrondir, chez le coiffeur du séminaire, ma tonsure. Aux offices, à la messe, pendant l'oraison mentale

et les heures d'étude, une seule pensée m'habitait : où était
allé Rodrigo? Mes confrères paysans, lorsqu'ils rejetaient
leur état de clerc, s'en retournaient travailler dans leurs
villages, épousaient la première vierge venue, procréaient
chaque année jusqu'à ce que le médecin de famille inter-
vienne pour sauver leur femme de la destruction. Les séminaristes nés en ville se faisaient étudiants, changeaient d'institut. La plupart des étrangers reprenaient leurs études de
philosophie qui, dans leur pays, leur vaudraient d'occuper
toutes sortes de postes, enseigner, donner des avis sur la
façon de sortir du sous-développement, écrire des articles
ou faire de la politique. Ceux-là louaient une chambre en
ville et se mettaient à fréquenter, le soir, les cafés. Quelques-
uns, dégoûtés par les livres ou le climat, regagnaient tout de
suite leurs pays. J'ignorais si Rodrigo avait pris le bateau.

Je fréquentais sans goût la faculté de Théologie. Je sautais
des cours, rôdais dans les rues, traînais à la salle de lecture
de la bibliothèque. Revenu dans ma chambre je ressortais
de mon armoire mes habits civils. Je rêvais de faire le mur,
d'aller visiter les débits de boisson. L'idée de ne plus rien
savoir de mon ami me tourmentait, lorsque, trois semaines
après son départ, j'ai reçu une lettre de lui. Rodrigo avait
loué une mansarde dans un foyer d'étudiants sud-américains.
Il suivait quelques cours à l'École de sociologie et lisait,
écrivait-il, « des livres enfin passionnants ». Il m'invitait à
venir prendre un café chez lui.

La guerre des écoles était terminée. Évêques et politiciens s'étaient rencontrés, sur un terrain neutre, pour
constater qu'après deux années de troubles et d'excitation, les uns n'avaient pas avancé et les autres n'avaient
pas reculé. Ils s'étaient longuement considérés sans rien
dire puis avaient regardé le plafond, un joli plafond du
XVIIIe siècle, et enfin, au bout d'une demi-heure de silencieux reproches, le ministre de l'Éducation nationale avait
bâillé. Son bâillement avait provoqué un semblable mou-

vement de la bouche chez le prélat assis, de l'autre côté
de la table, en face de lui, et ensuite chez son voisin de
gauche qui, à son tour, transmit à son vis-à-vis les contor-
sions de ses mâchoires. De bâillement en bâillement l'atmos-
phère s'était détendue, un air de familiarité s'était installé
dans la salle. Évêques et politiciens s'étaient accordés pour
signer l'armistice. Le pays, du nord au sud, retrouvait la
paix cependant qu'à Louvain s'étaient déclenchées de nouvelles hostilités, plus circonscrites : la guerre des langues.

Des milliers d'étudiants flamands étaient descendus dans la
rue, dépavant les trottoirs, dressant des barricades, bloquant
la circulation des automobiles. Ils entendaient reconquérir
la ville, un territoire violé par les francophones, clamaient-
ils, et colonisé. Les Flamands avaient décidé de rendre Louvain à la mère Flandre et d'en expulser les professeurs et les
étudiants wallons. Ceux-ci résistaient, circulaient, protégés
par des gendarmes et par les pompiers de la ville qui, armés
de leurs lances, dispersaient les manifestants. Une équipe
d'agitateurs nocturnes avait descellé les pavés de la rue où
habitait Rodrigo et avait construit devant la faculté des
Lettres, haut lieu de la pensée latine, une sorte de mur derrière lequel ils comptaient se retrancher. De là les agitateurs
se lanceraient à l'assaut de la citadelle ennemie, la démantè-
leraient, en chasseraient « les ennemis de la culture germa-
nique ». Alertés par un habitant les pompiers étaient accourus, trop tard. La rue n'était plus qu'un chemin de terre que
les arrosages eurent tôt fait de transformer en canal de
boue. Les passants l'évitaient, les résidants s'étaient acheté
des bottes. J'avais demandé au jardinier du séminaire qu'il
veuille bien me prêter les siennes. Chaussé de caoutchouc,
revêtu d'un imperméable et le froc retroussé, j'ai pataugé
sur une centaine de mètres, longeant les façades et escala-
dant les barricades. Je saluais en latin les groupes appartenant à l'un ou l'autre camp, évitant ainsi de m'identifier. Je
suis parvenu sain et sauf au domicile de Rodrigo. Le climat
d'agitation l'avait excité, ses compagnons discutaient, prenant parti pour les étudiants flamands.

— Les Flamands? dis-je d'un air étonné. Mais c'est en français que tes amis font leurs études.

— Je sais, moi aussi, répondit le Brésilien, mais ils pensent que les Flamands sont les exploités et les francophones les exploiteurs et comme ils sont communistes ils sont pour les exploités.

— Communistes! m'exclamai-je, stupéfait de me trouver, pour la première fois, dans une maison de persécuteurs et de sans-Dieu... Tu habites chez des communistes? Mais les Flamands ne sont pas communistes. Et toi, tu es devenu...?

— Allez, n'embrouille pas tout! Les Flamands, j'ignore ce qu'ils sont. Cependant ce qui est sûr c'est qu'ici à Louvain ceux qui parlent français sont des bourgeois, Louvain est une ville flamande, dont le peuple parle flamand, et la francisation par le biais de l'université est le fait des bourgeois. Alors je comprends que le peuple se sente insulté.

— Mais l'Église...

— L'Église dans tout cela a pris le parti des bourgeois puisque c'est elle qui maintient cette université française en terre flamande.

— L'Église est au-dessus des classes...

— Je le croyais moi aussi, dit Rodrigo, mais depuis que j'habite ici mes yeux se sont ouverts sur beaucoup de choses.

— L'influence des communistes...

— Et s'ils ont raison?

— Les communistes n'ont jamais raison!

Je tranchais, récitais ma leçon. Il n'y a pas deux vérités, affirmais-je, c'est impossible, et celle des catholiques est, doit être nécessairement la bonne. Là-dessus le Brésilien ne savait que répondre. Il se contenta d'ajouter que depuis quelque temps il se posait des questions.

Dehors les manifestations avaient repris. Le sifflement des sirènes des camions de pompiers se mêlait au bruit des klaxons des fourgonnettes de la gendarmerie. Les voitures de particuliers cherchaient à fendre la foule et à sauver leurs véhicules des jets de pierres et des grenades lacrymogènes. On poussait des cris de protestation, des hurlements, des slogans. Repliés dans la salle de séjour du foyer les Sud-Américains écoutaient le reportage des événements, assuré en direct par la radio. Ils faisaient des paris sur les chances des uns et des autres. Qu'ils fussent communistes me semblait incroyable. A Louvain-la-sainte il était impossible qu'il y en eût. Rodrigo sans doute avait-il voulu me choquer.

— Pas du tout! Il faut les entendre discuter.

— C'est la première fois que j'entends dire une chose pareille.

— C'est également la première fois que tu sors du milieu des curés, répliqua le Brésilien, et la première fois que tu approches des étudiants.

— Et je suis en soutane. Ça ne les dérange pas?

— Ils s'en fichent...

— Ça ne te fait pas peur de vivre avec eux?

— Non, pourquoi?

— Je ne sais pas... leurs idées pourraient contaminer ta foi, te la faire perdre. Il paraît que la politique, c'est mauvais.

— C'est important!

— Tu crois?

— Je veux dire chez nous, en Amérique du Sud. Là on se bat pour des questions décisives : pour le pain, pour la terre... Ici, faire de la politique c'est se disputer entre universités, hôpitaux et maternités catholiques et non catholiques. Chez nous, c'est se battre pour en avoir, et pour en avoir il faut faire la révolution.

— Communiste?

— La révolution, c'est tout!

La rumeur de la rue, après une accalmie, avait repris. La tactique des Flamands consistait à attirer l'adversaire dans le canal de boue. Les Wallons découvrirent le piège alors que leurs premières troupes s'embourbaient. Leur ardeur à fuir s'en accrut. En vain. Les Flamands avançaient flanc contre flanc. Ils parvinrent à l'entrée de la rue, la fermèrent. Les francophones cherchèrent à se réfugier à l'intérieur des maisons. Excités, sur pied de guerre, les Sud-Américains leur refusèrent l'asile. On entendit gémir. Des étudiants, plus enlisés que les autres, lancèrent des supplications. Les communistes les laissèrent s'envaser. Indigné, j'attendais que Rodrigo s'interposât, il se tut. Mon camarade s'alliait aux athées, aux Flamands. J'étais révolté, je ne comprenais pas.

J'ai quitté le foyer. Mes bottes ont plongé dans la gadoue. Ma soutane, dont j'avais omis de relever le pan de derrière, a traîné dans la boue, s'est alourdie, entravant ma progression vers l'issue non gardée de la rue. A la tombée de la nuit, je n'étais pas encore sorti du large caniveau de fange. Assaillants et assaillis s'étaient dispersés.

Je suis arrivé au séminaire à l'heure des complies, suspendues à cause de l'effervescence qui troublait la maison. Mes confrères flamands défendaient le comportement de leurs concitoyens; les Wallons s'emportaient. Les séminaristes étrangers, pris entre deux feux, balançaient. Le préfet des études, né dans une grande famille de Bruxelles, s'opposait, disait-il, « à la flamandisation de la Rome de Belgique ». Le directeur spirituel arguait, en bon Flandrien, qu'après tout le flamand était la langue de Ruusbroec l'Admirable, de la visionnaire sœur Hadewijch et d'autres mystiques, et donc que cette langue convenait parfaitement à toutes les Romes et même à Jérusalem. Les joutes oratoires de la guerre des langues relayaient les joutes oratoires de la guerre liturgique. Un climat de violence s'était répandu dans les séminaires et les couvents de la ville. Le collège des chanoines et des professeurs était divisé. Les évêques du pays hésitaient à intervenir.

J'ai fui les diatribes, le chassé-croisé des harangues et contre-harangues, je me suis enfermé dans ma chambre. Épuisé, je me suis étendu, enveloppé dans mon froc lourd de crasse et de vase durcie. Le sommeil, malgré mon exaltation, s'est emparé de moi. Le comportement des amis de Rodrigo m'avait écœuré et je l'ai vu, en rêve, encerclé par ces mêmes amis, emmené par eux à travers la ville et criant des slogans par lesquels il abjurait ses anciennes convictions.

Rodrigo se prêtait au jeu, grimaçait devant les portes des
maisons cossues et pissait, comme ses camarades, sur les
seuils et crachait. A aucun moment du rêve je ne l'ai vu chercher à fausser compagnie. La tournée avec les communistes
l'amusait. Ces images ont persisté après mon réveil, m'ont
troublé pendant la récitation de prime, la messe, la méditation. J'éprouvais à nouveau le besoin d'aller le voir. La
bataille livrée la veille dans sa rue, le tapage, les cris et la
découverte d'une cellule d'apostats en plein cœur de la
citadelle catholique du pays, tout cela m'avait empêché de
l'amener à parler des derniers cheminements de sa vie intérieure. Rodrigo m'avait laissé sur ma faim.

Après l'interminable cours de droit canonique (trois heures
d'affilée sur le privilège du for) je suis revenu vers le centre
de la ville, quadrillé par une double rangée de gendarmes.
Les militaires dispersaient les groupes supérieurs à cinq personnes; ils laissaient aller et venir les autres. Des ouvriers
avaient entrepris de repaver les rues. Les étudiants du foyer, à
peine avais-je franchi le seuil, m'ont invité à revenir la nuit
pour les dépaver. Je n'ai rien répondu, suis monté vers la mansarde de Rodrigo. Des gémissements m'ont cloué sur le
palier devant la porte. Ils provenaient de la chambre du
Brésilien. On a séquestré quelqu'un, me suis-je dit, et on
lui fait mal. Un Wallon peut-être ou mon camarade, cou-
pable, qui sait? de tiédeur à l'égard de la doctrine qu'on
prêchait dans la maison. A moins que... — je résistais à l'admettre et, refusant de voir, négligeais de frapper — ...à moins
que Rodrigo ne fût le tortionnaire. Les gémissements de la
victime se prolongeaient par une suite de petis cris plaintifs
cependant que l'agresseur ahanait, excité sans doute par sa
besogne. Mon devoir était de porter secours au persécuté,
quel qu'il fût, et d'arrêter le bras du persécuteur. J'ai fait
irruption sans frapper. Rodrigo, entièrement nu, a sauté du
lit dans lequel gisait, les mains sur le visage, une négresse
aussi déshabillée que lui.

— Ferme la porte au moins, nom de Dieu! s'est-il exclamé.

J'ai fermé la porte, ai regardé, incapable d'articuler un mot, ces deux corps qui ne semblaient avoir aucune honte de leur nudité. Je ne savais comment me tenir, rougissais. La négresse m'a fait penser à Leopoldus entrevu jadis sous la douche. La maigreur de Rodrigo m'a frappé ainsi que l'abondance et la noirceur des poils qui lui couvraient le ventre, les cuisses. Après un instant d'hésitation le Brésilien a saisi son pantalon traînant au pied du lit, l'a enfilé pendant que la fille ramenait sur elle les couvertures.

— On entre comme chez soi, sans frapper... Voilà ce qu'on trouve! T'es content? fit le garçon, me fixant dans les yeux.

— Mais je n'ai pas voulu...

— Quoi?

— Je croyais qu'on faisait mal...

— Et c'est vrai, m'interrompit de nouveau Rodrigo. On faisait mal et plus mal encore que tu ne l'imaginais, n'est-ce pas?

— Je voulais venir en aide...

— Merci! Je commence tard mais quand même je peux m'en tirer tout seul.

— Mais tu ne comprends pas, m'énervai-je. Je croyais qu'on faisait souffrir quelqu'un.

— Ah bon! T'as entendu râler et t'as cru... Pauvre ami! L'innocence vraiment ne fait faire que des gaffes.

Que répondre? J'établissais un lien trop confus, trop neuf, entre les gémissements et la nudité des jeunes gens, je m'y perdais. L'idée que l'amour fît mal me désorientait. Cette idée ne devait plus me quitter, elle me poursuivrait à travers les bouleversements, les espoirs et les désespoirs de mon existence. Rodrigo m'a demandé de revenir plus tard, le temps de « faire *le* mal », a-t-il ajouté, l'air de m'apporter ainsi la preuve que sa damnation se trouvait bel et bien fondée.

Je ne suis pas retourné au foyer. Ce que j'y avais vu m'avait mis sens dessus dessous. Et je n'avais pas non plus envie de rentrer au séminaire, de replonger dans les polémiques et les querelles de langue. Je voulais être seul et avoir la paix.

Je suis allé m'asseoir dans le jardin botanique de la ville.
L'après-midi était doux. Le soleil, un blanc soleil de printemps, éclairait les bouquets mauves et bleus des parterres
de jacinthes, uniques plantes à fleurir, avec des crocus éclos
sur le tard.

Ces rayons, en avril, sont rares. Louvain, la plupart du
temps, n'est pas moins grise qu'aux jours les plus gris de
décembre. Le ciel et les murs, les pavés, sont gris, comme
la pierre, la terre des places, l'écorce des arbres. Les visages
des habitants, déteints par des mois de pluie, de gel, de
brouillard, sont gris. Les maisons qui bordent la Dyle, rivière
sale, offrent aux regards de longues traînées de moisissure
noire à taches grises. C'est dans cette grisaille que les activistes ont relancé le mouvement et multiplié les actions spec-
taculaires. Un matin, quand la brume n'était pas encore
dissipée, un de leurs groupes s'en est pris à sept professeurs
d'histoire de l'art de la faculté des Lettres. Ils les ont kidnap-
pés, emmenés dans un local et interrogés sur ce qu'ils pensaient de la peinture flamande. Comme ils francisaient les
noms des peintres les activistes les ont jetés dans la Dyle,
heureusement peu profonde et coulant sous des nombreuses
passerelles de fer posées à ras de l'eau. Les esthètes s'y sont
raccrochés, se sont hissés, ont tenu sur place un meeting,
exhortant leurs élèves à serrer les rangs et à riposter. Les
élèves se sont lancés au cri de « vive la culture française ! » sur
les premiers Flamands qui passaient et les ont à leur tour
culbutés dans la rivière. Des enseignants néerlandophones
sont intervenus qui, en guise de représailles, ont rejeté leurs
collègues dans l'eau, se voyant eux-mêmes pourchassés peu
après par d'autres Wallons, refoulés sur un pont et précipités
par-dessus le garde-fou. Plongeons et contre-plongeons se
sont succédé. Ceux qui ressortaient de l'eau y retournaient,
entraînés par la chute d'autres baigneurs involontaires. Avant
la fin de la matinée la moitié de l'université barbotait dans
la Dyle, y compris six chanoines : deux wallons et quatre

flamands, de la faculté de Droit canon. L'un d'eux était mon
professeur de jurisprudence civile ecclésiastique. Il est entré
dans l'auditoire trempé comme une vache qui serait tombée
dans son abreuvoir. Sa soutane dégoulinait, la ceinture et
plusieurs boutons arrachés. Il nous a parlé de son chapeau,
un joli feutre neuf aux bords légèrement incurvés, reliés au
sommet par deux fins cordons de soie. Au moment où son
propriétaire basculait, le chapeau s'était détaché de son crâne
et, porté par le vent, s'était mis à planer, telle une feuille,
au-dessus de la rivière. Le chanoine avait plongé, disparu
dans l'eau alors que le chapeau flottait encore dans les airs.
L'ecclésiastique plongeur, en remontant, avait vu son couvre-
chef se poser sur les flots à cinq ou six mètres de lui. Il s'était
jeté vers son bien, s'efforçant de nager, mais sa jupe, trop
longue, gonflée comme une énorme baudruche, l'avait
alourdi. Elle entravait le mouvement de ses jambes, le frei-
nait. Le courant avait emporté le feutre du canoniste au-delà
des ponts. A l'heure où il en parlait son chapeau naviguait
déjà loin de la ville, entre des berges herbues et limoneuses,
filait avec toutes sortes de saletés, entre des pâturages et des
vergers, vers le nord. La coiffure se précipiterait avec les
flots de la Dyle dans le Rupel puis bientôt dans les eaux
grasses et grises de l'Escaut. Avant la fin de la journée le
joli feutre neuf du professeur flotterait, ballotté, crasseux,
imbibé de mazout, entre les navires quittant le port d'Anvers.
Un marin peut-être le sauverait de la ruine. Cela dit, le chanoine a déclaré le cours suspendu. Sa soutane, toujours trem-
pée, lui donnait des frissons; il risquait, s'il la gardait sur son
corps, de contracter une pneumonie.

Au centre de la ville on continuait à culbuter ses adversaires dans l'eau. Des groupes de choc organisaient des raz-
zias, posaient la question : « As-tu soif? », s'ils étaient Wallons — « Hebt gij dorst? », s'ils étaient Flamands, précipitant
dans la Dyle ceux qui ne comprenaient pas ou qui répondaient dans la langue de l'ennemi. Les bilingues eux-mêmes,
accusés d'opportunisme, faisaient le plongeon. Ce genre de
représailles, les barbotages prolongés, multiples, des mal-

chanceux (certains avaient connu jusqu'à dix immersions)
augmentaient les dangers de noyade. C'est miracle si, après
trois jours d'aquatiques batailles, les plongeurs s'en étaient
seulement tirés avec des bronchites ou des rhumes, plus rarement avec des écorchures, une côte ou un bras cassés. Les
miracles cependant ne durent pas. Les évêques, effrayés par
les risques de mort, se sont téléphoné, ont pris leurs voitures
et ont foncé vers Louvain. Ils se sont réunis dans le salon
du recteur. Les prélats étaient sept : trois Wallons, trois
Flamands et un archevêque bilingue affligé depuis la veille
d'une rage de dents : les sept Grands Patrons de l'université.
Le recteur a évoqué les affrontements, les périls, les menaces
de génocide des deux communautés. Il faut, suppliait-il,
empêcher techniquement la poursuite de cette petite guerre
avant qu'elle n'en devienne une grande. Là-dessus l'évêque
le plus jeune, naguère aumônier des ingénieurs catholiques
des provinces francophones, a suggéré qu'on étudiât au plus
vite les moyens de détourner le cours de la Dyle. L'ex-
aumônier des ingénieurs flamands, devenu lui aussi évêque,
rétorqua que s'ils ne peuvent plus se noyer les adversaires
s'entre-tueront d'une autre manière. Après l'eau il y a la terre,
les pierres, les briques et toutes les formes de lapidation. Il
y a aussi le feu : celui, traditionnel, des bûchers et celui des
armes. Si, en détournant la rivière, on enlève aux combattants l'eau il faudra aussi leur enlever tout ce qui peut servir
de bûches : les arbres, les portes, les fenêtres, les pupitres et
les tableaux noirs, puis enlever les briques et les pavés, toutes
les pierres, cimentées ou non et démanteler les murs, barrer
les rues, démolir les bâtiments de l'université. Au lieu d'éli-
miner de Louvain la rivière et les constructions, de scier les
arbres et de dépierrer le sol, le prélat flamand proposa qu'on
en élimine plutôt les Wallons. C'est ce qu'on a fait. Les
évêques de Flandre ont soutenu le projet, ceux de Wallonie
l'ont rejeté. L'archevêque bilingue, épuisé, torturé par son
mal de dents, a lâché un cri de douleur et d'abattement, un
« ah! » que les Flamands ont fait passer pour un « ja ».
Déroutés, impuissants à se dépêtrer du piège phonétique, les

évêques wallons sont partis. L'université francophone de
Louvain mourait d'un faux « oui ».

J'ai appris cette mort dans ma chambre, écoutant les nouvelles diffusées par le transistor que, violant la règle, je
m'étais acheté. L'annonce de la capitulation des prélats de
Wallonie ne m'a pas ému : j'inclinais déjà depuis quelques
jours à quitter le séminaire et la faculté.

J'ai revu le Brésilien. Il s'est senti obligé de risquer quelques
mots concernant la négresse qui l'autre soir, dans son lit...

— Elle aussi est communiste? ai-je demandé.

— Oui et non, comme les autres.

— Quels autres?

— Les gars du foyer; tous sont pour la révolution mais
aucun n'est membre d'un parti.

— Et toi?

— Moi non plus, tu le sais bien. Quand aurais-je eu le
temps de m'affilier?

— Mais tu es pour la révolution?

— Depuis que les Cubains l'ont faite, les autres Latinos
veulent la faire chez eux.

— Et l'Église? questionnai-je, inquiet.

— L'Église n'a rien à voir là-dedans, sauf si elle-même
s'en mêle. D'ailleurs il n'est pas dit que l'Église restera toujours du même côté. Tu connais l'histoire : elle a changé
chaque fois que ça lui convenait.

Rodrigo énonçait en clair ce qu'obscurément, sans me
l'avouer, j'en étais venu à penser. L'histoire ecclésiastique
m'avait enseigné que la justice et le bien se modifient comme
les goûts, que l'Église à tel siècle exige des croyants la sou-
mission à des normes qu'au siècle suivant elle-même aban-
donne. Les droits et les devoirs changeaient avec l'interprétation des textes. La vérité connaissait des transformations,
le dogme évoluait, la morale variait. L'étude de la théologie
m'avait rendu sceptique. Ma vocation de clerc se dissolvait,
mourait de son apprentissage. J'étais mûr pour rejoindre et

le monde et mon camarade. Seulement il y avait la mystique,
il y avait mon lien mystique avec Dieu. J'aimais Dieu et détes-
tais le droit canon. Sous mon vêtement d'homme d'Église,
de clerc manqué, battait un cœur d'homme d'amour. Mais
l'Église, habile à capter le sentiment religieux, m'avait
convaincu qu'en négligeant le rituel et les traités je négligeais
Dieu. L'exemple de Rodrigo, mon dégoût pour l'attirail doc-
trinal et juridique, mon ennui, me poussaient à choisir. La
mystique finalement devait l'emporter sur le droit canon et
les rites. Elle devait aussi me conduire, comme mon camarade, à la politique. Le sort de l'Église alors ne m'inquiétait
plus. Pour l'heure Rodrigo voulait seulement me rassurer.
Les révolutionnaires cubains respectaient la religion. Cuba
était devenu le modèle. Les révolutionnaires d'Amérique
latine agiraient de la sorte, les Brésiliens comme les autres,
expliqua mon interlocuteur. Rodrigo comptait regagner son
pays dans trois mois, le temps de lire les ouvrages qui
devaient l'initier à la politique.

Je suis encore resté quelques jours au séminaire mais je
n'étudiais plus. Je manquais les cours, je passais la journée
à jardiner, à travailler aux cuisines, à couper du bois. Ces
tâches n'étaient pas celles d'un clerc; le préfet m'a interdit de
les poursuivre. J'ai ressorti de mon armoire mon costume de
jeune homme, l'ai revêtu, découvrant qu'il était devenu trop
large, que l'ascèse et les nuits de méditation m'avaient fait
maigrir. Je suis allé frapper à la porte du directeur, déclarant
que j'avais l'intention de partir, comme simple laïc, pour
l'Amérique du Sud.
— Vous voulez dire : comme *missionnaire* laïc?
— Si on veut, répondis-je.
— Avec quelle organisation?
— Aucune, je désire partir seul.
— Mais les missionnaires, même laïcs, agissent toujours
dans le cadre d'une organisation; c'est plus sûr et plus effi-

cace. Et puis devant qui répondre, où chercher ses orienta-
tions si on travaille seul?

— Dieu suffit, je ne veux pas me lier à une institution.

— Ça, ce n'est plus de la mission, mon fils, c'est de l'illumi-
nation.

— C'est possible, admis-je.

— C'est dangereux!

— Je continuerai à prier.

— Et à conserver le célibat?

— Absolument, j'y tiens, soulignai-je avec force, et je ne
renonce pas à l'idée de prononcer un jour le vœu de chasteté. J'aime Dieu et je suis bien décidé à me garder pour
lui.

Ému et contrarié, le regard attendri mais les mains cris-
pées, chiffonnant sur ses genoux le tissu de sa soutane, le
directeur me demanda de réfléchir encore aux avantages de
l'organisation : un laïc aussi, souligna-t-il, à sa manière est
un homme d'Église. J'ai baissé les yeux, j'y réfléchirais. Je
comptais de toute façon passer le restant de l'année acadé-
mique à Louvain. J'aurais l'occasion de m'informer.

    J'ai loué une chambre, étroite et sommairement meublée, à
laquelle on accédait par une autre chambre, plus spacieuse,
qu'occupaient un étudiant américain, blond et grassouillet,
et son chien. J'ai transporté mes livres, ai accroché au mur,
au-dessus du lit, le portrait de saint Jean de la Croix. Je me
suis remis à prier. Mon corps se mouvait, heureux d'avoir
retrouvé son enveloppe de vêtements civils et mon âme
volait, détachée des pesanteurs ecclésiastiques. Je n'étais
plus au séminaire et je n'étais pas à l'université; je planais
au-dessus du monde et au-dessus de l'Église.

    Ma première soirée de faux moine, je l'ai vécue dans un
état de grande exaltation intérieure. Le lendemain je ren-
contrais Rodrigo. Il devait m'enseigner comment me préparer à vivre dans son pays, me fournir des livres et l'adresse
à laquelle envoyer ma demande d'émigration. J'ai croisé son

amie, la négresse, dans les escaliers. Il était à peine neuf
heures, la jeune fille avait passé la nuit chez lui.

— Que veux-tu, j'ai si longtemps dormi seul! fit le Brésilien. Tu t'y mettras bien un jour, c'est très agréable.

— Je ne suis pas fait pour ça.

— Qu'en sais-tu? As-tu essayé?

— Je n'ai pas envie, je ne suis pas fait pour vivre avec quelqu'un, c'est tout! répliquai-je, haussant la voix. D'ailleurs je
ne suis pas venu pour parler de ça.

Rodrigo m'a entretenu de ses projets : rentrer au Brésil en
bateau, s'attarder quelques jours à Rio de Janeiro, le temps
de retrouver d'anciens condisciples, si toutefois eux aussi
n'avaient pas abandonné le séminaire, et de là regagner son
État natal. Arrivé chez lui on l'assiégerait, il en était sûr,
d'invitations à enseigner et peut-être même à diriger une
école. Des études en Europe, même creuses, valent là-bas
tous les prestiges. Mon gagne-pain, si je souhaitais le
rejoindre, était garanti. Sur place Rodrigo s'initierait à la
politique pendant que moi, puisque j'y tenais tellement, je
témoignerais des valeurs de contemplation et de chasteté.
J'y étais entraîné, les seuls vrais préparatifs regardaient la
langue. Il fallait que je m'adonne sans tarder à l'apprentissage du portugais.

J'ai trouvé, chez un bouquiniste un manuel pour débu-
tants, une grammaire et même un Nouveau Testament édité
à Lisbonne. J'étudierais le jour, sortirais l'après-midi afin de
relire avec mon ami les leçons et de m'exercer à prononcer
correctement les mots. Le soir, je recopierais des passages de
mon saint Jean de la Croix et je méditerais. Hélas! mon voisin, l'Américain, ne me l'a pas permis. Lorsque je suis revenu
à la maison, j'ai frappé à la porte de sa chambre, il m'a crié
d'entrer : l'étudiant jouait, étendu sur son lit, avec son chien,
et il était nu. Habillé déjà il paraissait gras; dépouillé de ses
vêtements il était obèse. Son ventre plissait, des bourrelets de
chair si blanche qu'elle semblait malade, exsangue, renflaient

ses hanches. Le jeune homme frottait de ses lèvres le museau de l'animal, chatouillait sa panse, le soulevait, l'étreignait comme s'il se fût agi d'un bébé. La queue du cocker frétillait entre les cuisses glabres et molles de son maître. L'Américain riait. De ma vie je n'avais assisté à scène plus païenne. L'étudiant s'est levé, m'a tendu la main. La bête s'est mise à aboyer.

— C'est un mâle, a souri l'autre, que veux-tu, il est jaloux !

Je ne savais que répliquer, la laideur de ce garçon me répugnait. J'esquissai un vague sourire de politesse, m'excusai.

— Y a pas de quoi, tu sais, le soir, j'aime bien me mettre à l'aise. Comme ça j'étudie mieux. Toi pas ?

— Non... je... c'est égal... enfin chez nous ça ne se fait guère, ça ne m'est jamais venu à l'esprit.

— La tradition !

— Si tu veux...

J'aurais voulu rectifier, lui dire : « la religion », mais je n'ai pas osé. Ce mot pouvait m'entraîner dans une discussion ; on ne discute pas de religion avec un homme nu.

L'Américain a saboté mes soirées de contemplation. La pensée de ce qui se passait de l'autre côté de la porte me perturbait. Je lisais sans fixer mon esprit ; les paroles d'amour de mon saint Jean se retournaient contre moi, suscitant des visions de l'intimité du gras jeune homme et de son chien. Mon âme ne s'élevait plus. Je refermais le livre, me signais, m'agenouillais, bras en croix, offert à la descente de l'Esprit. Mais l'Esprit demeurait au ciel. J'étais malheureux, j'appelais Dieu. J'entendais les glapissements du cocker.

Ces images et ces bruits ont hanté les derniers mois de mon séjour dans la ville universitaire, m'ont plongé dans un état de tension croissante, m'ont affaibli. Inquiet, Rodrigo n'a rien trouvé de mieux, comme remède, que de me proposer de partager le lit de sa négresse. Mon incapacité de dormir provenait, disait-il, de la continence alors que l'amour fatigue, suscite le sommeil. J'ai haussé les épaules. J'avais honte de lui rapporter les mœurs de mon voisin qui, jusqu'au dernier jour, imposerait à mon regard le spectacle de ses bouffissures. J'ai quitté Louvain comme on quitte, recru d'air vicié, un w.-c. public.

V

Le paquebot est entré dans le port sous un soleil déjà
haut, a stoppé à plusieurs centaines de mètres du quai devant
trois vedettes de la police arrivées de conserve et dont l'une est
venue se ranger contre la coque. Un officier s'est hissé à
l'échelle de corde, a pénétré dans le bateau; les vedettes se
sont éloignées. Le représentant de la police et le commandant
du bord ont parlementé. Le paquebot s'est remis en
marche, avançant de biais, accostant sous une chaleur torride
un débarcadère gardé par des piquets de grève. Les parents
et les amis des passagers attendaient, agitant des mouchoirs,
sur la terrasse de la gare maritime, un long bâtiment crépi
de jaune, zébré de filets de rouille et badigeonné de sigles
politiques et d'appels à la cessation du travail. Je me pressais,
perdu entre les voyageurs, contre le bastingage, les doigts
en visière, cherchant des yeux Rodrigo. A gauche de la gare,
contenue par une grille, se bousculait une foule d'hommes
habillés de loques, très bruns de peau, qui, eux voulaient
décharger le bateau. Certains tentaient d'escalader le grillage,
les grévistes les refoulaient à coups de gourdin. L'équipage
du paquebot s'est soudain mis à courir dans tous les sens,
des passagers s'affolèrent : dockers et porteurs refusaient de
monter à bord, la grève était générale, elle durerait jusqu'au
lendemain matin; chacun n'avait qu'à emporter avec lui
ce qu'il pouvait. « Ces sales communistes! » entendis-je
grommeler près de moi un homme à moustache joliment

taillée, vêtu d'un complet de flanelle crème. « On ne peut quand même pas rester ici jusqu'à demain! protesta sa femme, Titina nous attend. » J'avais dans ma cabine deux valises; dans la cale se trouvait ma cantine remplie de livres. Je débarquerais avec mes valises. Des marins penchés par-dessus le garde-fou du pont hurlaient : « La passerelle! la passerelle! » mais les ouvriers du port restaient cois. L'officier de police suggéra qu'ils descendent eux-mêmes la chercher. Les marins coulèrent, agiles comme des singes, le long de la coque. Derrière la grille les loqueteux braillaient de plus belle.

Quelques-uns avaient réussi à tromper la vigilance des piquets, ils s'étaient mêlés aux marins, les aidaient à pousser la passerelle jusqu'au bateau. Des grévistes les ont surpris, ont foncé sur eux. Les loqueteux se faufilaient entre l'équipage, couraient d'un côté à l'autre de l'étroit pont mobile. Du haut du paquebot les voyageurs les encourageaient, criaient. Les parents et les amis huaient les grévistes. Cependant ceux-ci étaient les plus forts. Ils ont encerclé les loqueteux, les poussant jusqu'au bord du quai, et ils les ont précipités dans l'eau. Une clameur d'indignation s'éleva du bateau. On siffla, injuria, cracha. Le mot « assassin » retentit, repris par mon entourage, à l'exception d'un jeune homme très calme, flegmatique au milieu de cette foule, avec lequel j'avais quelquefois bavardé durant la traversée.

— Tu ne cries pas? interrogea-t-il, promenant sur ses voisins un regard supérieur.

La question me choquait. Crier « assassin », moi qui avais quitté mon pays, m'étais arraché aux miens, qui avais franchi les mers pour venir apporter la douceur et l'amour de Dieu? Mais jamais je n'avais crié ce mot et je ne le crierais pas!

— T'as raison, fit le jeune homme, qui enchaîna, désignant les voyageurs : ces bourgeois, s'ils n'avaient pas la trouille, plongeraient tous dans la flotte pour repêcher le lumpen. Tous les alliés sont bons contre les syndicats!

— Pour repêcher quoi? lui demandai-je.

— Le lumpen. Tous ces gens que tu vois là, derrière la grille,

tout ça c'est du lumpen, ils ne comprennent rien à la politique. Ce qu'ils veulent, c'est prendre le travail des syndiqués.
Si les dockers ne les jettent pas à l'eau c'est eux qui le feront,
le lumpen veut toujours briser la grève.

Lumpen : mot nouveau, qui ne figurait pas dans mon dictionnaire portugais-français ni dans ma méthode pour débu-
tants ni même dans *La Pratique du portugais du Brésil*. Le jeune
homme m'expliqua que les manuels et les dictionnaires
étaient des ouvrages tendancieux. Je n'y avais sûrement pas
trouvé non plus son antonyme, le mot *prolétariat*. C'est pourtant ce que nous avions sous les yeux : le lumpen se dressant
contre le prolétariat : des affamés en loques contre des
affamés en salopette, les uns sans travail qui veulent travailler,
les autres nantis d'un travail et qui ne veulent pas travailler.
La politique à l'instar de la religion avait ses mystères.

Sur le quai la mêlée gonflait. Des dizaines de loqueteux
avaient sauté le grillage, affrontant, les mains nues, les gour-
dins des grévistes accourus en renfort. Ça hurlait de partout;
voyageurs et parents, chacun sur son promontoire, s'agitaient. D'autres marins s'étaient laissés glisser le long de la
coque et couraient, parant mal les coups, vers leurs camarades rivés à la passerelle transformée en abri ou en poste
d'observation sur ce débarcadère devenu champ de bataille.
Car c'était tout le lumpen qui maintenant déferlait, affrontant tout le prolétariat : les piquets et les autres employés du
port. Les coups de poing, de bâton, de barre de fer pleuvaient, le soleil tombait comme une masse, les affamés des
deux camps se culbutaient dans le bassin d'eau noirâtre,
tachée de mazout. Aux loqueteux qui flottaient déjà entre le
paquebot et le quai se mêlèrent des corps vêtus de salopette.
Le débarcadère petit à petit se dépeuplait. Les affamés des
deux bords s'entre-noyèrent en nombre suffisant pour dégager une bande de terrain sur laquelle les marins approchèrent
enfin la passerelle. Les parents et amis, descendus de la terrasse, se ruèrent, à la faveur du désordre, vers les voyageurs
qui vacillaient, trébuchaient, lâchaient dans la bousculade
leurs bagages pour se cramponner aux cordes ou aux

vêtements d'un voisin. Mes valises pesaient, j'ai poussé
devant moi la plus lourde qui a pris de la vitesse et fauché
un couple qui me précédait. Je l'ai retrouvée au pied de la
passerelle, le simili-cuir enfoncé. La foule me barrait le
chemin, j'ai appelé : « Rodrigo! Rodrigo da Silva! » Personne n'a répondu. J'ai traîné mes valises jusqu'à l'intérieur
de la gare, me suis assis dessus, dévisageant ceux qui s'en-
gouffraient dans la salle des douanes. Mes compagnons de
voyage m'ont salué, le débarcadère s'est vidé, mon ami
n'était pas venu m'accueillir. Abattu, j'ai pensé à Dieu, mon
découragement a cessé. La grève après tout était générale,
les autobus venant de l'arrière-pays ne roulaient pas, mon
camarade n'avait pu se déplacer. Attendre la reprise du travail, affalé sur mes bagages, ignorant combien de temps
Rodrigo mettrait à joindre la ville et le port me paraissait
dangereux. Des grévistes m'auraient regardé, auraient posé
des questions, découvert que j'étais étranger; ils m'auraient
entraîné dans un embrouillamini de phrases politiques et
je m'y serais perdu. Ces hommes m'auraient pris pour un
espion : l'espion du lumpen. Je me voyais déjà balancer,
le ventre gonflé, le long du môle, dériver avec les autres
cadavres vers la mer, au milieu des déchets de toutes sortes.
J'ai demandé à un douanier où se situait le grand séminaire
Saint-Sébastien, seul point de ralliement possible, seul lieu
où, m'avait dit Rodrigo lui-même, son nom n'était pas
inconnu. C'est là qu'il pouvait me retrouver.

Le supérieur du séminaire paraissait aux abois. Le courrier
n'était plus distribué depuis des jours, le central téléphonique ne répondait pas et le chauffeur du mini-bus appartenant à la communauté s'était heurté à un barrage de militants du syndicat des transports. Ceux-ci l'avaient arrêté alors
qu'il ramenait d'une journée de récollection les sœurs cuisinières. Les syndiqués avaient confisqué le véhicule et relâché
le chauffeur à la condition qu'il s'inscrive à quoi? à quelle
honteuse organisation? qu'il finance de son salaire de

travailleur chrétien quelle entreprise abominable et criminelle...? Le supérieur répondit lui-même, le regard
désespéré : à la C.G.T.! l'anarcho-bolchevico-castro C.G.T.!
Et le chauffeur avait pris sa carte afin de pouvoir accompagner les sœurs. Mais celles-ci, après avoir marché pendant
sept heures, s'étaient évanouies, victimes d'insolation, à l'entrée de la ville. Leur gardien, plus résistant, venait d'arriver;
il était fourbu et se sentait incapable de repartir alerter un
hôpital. Le supérieur redoutait que les cuisinières tré-
passent. On les a ramenées le lendemain, dans une ambulance
de l'armée. Les religieuses avaient attendu, couchées dans le
baraquement d'un bidonville et gardées contre toute tentative de virile approche par des femmes du lumpen. Elles se
sont remises à cuisiner, le supérieur a retrouvé sa sérénité.
J'ai enfin pu exposer mon problème. Le nom de Rodrigo ne
lui disait rien. Il a toutefois fait appeler deux étudiants en
théologie, originaires du diocèse de mon ami. Ceux-ci
l'avaient effectivement connu mais ne possédaient plus de
nouvelles de lui depuis deux ans. Le supérieur me permit
d'attendre au séminaire pendant une semaine après quoi
il me recommanderait, si mon camarade n'apparaissait pas,
auprès d'un évêque de sa connaissance. Cet évêque cherchait
à recruter des apôtres laïcs désireux de former, avec des travailleurs chrétiens, des contre-syndicats. La tâche était
urgente, impérieuse; cela seul pouvait empêcher la classe
ouvrière de tomber tout entière entre les pattes des bolche-
viques. Le prélat résidait à cent cinquante kilomètres de Rio,
dans la ville industrielle de Volta-Redonda, centre de la sidérurgie nationale et citadelle de la C.G.T. Ce lieu était idéal
pour fonder le noyau d'une future centrale, pour semer le
grain, pour poser le premier jalon d'une chrétienne, pacifique, respectueuse contre-C.G.T., s'enthousiasmait le supérieur encore échaudé par la grève. Il me sentait façonné pour
cette mission de pionnier.

Rodrigo ne s'est pas montré, le billet d'autocar pour son
État (deux journées de voyage) coûtait cher, et je n'étais pas
sûr de l'y rencontrer. J'ai acheté un billet pour Volta-

Redonda. L'évêque s'y était vu offrir, comme tous ses
confrères de l'arrière-pays, une Volkswagen 1200, don de la
Fédération des industriels catholiques allemands. Le nouveau propriétaire exultait, l'Europe était efficace, généreuse;
je devais pouvoir conduire son *vehiculum machinatione quadam
motum.* J'acquiesçai mais en portugais. L'ecclésiastique conti-
nua à me parler de sa voiture en latin. Il me fit asseoir au
volant, démarrer, tourner autour d'un parterre dans la
cour intérieure de l'évêché : le *vehiculum,* c'était logique, il
convenait de l'asperger d'eau bénite, en mouvement. J'ai
piloté mon patron à travers les paroisses de son diocèse, j'ai
vu des fabriques, des dépotoirs et des bananiers, des mendiants, des futurs grévistes qui attendaient de l'embauche
à la porte des ateliers, des enfants répandus par milliers,
de tous les teints, dans les rues, les terrains vagues et à l'extérieur de la ville. J'ai vu des montagnes de terre rouge, des
plaines jaunes et un fleuve, le Parahyba, roulant des eaux
polluées entre des palmiers. J'ai vu des chiens forniquer en
courant devant des automobiles (sauf celle de mon maître,
naturellement), des taudis hérissés d'antennes de télévision
et d'autres sans porte ni fenêtre, d'autres taudis encore mais
chaulés et voués à la célébration de toutes sortes de cultes :
baptiste, animiste, adventiste, spirite, négro-catholique
ou maçon. J'ai vu un défilé de prolétaires à casques bleus
(les fondeurs, m'a informé l'évêque), un autre à casques
rouges (des soudeurs) et une procession d'orphelins allant
déposer des gerbes de glaïeuls au pied de la statue du président fondateur de l'usine. J'ai vu quatorze églises en construction (monseigneur, disait-on, était né avec des briques
dans le ventre, d'où son aspect carré) et un immeuble à
étages en démolition (il était trop vieux, il avait cinq ans).
J'ai croisé des négresses, des femmes blanches, des mulâtres
en danseuse sur des bicyclettes, la chemise ouverte, les pieds
nus, et, dans tous les coins, des footballeurs de dix ans. J'ai
roulé matin et soir, transporté le pasteur sur tous les chemins
de sa circonscription, j'ai porté sa mitre, mangé avec lui les
poulets servis dans les presbytères par de jeunes métisses,

silencieuses, les yeux baissés, en robes de soie blanche. J'ai
dégusté des compotes variées et bu toutes sortes de jus :
orange, cajou, raisin, limon, coco, pamplemousse, maracuja,
guarana... J'ai prié, chanté des hymnes, vendu le journal du
diocèse et trempé à tout propos le goupillon dans le vase
d'eau bénite que nous transportions partout : un joli seau de
plastique vert à couvercle de même couleur et de même
matière, léger, plus commode que ces récipients de cuivre et
de plomb que traînent en Europe les enfants de chœur. J'ai
vu des centaines de veuves édentées sucer le chaton de la
bague de monseigneur et lécher ses doigts. J'en ai relevé
quelques-unes, plus âgées, incapables de quitter l'attitude
de prosternation. J'ai regardé des tonnes d'immondices
accumulées au bord des routes, contemplé des chantiers, des
cocotiers abattus, des pylônes isolés, dressés en pleine campagne et dépourvus de fils. J'ai vu tomber la pluie la plus
chaude, verdir l'herbe la plus haute et fleurir des flamboyants
rouges comme le sang. J'ai respiré des odeurs de bananes
pourries sur l'arbre et j'ai glissé sur des peaux jetées un peu
partout : dans la rue, sur les trottoirs, dans le porche des
maisons et même à l'intérieur des églises. J'ai entendu des
cantiques, des bruits de machines, des cris d'urubu, des
disques de sambas diffusées à l'entrée des magasins et
couvrant, à force de décibels, le concert permanent des
klaxons. Les sirènes de l'usine m'ont fait sursauter, blessé les
tympans mais je me suis obturé les oreilles avec des boules
d'ouate que, la nuit, je retirais et alors j'entendais chanter,
en pleine ville, des coqs. J'ai vu des wagons chargés de mine-
rai de fer verser sur l'asphalte à un passage à niveau. J'ai
récité le chapelet, lavé chaque jour la voiture, accroché des
attrape-mouches dans les salles, les cuisines, le fumoir et
les cabinets privés de l'évêché. J'ai servi des messes, souffert
de dysenterie, j'ai maigri. Dans une paroisse retirée, mi-
rurale, mi-urbaine, un bidonville énorme, on m'a présenté
à une certaine dona Josefa, superbe chrétienne au teint de
cuivre. La femme conservait chez elle les nappes, les vases,
les ornements sacerdotaux. Elle remplissait les fonctions de

sacristain qu'aucun homme, dans cette paroisse, n'acceptait d'exercer de crainte de se faire traiter de tapette. Lorsqu'un prêtre passait, dona Josefa sortait la table de sa cuisine, la dressait dans une cour derrière un rideau de bambous, dirigeait la prière. La sacristine n'avait plus de mari. Elle vivait avec son fils Eugenio, un garçon de dix-sept ans, ouvrier manœuvre à l'usine sidérurgique. Eugenio était doux. Le jeune homme accepta de fonder avec moi la Ligue des amis de saint Joseph, d'où sortirait un jour le premier syndicat chrétien. Je logeais depuis un mois à la résidence de l'évêque mais, le soir, je me sentais seul et je ne sortais pas; je ne connaissais personne à qui parler. Dona Josefa et son fils offrirent de m'héberger.

J'ai vécu quatre mois au bidonville du Retiro, travaillant à l'aménagement du terrain de la future chapelle, réparant des taudis en ruine, creusant des tranchées destinées à recevoir des canalisations : les trois quarts du bidonville manquaient d'eau. J'ai cherché avec Eugenio des compagnons pour notre Ligue. Nous en avons trouvé trois, des chômeurs; ceux-ci nous ont boudés lorsqu'ils ont constaté que l'assistance aux réunions n'était pas rémunérée. A l'usine Eugenio faisait partie d'une équipe de nuit. Pendant qu'il gagnait son pain je dormais dans son lit, une sorte de longue caisse posée sur des briques et contenant un sac rempli de foin. Sa mère couchait dans une semblable caisse, séparée de la première par une cloison de planches s'élevant à mi-hauteur de la baraque comme les divisions dans une porcherie. Ces planches étaient propres, les interstices les plus larges bouchés avec des chiffons, du papier journal. Lorsqu'elle parvenait à dormir, j'entendais dona Josefa ronfler. Hélas! elle mettait longtemps à trouver le sommeil, soupirait, gémissait, se retournait dans sa caisse, heurtait la cloison, faisait craquer les planches. Depuis l'abandon du mari, m'expliqua un soir mon hôtesse, elle souffrait d'insomnie. Visiblement elle voulait s'épancher. La sacristine tout à coup s'est jetée, la bouche ouverte, sur ma braguette, m'a mordu, m'a sorti le sexe. Elle s'est mise à le sucer, l'a raidi, a ouvert ses cuisses, l'a plongé dans son ouverture aux lèvres soyeuses, a remué, bavant, agitant les membres comme une suppliciée. Tel fut mon dépucelage : un coït turbulent, difficile à pratiquer dans cette caisse mal assurée sur ses briques, un mauvais moment. Notre deuxième nuit fut plus pondérée. Dona Josefa pleura, se fit chatte, me lécha les cheveux, les poils du pubis. Elle roulait très douce sous mon ventre et puis se redressait, promenait les tétons de ses mamelles sur mon front, mes joues, et me taquinait le bout du nez. A demi penchée hors de la caisse elle tendait la lourde poire ocrée de ses fesses que j'attirais, lui serrant les hanches, au-dessus de ma poitrine. Au plaisir brûlant et sec de la veille avait succédé une variété de petites caresses humides et tièdes, des titillements, des frôlements d'éponge, de timides gommages sur du papier glacé. Ces jeux m'attachaient davantage que les ruades. Encore quelques nuits et mes projets, ma vocation, mes rêves seraient morts, ma mission se trouverait enterrée. Le troisième soir tomba, Eugenio se rendit à l'usine. Le soleil dorait encore les toits du bidonville quand j'ai fui et regagné ma chambre au palais de l'évêque.

Dona Josefa avait des excuses : elle voulait devenir prêtre. Son sexe l'interdisant elle avait rêvé d'épouser un prêtre. Comme l'Église s'y opposait elle s'était rabattue sur un demi-curé. Elle réalisait ainsi une partie de son vœu mais moi, je trahissais le mien. Mon âme détesta ce que mon corps aimait et pour l'empêcher d'aimer il fallait partir, m'éloigner de la ville, m'installer dans une autre contrée où je déclinerais l'hospitalité des chrétiennes désireuses de célébrer des messes. Seulement il y avait Eugenio qui venait de rallier à la ligue deux sympathisants : des manœuvres de l'usine fraîchement arrivés de la campagne. J'ai décidé de rester. Les réunions se tiendraient à l'heure de la pause dans un petit local aménagé dans un entrepôt de la fabrique. Dona Josefa a voulu se joindre à nous sous prétexte que le saint patron du groupe était aussi le sien. La repousser a été la première bataille de la ligue, une bataille où son fils l'insulta puis pleura de honte et d'énervement et où les manœuvres se turent, intimidés. Dona Josefa promettait de nous amener des dizaines de membres ; dans six mois nous pourrions fonder un syndicat plus nombreux que celui des métallos. Le propos de l'Église, arguai-je, n'était pas de mélanger, sous une étiquette chrétienne, des hommes et des femmes, de copier les autres et d'agir comme eux. Si la C.G.T. unissait, dans une mixité grivoise, les travailleurs et les travailleuses, notre syndicat devait les séparer. Nos réunions seraient plus pures que les siennes ; le monde ouvrier s'en apercevrait et il viendrait à nous. La mère d'Eugenio a battu en retraite, exigeant sous la menace que son fils la suive. Nous n'étions plus que trois, nous irions de l'avant. L'incident nous inspira, nous avons rédigé des statuts précis. Libre aux ouvrières chrétiennes de l'usine de créer leur propre mouvement, nous leur donnerions des conseils. Les manœuvres ont trouvé qu'il convenait de doter la ligue d'un président, on vota, dénombra deux bulletins en ma faveur et un bulletin blanc. Gêné d'assumer cet honneur sans tremper moi-même dans la crasse et dans le cambouis mais aussi poussé par un zèle qui déjà s'apparentait au goût du danger, je me suis fait embaucher à l'usine comme déchargeur.

J'ai déchargé. Des camions, des wagons, des brouettes et même un vélo transportant sur son porte-bagages trois caisses de régimes de bananes dont l'usage en sidérurgie m'a toujours échappé. J'ai porté des sacs, des poutrelles, des colis, des madriers, des outils. J'ai chargé tous les moyens de transport connus, de la brouette à l'avion, un aéroplane appartenant à un des patrons, un ancien pou-du-ciel qu'il avait doté d'un nouveau moteur. J'ai vidé, rempli, nettoyé des hangars et des cours. En soulevant de la ferraille je me suis arraché l'ongle du pouce, blessé l'épaule, écorché un genou mais j'étais heureux, j'endurais tout cela pour la ligue. Quelquefois je m'arrêtais pour souffler, rêvant au nombril plissé de Josefa, œil aveugle et souriant, à ses larges cuisses de bronze, à ses seins encore fermes malgré ses trente-trois ans. Le travail chassait ma rêverie. Je choisissais une tâche qui m'éprouvât, exigeât la mobilisation de toutes mes forces : la tentation de pécher mourait. Mais le soir, rentré à l'évêché, le désir remontait en moi. Pourtant je n'étais pas amoureux. Lorsque je l'avais embrassée, reniflée, pénétrée, que j'avais mordillé sa croupe, les mots classiques entendus dans des films, lus et relus dans tous les romans, les « je t'aime » ne m'étaient pas venus à la bouche. Jouer tout nu avec la sacristine m'avait plu; l'épouser, partager sa vie, respirer, marcher, manger avec elle m'eût, je pense, ennuyé. D'ailleurs Josefa était liée au père d'Eugenio par un sacrement; ils s'étaient mariés à l'église quelques semaines avant que le mari la quitte. Celui-ci se comportait comme une bête, m'avait raconté la femme, il se ruait sur elle, la culbutait, mordait, la trouait, déchargeait avant qu'elle ait eu le temps de dégager ses jambes de sa culotte. Ce mari avait un sexe de cheval, un cheval cagneux, fougueux, il lui faisait mal, hennissait quelques secondes sur elle, se retirait pour crouler dans un sommeil de défunt pendant qu'elle pleurait des larmes qui n'avaient rien à voir avec celles de l'amour. Parfois, rentrant du travail, il la surprenait par-derrière alors qu'elle touillait dans ses casseroles, versait le poivre et le sel, qu'elle cuisait le riz. Il la saisissait debout, lui griffait le ventre, la transperçait. Elle avait ainsi laissé tomber, hurlant, maintes salières dans ses marmites et elle s'était souvent brûlée. L'homme, un jour, l'avait sodomisée à travers sa jupe, une rayonne bleu ciel, qui plissait volontiers, dans laquelle le membre du cheval, forçant la trame du tissu, allongeant les fibres, avait imprimé un tel creux que jamais aucun repassage n'avait pu l'effacer. L'animal, exténué, s'était affalé sur le sol de la cuisine. Josefa s'était enfuie de la maison, la jupe inondée, les cuisses parcourues de filets de sang. Morte de honte elle s'était cachée deux jours et deux nuits durant dans la bananeraie qui s'étend au-delà du bidonville, du côté du fleuve. Lorsqu'elle rentra son mari avait disparu. Il fit dire plus tard par une putain que sa femme avait le bouton trop petit, que le mariage l'avait déçu, qu'elle l'avait floué. Josefa portait alors en elle Eugenio. Ces déboires m'ont ému. Ses rêves de prêtrise sont nés de cet

échec. Il était criminel, encore qu'elle le niât, d'ajouter à tous
ces malheurs celui du péché. Mieux valait, si je n'y tenais
plus, m'aller soulager ailleurs.

Les manœuvres avaient fait des adhésions. Eugenio nous
était revenu. Trois semaines après mon entrée à l'usine
nous étions neuf à forger des plans dans le local au fond de
l'entrepôt. Nous avons rédigé un manifeste. J'ai passé mes
soirées devant la machine à écrire de l'évêché, tapant plusieurs centaines d'exemplaires de notre *Appel aux Travailleurs
pour la Fraternité des Classes,* l'appel qui, le jour même de la
distribution, nous attira la haine des syndicats en place et les
foudres de la direction. Les cégétistes nous firent une sex-
tuple guerre : idéologique, politique (j'étais, accusèrent-ils,
comme Européen, un espion au service de l'État crypto-
capitaliste du Vatican) mais aussi alimentaire, scatologique,
physique et morale (ils volèrent nos gamelles, accrochèrent
nos tracts aux feuillées, cassèrent la jambe gauche d'Eugenio,
nous déculottèrent à l'heure de la pause). Le directeur du
personnel nous convoqua, hurla que si les catholiques à leur
tour se mettaient en tête de s'organiser, les patrons n'auraient
bientôt plus qu'à leur passer la main. Ces patrons, ils ne
croyaient pas à la pureté de nos sentiments, nous étions seulement plus habiles que les autres et encore trop faibles pour
nous opposer à eux. Devenus puissants, les ouvriers que nous
étions agiraient comme les autres et troqueraient le mot de
« fraternité » contre celui de « lutte »; les deux groupes de
travailleurs fusionneraient et mettraient la direction à la
porte. La même direction nous chassa de l'usine. La police
privée de la C.G.T. me poursuivit à travers la ville, repéra
mon adresse, ironisa, menaça de venir me rosser à l'intérieur
de l'évêché. Monseigneur me conseilla de partir pour un
temps, m'envoya vers la maison de retraite que le diocèse
possédait dans la petite ville de Sâo-Vicente, au bord de la
mer. J'y prierais, réfléchirais, me reposerais. J'y ferais à loisir
le point sur mes six premiers mois d'activité missionnaire.

La maison de retraite, moderne et basse, toute blanche, entourée d'un jardin de lauriers-roses, est construite pareille à une fortification au sommet d'un promontoire d'argile et de pierres, une avancée rousse et mauve où s'enracinent, incurvés au-dessus de la mer, des cocotiers. Un sentier en lacis la relie à un couvent d'allure baroque, inhabité, flanqué d'une chapelle, baroque elle aussi, recouverte, de-ci de-là de plaques de faïence bleue. La chapelle daterait, s'il faut croire l'inscription gravée sur le linteau de la porte, du début du XVIIe siècle. Les vestiges d'un escalier, à demi enfoui dans le sable, conduisent du couvent désaffecté à la plage. De l'autre côté du promontoire se dressent une caserne et les premiers immeubles à étages de la ville, des buildings récents, tournés vers le large. La partie ancienne s'étale en retrait, loin du vent, des colonnes de poussière jaunâtre qui, en hiver, s'élèvent dans l'azur, se tordent, s'abattent sur les édifices du bord de mer. J'ai choisi une chambre donnant sur la plage et sur l'océan. J'ai ouvert la fenêtre et respiré un air tellement pur, chauffé par un soleil très doux dans un ciel si propre que je me suis senti ramené à l'époque des randonnées avec grand-père Gauthier dans les campagnes autour du village. Depuis la date de mes promenades enso-leillées de petit garçon jusqu'à celle de l'éblouissement qui maintenant me saisissait devant la fenêtre, il y avait eu dans mon existence tant de grisaille : les jours sombres, la pluie, la terre sale, les murs humides de Saint-Rémy; les pierres grises, les couloirs et les sacristies mal éclairés, les eaux noirâtres de la Dyle et les rues boueuses et dépavées de Louvain; enfin, après une traversée à bord d'un bateau secoué par des tempêtes, je m'étais retrouvé dans cette ville de Volta Redonda, pleine de suie et de fumées et au centre de laquelle le président fondateur avait eu l'idée d'installer, comme autrefois les cathédrales, une usine si grande et dotée d'ateliers si nombreux qu'on avait appelé le tout « complexe » : un complexe constamment enveloppé de nuages bistres et de poussière roussâtre, puant comme un charnier. J'ai laissé la fenêtre de ma chambre large ouverte, j'ai levé les bras, aspiré très profondément, j'ai fermé les yeux car le soleil m'aveuglait. L'air du large me nettoyait les conduits, les alvéoles, les recoins du corps. La lumière pénétrait en moi, j'étais heureux; j'ai relu d'une seule traite les cinq premiers chapitres de *La montée au Carmel*.

Inoubliable séjour à Sâo-Vicente... Le promontoire saillait comme la proue d'un navire, une proue fleurie, parfumée, frappée par les rayons d'un soleil égal. Le vent coulait doux. Les feuilles des buissons plantés dans le clos, les palmes des cocotiers chuchotaient pareils à de vieilles dévotes sous les voûtes d'une église. Le bruit régulier des vagues évoquait un ordre éternel, inamovible. Je vivais entre ciel et terre.

Le matin je dévalais le sentier vers la chapelle, j'entendais la messe, descendais faire mon action de grâce, allant et venant sur la plage qu'à huit heures, ponctuellement, les soldats de la caserne voisine envahissaient, courant derrière leur moniteur qui scandait, le sifflet à la bouche, leurs pas. Les soldats stoppaient, quittaient leurs blousons de sport, faisaient, torse nu, en face de la mer, leurs exercices de gymnastique. Assis en retrait, sur une marche dégagée du sol, je les regardais, créatures longues ou trapues, malingres ou athlétiques, si brunes dans leurs culottes blanches, silhouettes agiles et rapides se découpant sur l'immense miroir de l'Atlantique Sud. Je gravissais le promontoire, content d'avoir prié, chanté les antiennes et foulé le sable de mes sandales. Content d'avoir respiré l'air frais, contemplé en silence la lumière voilée du matin. Je prenais mon petit déjeuner dans un parloir aux murs clairs, garni d'une croix sans Christ, un bois massif qui dégageait une odeur de cire. Rentré dans ma chambre je lisais, les retranscrivant et glosant, les passages les plus amoureux de mon saint Jean. Je vivais dans un état de pieux émerveillement et dressais le bilan spirituel de ma vie : j'étais né pour l'amour de Dieu et des hommes, j'étais un mystique d'un genre nouveau, plongé au cœur des masses et travaillant, peinant comme elles, battant le fer et déchargeant des wagons. Un jour, je fonderais un ordre de contemplatifs ouvriers. Dieu m'avait soulevé, me portait depuis longtemps et je ne l'avais pas reconnu. Le départ de mon village, les livres, tous ces livres lus à Saint-Rémy, la montée à Louvain, la théologie et la rencontre de Rodrigo, puis l'émigration, le débarquement (y compris, mystérieusement, les noyades), la visite au supérieur du séminaire de Saint-Sébastien, tout cela obéissait au plan de Dieu. C'était Lui qui m'avait conduit d'un continent à l'autre. Et, dans cette maison de lumière et de prière, c'était encore Lui qui parlait en moi, m'incitait à prendre mon cahier, à l'orner d'un marteau et d'une croix, d'y écrire au-dessous le mot AMOUR et d'entourer le tout de Ses rayons. Je me suis mis à rédiger les constitutions d'une congrégation nouvelle : la communauté des travailleurs chastes et mystiques que je réunirais en vivant au milieu des hommes. J'ai noirci, emporté par une vive effusion du cœur, une trentaine de pages, oubliant de déjeuner, d'aller faire avec les autres retraitants la vaisselle. A cinq heures de l'après-midi, le poignet endolori, la tête bourdonnante, je me suis levé : mon œuvre était écrite. J'ai gagné le jardin, ivre de Dieu, j'ai marché, en proie à une grande exaltation. J'avais attendu, patienté, souffert. J'avais péché, connu la chair, les coups, l'humiliation. J'avais plongé dans la crasse et le plaisir. Mais maintenant j'en étais sûr, je le sentais : mon mouvement vers la sainteté commençait, et j'avais vingt-deux ans. Je me suis assis dans un enfoncement au bout du promontoire au-dessus de la plage et là j'ai contemplé. La température était douce, le soleil déclinant argentait la mer, soulignait la ligne séparant le ciel des eaux, rosissait les fragments de rocher de la côte, dorait la place, lorsque deux soldats ont débouché sur le sable. Ils portaient sur leur chemise kaki, autour du cou, des serviettes de bain. Les soldats se sont mis nus, ont couru vers l'eau, ont plongé et nagé à larges brasses droit devant eux. Bientôt je n'ai plus vu danser, pareilles à des flotteurs, que deux balles de caoutchouc brun, colorées, au gré des oscillations, de reflets roux. Et les balles se rapprochaient, se touchaient pour aussitôt se séparer. Les nageurs sont revenus de concert, au crawl, sur la plage. L'un d'eux avait le teint pâle, le torse large, abondamment couvert de poils ; l'autre, glabre et noir, plus élancé, avançait en se dandinant et frappant des mains. Leurs corps ruisselaient, leurs cheveux, leurs épaules dans le couchant perlaient d'or. Les soldats sont tombés sans se sécher sur leurs serviettes, déroulées côte à côte, le visage, le ventre offerts aux rayons. Les baigneurs sont restés un moment immobiles, pareils à des gisants, à un couple figé, l'un dans l'albâtre, l'autre dans le marbre noir, deux longues pierres surélevées face à la mer. Ensuite le Blanc s'est tourné vers le Noir, s'en est rapproché, leurs jambes se sont mêlées, leurs poitrines touchées. Les soldats riaient, se taquinaient, chiffonnant les serviettes, habillant leurs membres de plaques de sable. Soudain ils se sont dressés, le sexe durci, mais le noir a détalé. Calé dans mon renfoncement je voyais sans être vu. Le sang me fouettait le cœur. Quelque chose d'imprécis et de violent dans ces mouvements me fascinait. Dieu me pardonne, mon devoir était de fuir, d'aller me jeter à plat ventre sur le sol de la chapelle et de prier, marteler de mon front le pavé, me flageller, jeûner. Mais je n'ai pas fait mon devoir. Je me suis rivé à mon poste d'observation, intrigué par le comportement des soldats.

Leurs jeux terminés, les baigneurs sont repartis vers l'océan. Ils se sont lavés, sont revenus s'étendre sur leurs serviettes. Le soleil, très bas, plongeait à demi dans l'eau. Le soir obscurcissait la plage, noyant les contours, les pleins, les creux, les détails des corps. La nuit a couvert la nudité des jeunes gens. J'ai quitté ma cachette.

Le trouble se lisait-il sur mon visage ? J'avais essayé de relire le chapitre de mes constitutions qui traitait de la chasteté. Plutôt que d'y trouver un réconfort la loi m'avait effrayé, la volonté du Seigneur était juste et bonne mais pourquoi Lui, le maître du hasard, avait-Il permis qu'à peine mon œuvre rédigée je tombe sur une scène qui pouvait

me conduire à la trahison? Pourquoi cette brutalité, ce jeu
cruel et dangereux? J'étais dérouté, l'angoisse me serrait la
gorge. Au réfectoire des hôtes j'ai refusé les plats, j'ai seulement bu un verre d'eau. Mon estomac se fermait à toute
nourriture; le liquide lui-même passait mal. Après le dîner,
le retraitant qui s'était assis en face de moi s'est approché.
Nerveux, je n'ai pu contenir mes sanglots. Je lui ai montré
mon écrit, ajoutant que d'avance j'étais malheureux à l'idée
de devenir infidèle à mes engagements. J'ai tu le spectacle
des soldats se poursuivant et roulant dans le sable. Le retraitant, un jeune prêtre ordonné de fraîche date et nommé
vicaire dans la banlieue de Rio, a lu mon œuvre. Il m'a longuement considéré, m'a serré contre lui. Le jeune prêtre m'a
appelé « mon frère » et m'a proposé, le regard ému, de
m'installer dans le presbytère de sa paroisse. J'y fonderais
avec lui et deux jeunes laïcs qui le fréquentaient ma communauté. La banlieue était immense, le champ d'action très
vaste, peuplé uniquement de misérables et de travailleurs,
et les syndicats étaient débordés. Les souffrances, les persé-
cutions connues à Volta-Redonda, le dernier des endroits où
commencer une telle œuvre, estimait-il, me seraient épargnées. J'ai suivi le Père Guaracy — c'était le nom du prêtre, un
terme indien désignant le soleil — jusqu'à Rio.

Son presbytère était un ancien dépôt de marchandises, en
bois chaulé, à toit de zinc, aménagé en logis. La baraque se
dressait au flanc d'une colline appelée le Trou-de-la-Veuve.
Un peu plus haut se dressait l'église, une construction en dur
qui coiffait le sommet du morne, surplombait un bidonville
énorme, coupé de terrains vagues et partiellement urbanisé,
pénétrant à l'intérieur de la zone des industries. Le Père Guaracy m'a présenté ses amis : Teresa, une jeune fille à longs
cheveux noirs, au teint d'olive, rondelette et bavarde, cigarière dans une manufacture de tabacs, et Fernando, un Noir,
ex-élève d'une école technique, mon aîné de quelques mois.
Originaire de Bahia, Fernando avait travaillé à la raffinerie

de pétrole de sa ville natale, étudiant le soir, militant la nuit,
puis avait été appelé à Rio par les dirigeants de son organisation, le Mouvement des jeunes travailleurs chrétiens, qu'on
appelait couramment « les J.T.C. ». Devenu permanent on
l'avait chargé de créer dans la banlieue des cellules de base.
Fernando était toujours en route, dormait chez l'un ou chez
l'autre et mangeait à la sauvette, discutant, rédigeant le plan
de ses réunions. Il vivait depuis un an sans domicile fixe, se
sentait seul, écrasé par la tâche; l'invitation à vivre avec le
Père Guaracy et moi le ravissait. Notre communauté obéirait
aux quatre préceptes essentiels de mes constitutions : la
prière, la continence, le travail (sauf pour le prêtre déjà
débordé par les soins à donner à plus de cent cinquante
mille âmes) et le militantisme ouvrier, le même prêtre devenant aumônier des cellules fondées par Fernando. La règle
excluait la présence d'une femme. Teresa continuerait d'ha-
biter avec sa mère et sa sœur, ouvrière dans la même manufacture mais terriblement portée sur les hommes et incorri-
gible depuis que le père était mort. La jeune fille se joindrait
à nous pour la lecture sacrée et la demi-heure d'adoration, le
soir avant le couvre-feu. Elle devait toutefois s'efforcer de
réunir autour d'elle des collègues de sa fabrique et de fonder
sa propre communauté.

La baraque comportait une cuisine, une salle de réunion,
une chambre et un débarras. La douche et les cabinets se
trouvaient à l'extérieur sous le réservoir d'eau. Une fenêtre
sans châssis ni vitre éclairait le débarras. Un volet formé de
planches la fermait. On désencombra la pièce, la nettoya, la
désinfecta. On y introduisit un lit à couchettes superposées.
Une tige de fer servirait de penderie, ma cantine de table de
nuit. Fernando et moi nous sommes installés; le Père Guaracy conservait sa chambre. J'aiderais le permanent, m'occu-
perais de l'intendance. Je travaillerais à mi-temps à l'urbanisation des secteurs du bidonville encore privés d'eau et
d'électricité.

La communauté a vécu deux mois dans une paix seulement troublée, à cause de fortes pluies, par un glissement de terrain qui emporta une vingtaine de baraques voisines, secoua la nôtre, la mit de guingois, et tua, d'après les journaux, de cent-cinquante à trois cents personnes, pour la plupart non déclarées à l'administration, d'où l'imprécision du nombre des morts. Vint ensuite la période du carnaval que, pour la première fois de sa vie, Fernando se proposait de boycotter, lui qui à Bahia faisait partie d'une école de samba fameuse dans tout le pays. Un drame le fit changer d'avis : le Père Guaracy abandonna la maison, la paroisse, quitta son froc et le bidonville, et partit se mettre en ménage avec Teresa dans une ville dont il a préféré taire le nom. Il aimait nos âmes, a-t-il déclaré un soir avant l'adoration, mais c'était plus fort que lui, il aimait également le corps de la cigarière. Cet amour d'abord spirituel était devenu charnel. L'amitié en Dieu avait tourné à la sympathie humaine, à l'attrait physique, au désir puis à la passion. Cette passion était partagée. Il n'y avait rien d'autre à faire que de la vivre jusqu'au bout. Le Père nous laissait la baraque. Fernando et moi nous sommes retrouvés en tête à tête, gênés l'un et l'autre comme si nous avions poussé l'ouvrière dans les bras de l'aumônier, déroutés aussi, peut-être même révoltés.

— Pour moi, la lecture et l'adoration, c'est fini, décida mon compagnon; ce qui compte c'est les J.T.C. T'adoreras tout seul si tu veux.

J'ai continué d'adorer mais seulement pendant quelques jours. La veille du carnaval Fernando a déclaré qu'il n'avait plus de raisons de s'abstenir, qu'il disparaîtrait pendant quatre jours et reviendrait pour la messe du mercredi des cendres.

— Quatre jours! m'étonnai-je. Mais où vas-tu dormir?
— Pendant le carnaval on ne dort pas.
— Et manger?
— On ne mange pas non plus. On danse.
— Et moi, que vais-je faire pendant ce temps?
— Ce que tu veux, pendant le carnaval on fait ce qu'on veut.

— Je veux t'accompagner, décidai-je.

— Impossible !

— Je veux danser, poursuivis-je comme si un autre homme, un inconnu, parlait pour moi qui n'avais jamais dansé de ma vie.

— Eh bien, va danser.

— Avec qui ? Je ne connais personne.

— Tu trouveras des groupes, des écoles, des bandes de danseurs, des centaines de milliers de danseurs dans les rues. Pas besoin de présentation. D'ailleurs moins on se connaît plus on se sent libre ; c'est pour ça que beaucoup se donnent des faux noms. Tout le monde aime tout le monde, anonymement, et on guinche comme on respire, tu verras.

— Mais toi..., insistai-je.

— Je l'ai dit : on ne fait vraiment bien le carnaval qu'avec des inconnus.

Ces raisons de me tenir à l'écart de sa vie me paraissaient bizarres. Mais que pouvais-je répliquer ? J'ignorais les coutumes du pays. Sur le carnaval j'avais entendu énoncer le meilleur et le pire ; je savais seulement qu'à Rio les gens l'appellent « la folie ». Je me suis incliné. Fernando peut-être avait-il quelque chose à me cacher.

Les gens ne mentaient pas, n'exagéraient pas : ces jours et ces nuits ont tenu de la folie. Et bien après le carnaval encore j'ai cru devenir fou.

Toute cette période se déroule dans le désordre, au son d'une cacophonie d'instruments bizarres, des clochettes sans marteau frappées l'une contre l'autre, des hochets, des bâtonnets, des manchons de fer, l'intérieur tapissé de peaux molles sur lesquelles des jeunes gens tirent, faisant d'énormes bruits de succion, des tambours de toutes les grandeurs, des tamtams par milliers dressés à tous les carrefours, en pleine avenue et réglant le déhanchement de la foule, une bousculade de trois millions d'hommes et de femmes, de gosses, de

vieux, de pauvres et de riches ruisselant de sueur et vêtus ou
d'un pétale de fleur ou de vastes robes à paniers, de livrées ou
de smokings roses, coiffés de tous les couvre-chefs possibles :
gibus, ananas de papier mâché, diadème, poêlon retourné,
perruque de marquise... tout ce monde trépignant dans la
poussière, se frottant sous une chaleur à faire fondre le macadam des boulevards. Et ça crie, ça boit, ça se pince, fait des
cabrioles et forme des serpents de danseurs qui s'enroulent,
se déroulent, encerclent une fille ou un garçon, l'enserrent, le
tâtent, l'excitent puis s'en vont. Ça s'empoigne, s'embrasse et
se sépare aussi joyeusement que ça s'est enlacé. Ça s'écarte
devant le défilé des écoles de samba, devant le passage des
reines et des rois d'un jour, puissantes négresses aux robes
chargées de perles et de rubans, la poitrine coincée dans des
corsages cousus de fils d'argent, les épaules enfouies sous des
coqueluchons de soie, et portant sur la tête des chapeaux à
la chérubin, des charlottes, des globes de Paphos, le cortège
des princesses et des princes noirs comme des ramoneurs et
vêtus de culottes blanches, de bas blancs, gants blancs, redin-
gotes blanches et chaussés de souliers à boucles d'argent,
escortés de leurs esclaves de toutes races : des blonds, des
bruns, des moricauds, des indiens, l'anneau d'or à l'oreille
et presque nus, faisant des pirouettes sans toucher le sol;
escortés aussi de centaines de pages au teint de cuivre ou de
charbon, accoutrés de costumes à boutons dorés, gilets, bro-
deries, jabots de dentelles, et virevoltant, légers comme des
oiseaux; escortés enfin des prêtresses, énormes grands-mères
gardiennes des rites et du passé, transportées par leurs dieux,
secrètement, la nuit, dans les faubourgs de Cotonou, Port-
au-Prince, Luanda, Lagos et Bahia afin de conserver les liens
et la ferveur pour les anciennes croyances et revenues balancer dans les rues de Rio leurs vastes paniers enveloppés de
châles verts ou jaunes ou rouges ou bleus suivant la couleur
de l'esprit, le cou, le dos, les énormes seins cachés sous vingt
tours de colliers à grains d'or, d'émeraude, de jade, les
cuisses enfouies sous de larges jupons, rutilants et lourds, les
bras serrés dans des anneaux d'argent, les poignets garnis

d'une kyrielle de bracelets cliquetant comme des trousseaux de clefs... une brillante et bourdonnante cohue allant, venant, se défaisant et se recomposant, s'arrêtant pour uriner sur place et repartant, la crinoline ou le pantalon de soie inondés. Je me sentais perdu dans cette multitude grouillant et s'égosillant, qui tanguait sur la chaussée et les trottoirs comme des milliers de barquettes fleuries, tous ces gens qui pavoisaient, formaient des queues entre les grappes humaines et battaient des mains, se disloquaient, chacun tournant comme fou sur soi et se laissant absorber par d'autres vagues de danseurs. Je me sentais perdu et incapable de m'abandonner au mouvement lorsque des mains se sont abattues sur moi, m'ont happé, entraîné dans un groupe de jeunes gens très bruns, pieds nus, vêtus de paréos, et alors je me suis laissé dériver, peloter, on m'a retiré ma chemise, on me l'a nouée sur les reins, on m'a jeté autour du cou un collier de pivoines en papier crêpé, on m'a fait tourniquer, sauter. J'ai suivi, porté par la troupe, et, dans la bousculade, une fille s'est pressée contre moi, les seins débordant du soutien-gorge, un simple ruban bleu ciel orné sous l'aisselle d'un coquelicot de raphia. La fille a frotté sa cuisse entre mes jambes, a collé sa bouche contre la mienne; m'a poussé, sans se détacher de moi, dans le renfoncement d'une porte. Là, dans la pénombre, j'ai cédé, mes mains ont parcouru, fébriles, son dos, ses fesses, j'ai sorti mon sexe. La fille l'a sucé, fouillant des mains mes poils, mes couilles, m'a pompé, pendant que mes doigts lui caressaient les joues et l'entour des lèvres. J'ai lâché mon sperme, torturé par un plaisir insupportable et délicieux, une douleur indicible mais bonne; j'ai râlé comme si on m'arrachait du bas-ventre les organes et les tripes. Mes jambes ont ployé, j'ai titubé; la fille s'est échappée de mes mains. Étourdi, mourant de chaud et de soif, j'ai plongé en avant, couru. Je heurtais les gens, décidé à remettre la main sur ma suçeuse; elle avait disparu. Je suis resté tout bête sur place quelques secondes, un autre groupe m'a emporté, qui se passait des bouteilles de bière tiède, j'ai bu longuement, goulûment, m'arrosant la poitrine. Ma tête s'est mise à bourdonner, le tam-tam, la danse m'ont donné le tournis ; je suis tombé dans de multiples bras avant de toucher le sol.

J'ai repris connaissance, la nuit, sur une plage. Les roulements de tambours, les percussions lointaines, assourdies, des instruments de métal parvenaient à mes oreilles mêlés au bruit des vagues. J'avais l'impression de sortir d'un rêve. J'ai secoué la tête, me suis frotté les yeux, me suis dressé sur mon séant : j'étais nu. Honteux, j'ai rabattu mes mains sur mes parties. Une femme est accourue, dépouillée elle aussi de ses vêtements. Son corps luisait, la femme sortait de l'eau ; elle s'est assise près de moi. Mes habits se trouvaient, pliés, près des siens. Des dizaines de couples se reposaient, dormaient ou se caressaient dans l'ombre. D'autres se dévêtaient, avançaient vers la mer, se baignaient.

— Alors, ça va mieux ? m'a demandé la femme.

— Oui, ça va... mais... qui m'a amené ici ?

— Je t'ai fait transporter par des gars de mon groupe, ils sont repartis danser.

Je ne connaissais pas cette femme, je ne l'avais jamais vue, elle m'a dit que j'étais beau, que j'avais les yeux bleus et qu'elle avait envie de faire l'amour avec un Français.

— Un Français ? questionnai-je.

— Oui. T'as rêvé tout haut, t'as dit des tas de choses, je ne sais quoi mais je suis sûre que c'est pas de l'américain.

— T'as raison, j'ai dû dire des bêtises en français.

Paresse, indifférence, inutilité des explications... J'ai laissé l'inconnue croire ce qui lui chantait. Elle m'a proposé de prendre un bain. Nous avons plongé ensemble, elle m'a étreint, nous sommes tombés, avons roulé dans l'eau. Je l'ai pénétrée debout, les vagues se déchirant doucement sur mes reins, me caressant les fesses, l'écume nous ceignant le corps d'un ruban clair et fragmenté. Nous sommes revenus vers la plage et nous sommes couchés sur la laisse, un sable mou, spongieux, creusé de poches d'eau. Le corps de la femme s'est imprimé dans le sol, je l'ai grimpée, ai navigué, allant, venant entre ses cuisses, m'enfonçant à nouveau en elle, les membres et les flancs lavés par le flux et le reflux des vagues. Nous

avons ri, tremblé, soufflé. Nous nous sommes mordus de
plaisir, inondés par une vague plus forte, une coulée déli-
cieuse et tiède, et nous avons joui. Je suis retombé près
d'elle, heureux, léger, me laissant submerger par la marée.
Rafraîchis par l'eau, nettoyés comme des coquillages, on
est revenu vers nos vêtements. On s'est endormis, côte à côte,
sous un ciel très noir malgré le semis d'étoiles.

Je me suis éveillé, le sexe raide, me suis tourné, les paupières mi-closes, lourdes de sommeil et j'ai avancé la main,
écarté les cuisses de la baigneuse étendue près de moi, je l'ai
enfilée. Son corps a remué sous le mien. Elle a gémi d'une
voix bizarre, méconnaissable, une voix de vieille femme. J'ai
ouvert les yeux : c'était une vieille femme. Je me suis brusquement retiré. La première baigneuse s'était volatilisée,
une autre fêtarde avait pris sa place. Le soleil se levait
derrière les collines de la ville, le ciel au-dessus de la mer
se striait de longues barres rosées, la plage blanchissait. La
rumeur du carnaval s'élevait encore mais faiblement. Les
roulements de tambours se répercutaient, espacés. La fêtarde
a voulu me retenir contre elle, a serré mon sexe dans sa main
fripée, osseuse, mais il était mou. Un dégoût subit, l'idée que
j'étais perdu, gravement perdu, s'est emparé de moi. J'ai
repoussé la vieille comme une bête galeuse, ai saisi mes
vêtements; je me suis sauvé. Je suis allé me rhabiller plus
loin, au bord de la digue. Le stupre me torturait. J'avais
pourri en vingt-quatre heures aussi profondément, intime-
ment, que d'autres dans toute une vie. Le remords me tenail-
lait, mon âme se tordait. J'ai pensé courir vers une église,
me confesser, expier. Fermées par crainte des vols de vêtements de saints, de leurs robes de soie, leurs capes de velours,
des vols de linge frais; par crainte aussi de l'envahissement
des fêtards en quête d'un abri pour se reposer, déféquer,
baiser, les églises de la ville ne devaient rouvrir que le jour
de l'imposition des cendres. Restait l'examen de conscience
et l'appel à la miséricorde de Dieu, avec la promesse de ne
plus jamais recommencer. Écrasé par mon péché, malheureux, j'eusse donné dix ans de ma vie, ma jeunesse, en échange

de la contrition parfaite. L'angoisse m'étranglait, je me suis
dit, tant se faisait impérieux mon besoin d'apaisement,
que dans ces fornications je n'avais peut-être pas agi en
pleine connaissance ni avec un entier consentement. Après
tout le carnaval m'avait envoûté. On avait abusé de moi,
les danseurs m'avaient assailli, les femmes violé. Désormais
je fuirais les fêtards, me replierais dans mon bidonville.
Je m'enfermerais seul dans la chapelle, ouvrirais le taber-
nacle, exposerais moi-même le saint sacrement et prierais
jour et nuit jusqu'au retour de Fernando.

J'ai regagné le Trou-de-la-Veuve, j'ai prié. Le désir de
parler, de me confesser immédiatement à Fernando m'a
ramené en ville. J'ai replongé dans le bouillonnement
sauvage, criard, de la fête, filé sous les arcs de triomphe
en bois blanc, chargés de guirlandes et de serpentins,
contourné des colonnes de carton décorées de cœurs, de
piques, de trèfles, de carreaux géants et rouges. J'ai sauté par-
dessus les cordes distendues et blanches, censées défendre
les parterres des places publiques et contenir la foule, j'ai
marché sur des fanions, des plumes, des pièces de vêtements
de papier, soulevé sous mes pas des nuages de poussière et
de confettis, tournoyé, brisé des chaînes de danseurs, fendu
des groupes de badauds, couru derrière des chars peuplés
de filles se trémoussant en bikini sous d'énormes bananes
en celluloïd, clignotant pareilles à des tubes de néon
entre des longues feuilles échancrées, turquoise, suspendues
au-dessus de leurs têtes. J'ai suivi le défilé des grandes et des
petites écoles de samba, espérant trouver Fernando. Le soir
est tombé, des millions d'ampoules vertes et jaunes, les
couleurs nationales, se sont allumées. J'ai surpris mon camarade presque nu, le pagne déchiré, se pressant à l'entrée
d'une guinguette. Une grappe de jeunes gens l'a poussé
à l'intérieur du local. J'ai foncé, joué des coudes, accrochant
à la boucle de ma ceinture le paréo d'un jeune homme qui,
les fesses à l'air, m'a insulté, poursuivi, peu pressé de se
revêtir. Je me suis retrouvé dans une salle où tonitruait un
orchestre seulement composé de tam-tams et de trompettes,

où sautaient, se balançaient, enlacés comme des amoureux, des centaines de garçons. Fernando, encadré par deux jeunes danseurs, m'a vu, a laissé en plan ses compagnons. Il s'est approché de moi, l'air fâché :

— Qu'est-ce que tu fais là ? Qui t'a dit... ?

— On ne m'a rien dit, je suis entré ici par hasard.

— Par hasard ! a-t-il répété, incrédule. Ce n'est pas un lieu pour toi, sortons !

— Mais pourquoi ?

— Sortons, reprit-il, se fâchant cette fois pour de bon. Sortons sinon ça va finir mal.

Nous ne sommes pas sortis, j'ai résisté. La discussion s'est poursuivie dans le tapage, au milieu de ce qui me paraissait le plus fou dans cette folie carnavalesque, ces couples, ces trios, ces bandes de mâles qui s'embrassaient, se pelotaient, bandaient sous leurs paréos. Et la folie m'a gagné. Je me suis jeté au cou de mon camarade, j'ai pressé mes lèvres contre les siennes. Fernando a salivé, m'a repoussé en jurant. Je me suis retourné, défaillant de honte, malade ; il m'a repris, m'a serré contre son torse dégoulinant de sueur, de bière, a collé ses mains sur mes tempes, m'a demandé pardon, embrassé longuement. Nos langues se sont mêlées. Il m'a caressé, attiré dans un coin, m'a pressé contre le mur. Fernando me broyait contre lui. Son sexe frottait à travers le tissu de son pagne contre le mien. Ensemble nous haletions de plaisir. Mon ami et moi avons éjaculé en même temps. Nous sommes tombés à genoux l'un devant l'autre, toujours enlacés, mouillés, baignant dans sa puissante odeur de nègre, et on s'est regardé. Une sensation inconnue, un bien-être, un bonheur indicible s'est installé en moi. Mes yeux se sont embués, mes larmes ont coulé. Fernando m'a demandé ce que j'avais. J'ai eu peur qu'il se moque de moi. Je n'avais rien, ai-je répondu, mais j'ai pensé que je l'aimais.

Nous avons fui la guinguette, poursuivi le carnaval au bidonville, avons introduit la folie à l'intérieur de notre baraque. Fernando et moi on a perdu la tête, on s'est jeté

l'un sur l'autre comme des chats sauvages. On s'est fait
patte de velours et patte de fer, on s'est flairé, caressé, mordu.
Et on a roulé sur le plancher, on s'est étreint, pareils aux soldats que j'avais surpris sur la plage à Sâo-Vicente. Mon camarade et moi on s'est embrassé. On s'est mordillé les poils,
s'est léché, s'est griffé. Mon ami brusquement m'a coincé
entre ses jambes, ouvert les fesses, transpercé. J'ai hurlé de
douleur. Mes chairs, ma peau se sont déchirées. J'ai saigné,
j'ai crié que je l'aimais, qu'il me tuait, que j'avais mal, très
mal, que je m'offrais. Mon sperme a giclé sous moi, mon
sang a coulé sur mes cuisses.

Nous avons dormi, mangé, nous sommes aimés dans une
odeur de sang séché, de sueur, avons vécu deux jours dans
un mélange de larmes et de jeux, de caresses très douces
et dangereuses, assis, couchés, debout, pratiquant tous les
dérèglements, les excès que notre imagination pouvait
concevoir, des excès qui nous eussent conduits, si le carnaval
n'avait pris fin, à la mort. Les derniers roulements de tam-
bour ont retenti dans le bidonville, le jour s'est levé. Fernando m'a repoussé, déclarant que la folie avait vécu, que
carême venait, qu'il fallait maintenant oublier. Une autre
folie, la mienne, commençait. L'amour, le désir ne me
lâcheraient pas. Mon compagnon, je le poursuivrais, le
harcèlerais. Mon corps attirerait le sien, la maladie terrible de la passion me rongerait la chair, le sang, me bouffe-
rait l'âme. Nous nous sommes disputés, accusés mutuelle-
ment de séduction, de viol, nous sommes injuriés. Le sale
nègre et le sale pédé, le sorcier, l'ensorcelé, le Noir et le
Blanc se sont insultés, réconciliés, disputés à nouveau, ont
fait de leur maison une succursale de l'enfer. Fernando au
cours de l'empoignade a brandi la menace suprême, le
châtiment, a lâché le terrible mot de péché. Ça m'a terrassé,
j'ai supplié, demandé pardon; j'ai juré que la folie était
morte, que je la méprisais, voulais la rejeter, l'oublier et
reprendre la vie d'avant. Nous avons à genoux supplié le ciel
et nous sommes fraternellement embrassés. Nous avons
gagné la chapelle où un prêtre de passage, le remplaçant

habituel du Père Guaracy, s'apprêtait à célébrer la messe.
Mon ami et moi, les fêtards de notre paroisse, tous pécheurs,
étions nombreux. Le célébrant ne pouvait nous entendre
débiter nos fautes, chacun à notre tour, au confessionnal. Et
puis il les connaissait d'avance, ces fautes, c'était toutes les
années les mêmes. Il nous a demandé de les confier à Dieu,
nous a tous absous, collectivement, a tracé sur nos fronts la
croix noire du mercredi des cendres.

Hors de la chapelle il faisait chaud. Les rayons du soleil se
déversaient sur les toits des baraques, sur la ville redevenue
sage, sur la mer au loin. Les nuages se tassaient sur la ligne
d'horizon, formaient un ruban d'un gris clair, une bande
presque droite, mais au-dessus de nous le ciel était bleu.
Fernando et moi sommes descendus, heureux, légers, vers
le presbytère. Nous avons formé des plans, décidé de
reprendre aussitôt le travail, de lutter, de multiplier les cellules. Mon ami a projeté de réunir en congrès les jeunes
travailleurs ralliés à notre mouvement depuis qu'on s'était
installé dans la paroisse. Nos journées seraient bien remplies
et le soir on reprendrait la lecture des évangiles, on prierait.
Nous serions à nouveau les apôtres du temps où la communauté suivait à la lettre et sans biaiser mes constitutions. Le
soir est venu, le silence est descendu sur le bidonville. Nous
nous sommes dirigés vers la chapelle afin de nous abîmer
dans l'adoration. La nuit était noire, l'air doux, quelques
lumières brillaient au pied du morne. Fernando m'a frôlé,
j'ai serré sa main, on s'est emparé l'un de l'autre, s'est
embrassé aussi passionnément que la veille. Debout contre
le mur du sanctuaire, les jambes tremblant, on a fait l'amour.
J'ai regardé mon camarade, il a craché sur le sol, dégorgeant,
disait-il, nos baisers, m'a traité de putain. Nous étions redevenus ennemis.

La prière et le sperme, le sang, la douleur, cette douleur
atroce entre les cuisses, les disputes et les mots d'amour puis
ces confessions, ces pénitences, ces saintes communions et de

nouveau le péché, l'étreinte, les larmes, les excréments. Puis encore la souffrance et la contrition et, six jours plus tard, épuisés, battus, et plus passionnément amoureux que jamais l'imprécation et le blasphème... Nous passions en quelques heures du paradis à l'enfer. Au lever on jurait qu'on s'aimerait dorénavant comme des frères puis on entendait la messe, on mangeait l'hostie. On allait dans la journée se faire absoudre par un vieux prêtre desservant la cathédrale et toujours pressé. Ensuite on revenait au morne. Je chaussais mes bottes et revêtais mon pantalon de terrassier. Je travaillais au déblaiement des ruelles qu'envahit le dépotoir de la zone des industries. Mon ami visitait les paroisses ouvrières, rencontrait les travailleurs, discutait. Le soir j'assistais aux réunions qu'il improvisait à la cantine d'une fabrique, dans une buvette ou dans une baraque qui servait de local à des footballeurs. Nous parlions salaires, embauche, accidents de travail et distribuions le journal des J.T.C.; nous faisions du recrutement. Une fois rentrés, on se douchait et on remettait au lendemain la lecture et l'adoration. Nous étions vannés, tout prêts, disions-nous, à nous endormir sur les Évangiles, mais au lit ni l'un ni l'autre ne trouvait le sommeil. Je me relevais, marchais autour du presbytère, m'asseyais sur le bord du chemin, dans le silence et la nuit, contemplais l'océan des toits éclairés par la lune, les murs, les fanaux de la ville. Fernando venait me rejoindre, s'énervait, discourait sur les incohérences de notre vie et jurait de choisir une fois pour toutes la religion. Il me plantait là, regagnait la baraque. Je le retrouvais assis sur mon lit. Je me couchais, il tombait sur moi.

La souffrance et le plaisir sont venus à bout de la religion. Fernando a ouvert le Mouvement des J.T.C. à la politique. Il a invité au bidonville des syndicalistes et même des étudiants dont certaines jeunes filles qui n'avaient à la bouche que deux mots : organisation et révolution. Deux de ces demoiselles parlaient haut : Eloa, inscrite dans une école d'archi-

tecture et Beatriz, de la faculté de Droit. Elles se déclaraient
disposées, pour mieux travailler le prolétariat (disaient-elles,
se lissant les cheveux) à emménager au presbytère et vivre
avec nous. Fernando y vit un moyen de nous guérir de ce que
le peuple et notre conscience nommaient perversion. Eloa,
qui était blonde, se sentait attirée par le Noir. Beatriz, petite
et brune, se dit flattée d'entrer dans le lit d'un Européen.
Cette mise en ménage m'apporta quelques semaines de tran-
quillité. Faute d'amour la camaraderie et le coït, facile et
régulier, engendreraient l'affection. Fernando jouait son rôle
avec la même application. L'essentiel pour nos femmes était
la solidarité. L'amour n'avait rien à faire avec la révolution;
la passion ne se partage pas, elle est tout entière dans l'un ou
dans l'autre. Eloa et Beatriz avaient mis la leur dans la révolution.

Nous avons redoublé de travail, constitué de nouveaux
groupes et organisé un meeting de protestation contre le
licenciement d'un manutentionnaire qualifié par son patron
d'agitateur et affilié à notre mouvement. Mon ami s'enthousiasmait, son action portait. La direction nationale des J.T.C.
s'inquiéta, les âmes des travailleurs on les oubliait, Fernando
d'apôtre devenait politicien. Le secrétaire général du mouvement vint sans avertir nous rendre visite. Eloa lui ouvrit la
porte : le scandale éclata. Connu pour son dévouement à
l'Église et la classe ouvrière, dur envers lui-même (on vantait
les ajournements nombreux de ses projets de mariage en
dépit de ses trente-huit ans et alors qu'il y aspirait, ajournements dictés par un magnifique esprit de sacrifice), le secrétaire exigea l'expulsion des étudiantes qu'il qualifia de
vicieuses et d'espionnes au service de la C.G.T. Et il ajouta
qu'il enverrait vivre avec Fernando et moi un aumônier du
mouvement. Les jeunes filles ont traité le dirigeant d'obsédé.
Mon ami, embarrassé, annonça que nous avions tous les
quatre l'intention de nous marier. Puis il se dédit, s'em-
brouilla, parla politique et finit par critiquer le mouvement.
Son chef se fâcha : il fallait obéir tout de suite ou alors nous
serions, lui et moi, expulsés du presbytère et de l'organisa-

tion. Nous nous sommes fait chasser mais nos troupes nous ont suivis, ont formé ce qui dorénavant s'appellerait le Mouvement des jeunes travailleurs.

« Il faut se révolter! » s'exclama un jour Beatriz. Nous regagnions la petite maison de briques louée, après notre expulsion de la cure, dans la partie urbanisée du Trou-de-la-Veuve. « Tant qu'on ne s'est pas révolté on n'est rien! »

Le soir, au lit, devenu le lieu de longues discussions politiques, elle reprit son idée, expliquant que des raisons de révolte on en a toujours, qu'elles ne sont pas, bien sûr, aussi évidentes pour tous que pour les prolétaires ou les éclopés, que chacun doit chercher les siennes. J'ai cherché, je suis rentré en moi. J'entendais Fernando faire grincer les ressorts de son lit dans la chambre voisine. Eloa s'amusait. Beatriz s'était endormie. La révolte dans mon cœur avait éclaté, je plongerais dans la subversion.

Les grèves qui, depuis mon arrivée dans le pays, n'avaient guère cessé devenaient plus nombreuses et plus politiques. Elles touchaient des catégories sociales nouvelles : les boulangers, les laitiers, les jardinières d'enfants et, fait gravissime, des engagés de la marine. Des soldats, que menait un sergent dénommé Anselmo, s'étaient rassemblés au siège du syndicat des métallurgistes. Ils avaient ensemble et solennellement juré de déclarer la guerre au gouvernement s'il n'instaurait pas immédiatement la démocratie dans les usines et dans l'armée. Les étudiants exigeaient le contrôle des universités, les vendeuses de leurs magasins, les piétons le contrôle de la circulation des automobiles, les malades des médecins, les putains des maquerelles, les mendiants celui des repus. Les épouses honnêtes et fidèles demandaient à contrôler les veuves joyeuses et les minettes de la ville, les starlettes leurs metteurs en scène et les orphelins le contrôle des œuvres de miséricorde. Excités, un nombre croissant d'ouvriers exigeaient le contrôle des paysans et les paysans le contrôle des syndicats ouvriers. Le Mouvement des jeunes travailleurs se lançait dans ces mobilisations diverses et parfois contraires, emporté par la force devenue torrentielle de la C.G.T. à laquelle Eloa et Beatriz ne se cachaient plus d'appartenir par le biais d'un groupement nommé Organisation des travailleurs intellectuels. M.J.T., C.G.T., O.T.I.... les sigles dans ma tête s'embrouillaient comme jadis au collège les formules de chimie; leurs activités se confondaient. Je courais avec Fernando à des meetings convoqués par l'une, réalisés par l'autre et criais dans des manifestations organisées au nom de tous les sigles de tous les opprimés, agités, révoltés des quartiers de Rio. Partout la révolte grondait. La banlieue, les fabriques étaient paralysées six jours sur sept, le septième étant celui du Seigneur. Le centre de la métropole, les avenues offraient le spectacle de bagarres livrées au milieu d'embouteillages monstrueux, de fracas de klaxons; le port celui d'un amoncellement de marchandises puantes et pourrissantes, de déferlements de rats. La révolution avait commencé. Les chefs d'entreprise supplièrent les chefs de l'armée de rétablir l'amour du travail. Les chefs de l'armée supplièrent le chef de l'Église de prêcher le retour à l'obéissance et à la discipline. Le chef de l'Église en appela au chef des polices (les mœurs, la sûreté, le maintien de l'ordre et la circulation), le priant de restaurer la moralité. Ces chefs se retrouvèrent, envahirent, un matin alors que la ville dormait encore, le palais du président et de la présidente. Ils les tirèrent de leur lit, commandèrent à la première dame de se couvrir au moins d'un baby-doll. La femme se voila, le chef de l'Église la bénit. Le président, devenu ex-président à vie, fut conduit en camionnette à l'aéroport. Le chef de l'armée fut choisi par le chef de l'Église, les chefs d'entreprise et de la police pour lui succéder. L'ancien magistrat suprême et sa femme s'envolèrent en pyjama pour l'exil.

La résistance a duré vingt-quatre heures. Un speaker de la radio s'est élevé contre le coup d'État, a fait diffuser *l'Internationale* et lancé des appels à la grève générale. Des syndicalistes, des militants ont marché sur la ville. Eloa et Beatriz ont couru, sans se laver ni se peigner, sans prendre le temps d'avaler leur tasse de café, vers le siège de leur organisation, tandis que Fernando convoquait les cellules de Jeunes Travailleurs du bidonville. On a entendu des bruits de camions et de chars, un martèlement de chenilles sur des pavés, des sommations, des cris, des coups de feu puis la radio s'est tue. Le soir elle reprenait ses émissions. Un nouveau speaker déclarait « l'ordre rétabli, la dignité retrouvée, l'harmonie nationale et le prestige international restaurés ». Mon camarade et moi sommes partis à la recherche de nos femmes.

Les rues étaient presque désertes. Des soldats montaient la garde devant les usines, des tanks encerclaient le bâtiment central de l'université. Le siège de la C.G.T. se réduisait à quatre pans de murs noirs et celui de l'O.T.I. à un amas de pierres fumantes : les deux édifices, vieillots, à colonnes et plafonds de bois, avaient flambé comme des broussailles. Dans la baie se trouvaient ancrés des bateaux avec, à fond de cale, des ministres et des fonctionnaires, des étudiants, des chefs de syndicats et les marins qui s'étaient alliés aux métallurgistes. Des remorqueurs faisaient la navette entre les navires et le quai où de nombreux prisonniers affluaient, amenés dans des camions bâchés, des fourgonnettes de la police, des automobiles que pilotaient des particuliers, quelquefois de jolies dames, l'allure sportive, secondées par de jeunes soldats mitraillette au poing. Un cordon de fusiliers marins défendait l'accès aux ruines du bâtiment de l'O.T.I. Des mères, des épouses, des pères de famille tentaient de se renseigner auprès d'un gradé. Celui-ci ne pouvait dire si des gens l'occupaient lorsque le siège avait pris feu. Dans la confusion de la journée il n'avait réuni que des bribes d'informations sur les événements, il avait déjà eu du mal à connaître les ordres. A son arrivée sur les lieux meubles et planchers, boiseries, papiers, tout flambait. Les militants avaient peut-être décidé eux-mêmes d'incendier leur local afin de détruire les documents compromettants et les fichiers. Ou alors des civils ou l'aviation avaient attaqué. Dans ce cas, si les occu-

pants n'avaient pu fuir ils avaient péri. Il serait toujours
temps de venir chercher les cadavres. Les épouses et les mères
éclatèrent en sanglots, les pères s'indignèrent. Fernando
refusait d'admettre la disparition de sa compagne. Elle et lui
s'aimaient, ils s'étaient attachés l'un à l'autre. Au nom de
leur amour, il en était sûr, elle avait tout fait pour sauver sa
peau. Nous regagnâmes tout de suite la maison où peut-être,
à cette heure, Eloa et Beatriz s'inquiétaient elles aussi de
notre sort et nous attendaient.

La maison était vide. Nous avons langui, épluchant les
journaux, l'oreille collée au transistor abandonné, avec leurs
autres effets, par les étudiantes. La presse écrite et parlée
annonçait les mesures dites de salubrité que prenait le nouveau président. C'est ainsi que fut décrétée l'abolition de
tous les sigles et mouvements correspondants, à l'exception
des J.T.C. que protégeait le chef de l'Église. Ces sigles d'ailleurs, le chef de l'armée révéla qu'ils servaient d'autant de
couvertures à un seul grand sigle manipulateur et diabo-
lique, secret : le sigle P.C. Les journaux et la radio expliquèrent que ceux-là qui naguère bloquaient les autobus et
portaient les conducteurs en triomphe, qui fermaient les
boulangeries et distribuaient aux uns, gratuitement, le pain
des autres, affamant les habitants des quartiers paisibles et
civiques, que ces travailleurs qui ne travaillaient pas et ces
étudiants qui n'étudiaient pas vu que leurs professeurs, ter-
rorisés, n'enseignaient plus, que ces jardinières d'enfants,
ces piétons, ces malades qui revendiquaient, ces marins qui
ne circulaient plus que sur la terre ferme, marchaient comme
des fanatiques du footing dans toutes les manifestations et
cortèges et avec des gens qui jamais n'avaient pris le bateau,
que ces maçons qui ne maçonnaient plus, ces porteurs qui ne
portaient plus que des banderoles et des pancartes, ces mendiants qui ne mendiaient plus et se laissaient mourir publiquement en plein trottoir par pur esprit de révolte et de
provocation, et ces balayeurs qui, le matin, ne les balayaient
plus avec les autres ordures vers les bouches d'égout, que
les piocheurs qui ne piochaient plus, que tous ces gens-là

étaient communistes. Il fallait en nettoyer la patrie. Les
autorités se mirent aussitôt à l'œuvre.

Son mouvement détruit, ses camarades dispersés, repliés
sur leur seul gagne-pain, sur les amourettes ou le football,
Fernando s'est fait embaucher au Secteur d'urbanisation du
Trou-de-la-Veuve, où moi-même je suis retourné après
toutes ces journées de grève. Nous avons ensemble creusé des
tranchées, élargi des ruelles, déblayé des voies, remué des
immondices, bétonné. Le travail fini, on craignait de rentrer.
Les arrestations se multipliaient partout dans la ville, dans
les faubourgs et même les campagnes. Battus, torturés, d'anciens compagnons pouvaient faiblir et donner notre adresse.
Nous avons vécu des semaines dans l'appréhension de voir
notre logement pris d'assaut par ces hommes armés de
pinces, de chalumeaux, de revolvers, qui se manifestaient
sans avertir, terrorisaient, s'habillaient en civils mais se
disaient policiers. Car une nouvelle police était née, au nom
rassurant : le Service de sécurité, dit S.S., un sigle qui devait
en peu de mois devenir tout-puissant.
    La disparition de nos compagnes, la complicité, l'entraide,
la persécution, nous ont rapprochés, mon ami et moi.
L'oisiveté de nos soirées nous a conduits à rechercher ce que
lui se contentait d'appeler des consolations et moi, à nouveau
poussé par le désir, à nommer l'amour. Je n'avais jamais
cessé d'aimer Fernando. L'agitation politique, le travail, la
présence de Beatriz dans mon lit avaient seulement servi de
diversion : je couchais avec elle en pensant à lui. Avec la
passion resurgit l'enfer. Jaloux, suspicieux, j'avais peur qu'il
ne retrouve Eloa, pire encore : qu'il la fréquente sans me le
dire. Cette crainte pourtant n'était guère fondée. La jeune
fille, si vraiment elle n'était pas morte, aurait bien fini par
donner signe de vie. Fernando s'abandonnait, m'étreignait
puis, le plaisir pris, le regrettait, s'irritait; il fuyait la maison.
Il revenait, avouant ne pouvoir oublier les souffrances, les
risques, la pauvreté qui nous liaient. Ma misère, mes pleurs

l'émouvaient. Personne n'avait enduré pour lui ce que moi, un étranger, un Blanc, un homme d'études et de savoir endurait. Il y avait dans mon amour pour lui de la folie. Je guettais ses gestes, je surveillais ses allées et venues, je le suivais, la nuit, lorsque le poussaient dehors l'insomnie, un brusque dégoût ou encore, lançait-il, me clouant le bec, l'impression que les barbouzes du S.S. allaient tout à coup surgir, saccager la maison, le torturer sur place puis l'emmener. Je traînais derrière lui, traversais en me cachant le dépotoir. Je longeais les murs, me glissais à sa suite dans les gargotes, surveillant le regard des hommes et des femmes qu'il croisait. Jusqu'au jour où Fernando reçut sa paie. Il entassa alors ses vêtements dans sa valise et m'annonça qu'il déménageait. Rio l'avait perdu, mon compagnon retournait chez les siens. Il voulait recommencer sa vie, redevenir le jeune homme qu'il était avant de se faire racoler par ce curé de banlieue qui là-bas, dans sa ville natale, organisait des matchs de football pour les jeunes travailleurs, les chômeurs, qui l'avait attiré vers l'Église, endoctriné et lancé dans ce militantisme de merde! cette Église à travers laquelle, pour notre malheur, il m'avait connu. Je protestais, suppliais. Fernando n'avait pas le droit de m'abandonner dans ces dangers, cette vague de répression, cette angoisse. Il n'avait pas le droit de me rejeter, moi qui ne connaissais personne et qui me ruinais l'âme et la santé pour les gens de son pays. J'ai hurlé, menaçant de me tuer s'il partait. Fernando est parti. Je suis resté seul, j'ai souffert comme un chien qu'on bat, un chien qu'on affame, qu'on assoiffe, qu'on maltraite; comme un chien qu'on écorche vif et qu'on laisse pantelant, agonisant, un chien qui n'en finit pas de crever. J'ai souffert comme jamais dans ma vie. J'ai duré sans savoir pourquoi ni comment et un jour je me suis remis sur pattes. J'ai repris mon travail, j'ai ouvert les livres apportés à la maison par Beatriz et j'ai lu. Ces livres parlaient de choses interdites, de gens dont l'évocation des gestes et des paroles était proscrite, pouvait entraîner la mort. J'ai lu des reportages sur la révolution et sur la vie du peuple cubain. J'ai découvert ce

qu'avaient supporté et réalisé Fidel Castro, Guevara. J'ai
repris courage, cherché avec entêtement à retrouver la trace
de Beatriz. Un étudiant de sa faculté m'a appris que le soir
même du coup d'État elle avait escaladé le mur du jardin
entourant l'ambassade d'Uruguay, avait obtenu l'asile puis
un sauf-conduit. La jeune fille vivait à Montevideo. J'ai serré
les livres dans ma cantine de fer et l'ai enterrée. J'ai vendu
le transistor, le réchaud à gaz, des vêtements, et j'ai pris
l'avion (non sans peur, c'était la première fois, j'ai eu la
diarrhée) à destination de l'Uruguay.

VI

MONTEVIDEO m'a déconcerté. Il pleuvait, il faisait froid,
le pays s'appauvrissait. Les façades des maisons se déla-
braient, les statues garnissant les places étaient les plus cras-
seuses que j'eusse jamais vues. Les hommes s'habillaient de
pardessus qui remontaient, semblait-il, à l'époque où le
tango avait colonisé les clubs à la mode de la capitale. Ces
hommes éternuaient dans des mouchoirs de marchands de
vaches, vastes serviettes rouges à pois blancs. Ils portaient
des chaussures noires et plates, comme les sacristains, ou
des bottes invariablement crottées de bouse, même en ville.
Mais ils avaient la moustache lustrée et taillée et le col de la
chemise impeccablement empesé. Des automobiles d'avant-
guerre, hautes boîtes cubiques et noires, à ferraille mal
assujettie, flanquées de chaudières, traversaient avec lenteur,
dans des bruits de chaînes qui s'entrechoquent, les carrefours creusés de nids-de-poule. Elles fendaient les mares for-
mées au milieu des avenues défoncées, éclaboussant, s'ils
avaient le malheur d'ouvrir leur porte, les citoyens jusqu'au
fond de leur corridor. Le ciel était gris. Les murs des
chambres d'hôtel, les draps, les carpettes de laine grasse,
étaient humides. La viande coûtait cher et les frites, on les
servait froides et noyées dans un lac de moutarde. On vendait
du café mélangé à de la chicorée. Le lait, baptisé avec ferveur, était incolore. On rongeait des os d'entrecôte, abrités
sous des parapluies (les stores, aux terrasses, partaient en

loques). L'argent ne valait rien, le pays se désagrégeait tel
un bloc de sucre dans l'eau, mais on y était libre. Beatriz ne
cessait d'en célébrer le miracle. Je l'avais retrouvée avec
l'aide d'un Comité de soutien aux exilés. Elle habitait une
des chambres d'un ex-Grand-Hôtel construit au début du
siècle face à la mer, un énorme bâtiment surchargé de fes-
tons, de guirlandes, de naïades en stuc, boursouflé de
loggias s'appuyant sur des conques de béton enduit d'une
peinture qu'on devinait avoir été jaune. L'édifice était
fermé aux estivants pour cause de restauration, un travail
que, depuis des années et faute de subsides, la municipalité
ne cessait d'ajourner. Le Comité de soutien l'avait loué pour
une croûte de pain. Beatriz m'y avait accueilli en camarade,
obtenu une chambre pourvue d'une belle et haute porte-
fenêtre aux ferrures sans doute un peu compliquées, grin-
çantes et aux vitres brisées, qui ouvrait sur un balcon menaçant de crouler, mais qui malgré tout donnait sur la mer.
D'ailleurs si le vent soufflait trop fort et si j'avais froid il
m'était loisible de remplacer les morceaux de verre par du
carton. Je m'y suis employé. Les carreaux étaient tous
cassés; l'air du large, glacial, s'engouffrait comme dans une
cabine de plage. J'ai bouché les trous, allumé la lampe;
l'occultation me plongeait dans l'obscurité. Le vent ne
gelait plus mes mains, je ne claquais plus des dents ni ne
grelottais et je ne voyais plus la mer. Beatriz m'invita à la
regarder de chez elle mais de biais car sa fenêtre perçait la
façade latérale, surplombait une rue s'écartant de la digue.
En se penchant on pouvait voir un bout d'océan, et des
nuages, si lourds, si bas, qu'ils paraissaient tremper dans
l'eau. Il faisait aussi humide chez la jeune fille que chez
moi. Elle prépara du café, m'expliqua qu'elle vivait dans
ces demi-ruines avec un dirigeant de l'O.T.I. qui s'appelait
maintenant O.T.R. : Organisation des travailleurs révolutionnaires. Le coup d'État avait démontré la nécessité d'unir
intellectuels et manuels et de les doter indistinctement d'une
avant-garde plus décidée et plus combative que les mouvements de masse et les partis traditionnels. Son nouveau mari

avait à ce propos rédigé un document dont la portée historique, affirma la femme, ne m'échapperait pas et qui devait
servir de texte de base à l'autocritique et à la redéfinition
idéologique et politique des militants. Je ne répondis rien,
les phrases trop longues me tombant rarement tout entières
dans l'oreille, des mots se perdant à cause de ma distraction.
C'est ainsi, on peut en rire et je n'en suis pas fier, que « portée historique » avait ressuscité en moi l'image d'une nichée
de cochonnets que, sous mes yeux de gosse, la truie d'un
voisin avait mangés à mesure qu'elle les mettait bas. Le sort
fait à cette portée, mon grand-père l'avait qualifié d'unique
dans l'histoire du village. Ce souvenir m'avait empêché de
prêter attention à la fin de sa phrase, Beatriz s'en est inquié-
tée. Était-ce un désaccord politique qui me retenait de
parler ? Était-ce d'avoir appris, un peu brutalement, elle
l'avouait, sa mise en ménage avec un autre homme ?
   — Pas du tout, ai-je répondu, c'est normal, tu avais le
droit de croire qu'on ne se verrait plus. Et d'ailleurs...
   — D'ailleurs quoi ?
   — J'ai fait la même chose à Rio, je t'ai crue morte dans
l'incendie du siège de l'organisation. Mais maintenant c'est
fini, nous avons rompu. C'est terminé ! me laissai-je aller,
amer, envahi par une tristesse qui a dû me troubler le regard
et vieillir les traits car elle a suscité la compassion, poussé
la jeune fille à me prendre les mains.
   Je lui ai révélé la nature de mon amitié avec Fernando. Elle
a eu un mouvement de recul, m'a lâché, s'est ressaisie,
m'écoutant avec attention et même avec une certaine sympathie. Beatriz a tenu à me rassurer. Elle me connaissait bien,
me trouvait égal aux autres hommes. Elle avait, en ma
compagnie, éprouvé si peu d'insatisfaction que jamais ne
lui était venue l'idée de mettre en doute ma virilité. Ce qui
s'était passé avec Fernando s'expliquait sans doute par les
événements. Ces journées d'épreuves, l'angoisse, le désarroi,
l'affolement, avaient déséquilibré les militants mal préparés
aux coups durs ; des troubles psychiques étaient nés. Moi,
j'avais ceux-là. Des camarades, hommes et femmes, en

avaient d'autres. Je n'avais pas à me tracasser, je ferais
comme eux, je me soignerais. Il valait toutefois mieux, vu
le faible niveau de compréhension de certains exilés, n'en
parler qu'à la personne qu'elle me présenterait, la camarade
Maura, diplômée en psychologie, qui sympathisait avec la
révolution et qui étudiait la psychanalyse. Pour le reste, la
discussion sur le document de Gilberto, puisque ainsi s'appelait son nouvel ami, elle m'en ferait lire un exemplaire aussitôt l'écrit ronéotypé.

Cet écrit avait pour titre : *Plate-forme autocritique pour une
avant-garde marxiste-léniniste.* Il comportait une trentaine de
pages bourrées de citations des deux auteurs qui l'avaient
inspiré, citations reliées par des phrases portées chacune par
cinq ou six pronoms, longues guirlandes accrochées à des
qui, que, dont, d'où, lequel, lesquels, comme à des clous.
Ces phrases de surcroît n'avaient pas de virgules et les citations étaient transcrites sans guillemets, défaut que l'auteur
admettait avec une certaine fierté : ces négligences ne signi-
fiaient rien au vu des idées, n'ôtaient rien à la rigueur de ses
analyses et à l'importance de ses conclusions, elles relevaient
de son viril dédain pour les fioritures. Un esprit scientifique
— et la révolution, elle aussi était une science, expliquait-il,
il fallait apprendre à la faire scientifiquement — un esprit
scientifique n'a que faire de ces afféteries. D'ailleurs, lui,
Gilberto, n'était pas un homme de lettres, un coquet,
c'était un sociologue. Des bibliothèques entières, des œuvres
complètes, des centaines et des milliers de livres scrupuleu-
sement ponctués n'avaient pas fait avancer la révolution
d'une... d'une virgule, justement. Toutes les minuties de
l'écriture pourtant étaient respectées, les concepts se suivaient joliment reliés par toutes les conventions de la grammaire quand le seul lien nécessaire manquait, qui lui n'était
pas une convention : la dia-lec-tique! L'écrit de Gilberto
n'était pas, et jamais aucun de ses écrits ne serait un hymne
à la virgule. C'était un hymne à la dia-lec-tique. C'est avec la

dia-lec-tique qu'au Brésil comme en Russie, à Cuba, on changerait le cours des choses !

Je me suis mis à chercher, dans son texte, le nouvel enchaînement des mots. Ce fut long car la dialectique contrairement à la ponctuation ne se signale par aucun signe visible. Il faut la chercher sous les mots eux-mêmes, couper des périodes à des endroits précis, non marqués, d'où elle jaillira. Il faut isoler soi-même un membre de phrase dialectiquement complet et c'est bien difficile lorsque manquent les points de repère — afin de l'opposer à l'autre membre de phrase, lui aussi dialectiquement plein. Aussi ai-je dû lire plus d'une fois l'écrit. J'analysais les périodes comme on calculerait les distances sur un chemin sans bornes. Je prenais tantôt des subordonnées pour des principales et tantôt des principales pour des subordonnées. A la deuxième ou cinquième lecture il m'apparaissait que tel groupe de mots, que j'avais cru rattaché à toute une démonstration, n'était en réalité qu'une incise. Beaucoup de dialectique dans ce flou grammatical a dû m'échapper. C'est sans doute pourquoi je n'ai pu devenir nettement, sans hésitations, un vrai, un pur, un ardent marxiste-léniniste. A l'époque j'ignorais hélas ! l'usage dialectique de la virgule.

La discussion tout de même a eu lieu, au cours de laquelle, après d'autres camarades, j'ai livré mes impressions. Mon absence de rigueur, caractéristique, disait-on à mon soulagement, de trop de militants, risquait d'engendrer sur le terrain, une fois repris le combat, des « vacillations ». Mon marxisme était jugé confus, subjectif, primaire, impur et débile, bref : poétique. Mon léninisme était mou, d'une mollesse quasiment dévote, impropre par définition à traiter « les forces matérialistes de l'histoire ». L'auteur de la *Plate-forme* (ainsi appelait-on le document) m'inscrivit avec une vingtaine d'autres exilés au stage de formation théorique que son organisation avait mise sur pied. Après quatre ou cinq mois de lecture et de débats (autour de la *Plate-forme* puisque, même en lisant les maîtres, on ne jurait plus que par cette *Plate-forme*), notre tête se trouverait armée de notions claires et affinées, tranchantes comme des couteaux, grâce à quoi nous pourrions mener enfin scientifiquement la lutte.

J'étudiais (avec la *Plate-forme*) les classiques de la révolution et ce, dès avant le lever du soleil, habillé de tous les vêtements que j'avais apportés, mes souliers à côté des pieds vu que j'avais enfilé toutes mes paires de chaussettes (trois et demie : j'avais égaré celle du pied droit de la paire verte), le corps emmitouflé jusqu'au-dessus des oreilles dans mes couvertures. Je tournais les pages avec une main puis avec l'autre, alternativement, car dans cette glacière où j'habitais elles refroidissaient très vite. Cependant ce froid me tenait éveillé. Je lisais encore un peu le soir puis sombrais dans le trou moelleux du sommeil. La journée, je la consacrais, comme tout le monde, à gagner ma vie. J'avais fait insérer une annonce dans un journal. Plusieurs dames avaient répondu. Je leur donnais des cours de français ainsi qu'à leurs filles et parfois, lorsqu'ils étaient délicats, à leurs fils. Ces dames étaient les épouses d'éleveurs et propriétaires connus, dont des étalons, des vaches, des taureaux avaient autrefois gagné des médailles ainsi que le montraient des diplômes et des photographies accrochées aux murs un peu défraîchis des salons où se donnaient les leçons. En fin d'après-midi Beatriz et Gilberto rassemblaient dans l'ancien fumoir de l'hôtel les lecteurs de la *Plate-forme* et on discutait. A sept heures on confectionnait, collectivement et avec les moyens du bord, un unique plat baptisé dîner (potage au pain, spaghetti, pommes de terre ou lentilles sans légumes ni salé — ça coûtait trop cher — qu'idéalistement nos professeurs de matérialisme appelaient potées) après quoi chacun passait la soirée comme il voulait. Ces soirées elles consisteraient pour moi à déambuler dans les rues de la ville (froide et sale), les quartiers du port (sales et froids), sur la plage (froide, sale et jonchée d'ordures), jusqu'à ce que la camarade psychanalyste trouve le temps de me fixer un rendez-vous. Ce temps vint alors que j'avais largement entamé mon troisième mois de vie dans son pays, attrapé une grippe intestinale et quatre ou cinq rhumes, que je courais les commissariats, ministères, administrations afin d'obtenir le renouvellement de mon permis de séjour. J'avais déjà potassé des sommes telles que *Le manifeste communiste* et *L'idéologie allemande* (Carlos Marx, édition portugaise, avec des virgules, Rio de Janeiro, 1958), *Le socialisme et l'homme à Cuba* (Ernesto Guevara, version originale, avec des virgules établies par l'éditeur, La Havane, 1963), *L'État et la révolution* (V. I. Lénine, édition espagnole avec des virgules, Montevideo, 1960), *De la contradiction* (Mao Tsetoung, texte castillan, avec des virgules et même des points virgules, sans doute à cause d'une certaine afféterie chinoise, publié à Pékin, 1962), *Les Pièges et les illusions du réformisme suiviste* (Vladimir Illitch Moreno, texte rédigé en exil, avec trois ou quatre virgules inexplicablement placées entre des verbes et leurs compléments, et ronéotypé)...

L'apprentie psychanalyste Maura m'a reçu dans une pièce garnie d'affiches politiques, d'un divan, d'un fauteuil recouverts de cuir synthétique, d'étagères encombrées de livres et de dossiers. Son prénom avait pour moi quelque chose de sombre et d'ardent. Le sang des gauchos, des Espagnols, des émigrants de Calabre et de Sicile qui coule dans les veines des gens du pays, tout cela avait fait que je me la représentais petite et nerveuse, les cheveux et les yeux noirs, la peau brune, les manières chaleureuses et la parole abondante, sonore. La réalité m'a surpris. L'apprentie psychanalyste avait le teint rosé, le poil blond, les yeux bleus (comme les vaches, ai-je pensé, et les yeux de vache ne me disent rien). Elle parlait d'une voix posée et ses gestes étaient lents, comme empreints de fatigue. Cette Maura m'a paru plus âgée que moi; elle était plus grande et bâtie plus robustement. Elle me rappelait ces insurgées flamandes rencontrées jadis à Louvain, qui marchaient dans les manifestations, se lançaient dans les bagarres et précipitaient leurs adversaires dans la Dyle.

Maura avait la taille et les couleurs d'une poissonnière d'Ostende, une poissonnière éduquée, un peu stricte, une fille de pêcheur qui serait devenue institutrice. De latin elle avait seulement le prénom et ce prénom, devais-je apprendre plus tard, était faux. Dans ses contacts avec les révolutionnaires la psychologue, prudente, usait d'un nom de guerre. En réalité elle s'appelait Gertrud, devenu en espagnol Gertruda. Son père, un vétérinaire pacifiste, avait fui Berlin quelques semaines avant que Hitler n'entraînât le pays dans la guerre. Il avait acheté une ferme non loin du Rio de la Plata où déjà vivait une colonie d'émigrés allemands. Gertruda avait cinq ans à son arrivée en Uruguay. Elle avait pris, avant d'entrer à l'université, la nationalité de ce pays qu'elle aimait et considérait comme sien, pour lequel elle luttait, lança-t-elle soudain passionnée, avec la même ferveur que les natifs de la pampa. Son histoire et cet engagement politique en terre d'adoption me la rendaient plus proche. Je lui ai raconté ma vie, guettant d'elle un geste d'affection, de complicité. Mais là Gertruda-Maura redevint distante. J'en avais déjà beaucoup dit. La première consultation, estima-t-elle, avait commencé; elle se devait d'observer le comportement le plus neutre. La psychologue agirait avec moi comme son directeur d'études agissait avec elle, car la femme elle aussi se faisait psychanalyser. Les statuts de sa future profession l'exigeaient. C'était une des étapes les plus importantes de sa formation. Cela dit, l'apprentie m'a prié de m'allonger. Elle m'a fait répéter ce que j'avais confié à mon ex-compagne. J'ai parlé, ajoutant certaines précisions que Beatriz, à mon sens, n'avait pas à connaître. La camarade psychologue m'a posé des questions plus nombreuses et plus détaillées qu'autrefois mon confesseur au collège de Saint-Rémy mais elle ne m'a pas censuré. Elle m'écoutait même avec bienveillance et cette attitude, je l'eusse prise pour de l'approbation si je n'avais eu conscience de faire étalage d'une perversion. Maura m'a fait parler des heures. Les mots tirés de moi exprimaient des souvenirs anciens, réveillaient des sensations éprouvées certains soirs auprès de Fernando mais que

j'avais tues ou si mal formulées que mon ami avait taxé mes
propos de divagations. La psychologue, elle, y voyait « des
vérités ». Une telle opinion m'incitait, sinon à me complaire,
à multiplier aveux et récits non seulement de choses vécues
mais rêvées. J'ai eu l'impression qu'à m'entendre Maura
devenait plus amicale. Elle restait toutefois réservée et cela
commençait à me peser. J'éprouvais comme le besoin d'un
échange entre nous. Le climat de confidence m'affranchit.
Brusquement j'ai inversé les rôles, j'ai interrogé. La femme,
l'espace d'un instant, a perdu contenance. Elle s'est aussitôt
ressaisie, avançant qu'à ce stade de l'analyse il lui était interdit de me répondre : un mot prononcé dans un sens ou dans
l'autre pouvait me conditionner, fausser le jeu. La séance
terminée, elle m'a néanmoins invité à descendre avec elle
dans un café de la ville. Le lendemain nous allions ensemble
au cinéma. La camaraderie politique, les relations de psychologue à patient, se sont ainsi doublées, chez moi, d'une sorte
d'attachement. Maura semblait y consentir. Un jour, subitement, elle m'a proposé de suspendre le traitement.

Nous étions partis nous promener. Nous avions quitté la
ville à bord d'une voiture bringuebalante, aux pneus pleins,
empruntée à un camarade du comité de soutien. La psychologue m'avait invité à visiter une station balnéaire située en
dehors de la capitale, un site reposant et mieux conservé que
celle-ci, disait-elle, soucieuse d'égayer mon image du pays.
Nous roulions en longeant la mer lorsque tout à coup elle a
ralenti. Maura s'est engagée entre des rangs de pins parasols,
a stoppé.

— Si tu es malade, je le suis aussi, cette analyse n'a pas de
sens. D'ailleurs je ne suis pas sûre que tu sois malade, a-t-elle
déclaré, tournant la tête et fixant cette fois sur moi un regard
chaleureux.

Si je n'étais pas malade, qu'étais-je? Un vicieux? Un
dépravé? Pas du tout, répliqua Maura. Elle avait rarement
rencontré un homme au cœur aussi naïvement pur que le
mien et même dangereusement : un cœur disposé à s'offrir
sans calcul ni prudence, s'exposant comme si le genre humain

était uniquement composé de personnes incapables de chantage et d'abus, d'hommes et de femmes méconnaissant le vice. Ma camarade m'en trouvait émouvant. Et sensible, trop sensible.

— Anormalement, n'est-ce pas? Et c'est pour cela que je suis tombé dans les bras d'un garçon...

— Comme tu aurais pu tomber dans les bras d'une fille.

— Facile à dire!

— Et Beatriz, n'as-tu pas vécu avec elle, n'as-tu pas fait l'amour...?

— Si, ai-je répondu, mais sans être amoureux.

— Et tu tiens tant que ça à l'être, amoureux?

— Si c'est réciproque... Ça doit être extraordinaire. Sinon, c'est épouvantable : le martyre, je te jure! Mieux vaut s'en tenir au sexe.

— Et tu es disposé... à t'en tenir au sexe, comme tu dis?

— Oui, mais au bon.

— C'est-à-dire avec une femme, n'est-ce pas? enchaîna Maura.

Ce disant elle se laissa glisser vers moi, posa sa main sur ma cuisse. Attendait-elle que je réponde? Je me suis tu. Je vivais depuis trois mois dans une solitude qui, le soir, faisait sourdre en moi le sentiment de l'échec, du malheur, une solitude qui me tenait, dans mon lit, un langage de mort. Je voyais à l'ex-Grand-Hôtel des militants couler la main dans les cheveux des militantes. Ils les caressaient, bavardaient avec elles, entre deux bécots, des moyens de développer une stratégie nouvelle, d'inventer des techniques de guérilla accordées au contenu de la *Plate-forme*. Ils se levaient, décidaient de poursuivre le débat à huis clos dans leurs chambres. Je me retirais dans la mienne et je ne dormais pas. Entre leurs cloisons les couples mêlaient à leurs discussions des rires puis baissaient la voix pour ne plus laisser échapper de leurs gorges que des halètements. Je me sentais rejeté. Je vivais comme un impotent, un vieux veuf, un lépreux. Personne de mes compagnons ne s'en souciait. Pourtant n'avais-je pas, moi aussi, besoin d'un corps? Maura m'écoutait, la tête sur

mon épaule, sa main pétrissant la jambe de mon pantalon.
Je n'ai pu me retenir, je l'ai embrassée. Elle a ouvert la voiture; nous avons glissé, lentement, dans l'herbe, entre les
pins. Dans le froid, sans nous dévêtir, je me suis allongé sur
elle.

Nous sommes arrivés en pleine nuit à la station balnéaire;
il pleuvait. Tout dormait, la ville était morte, le moteur de
l'auto pétaradait dans un silence de cour d'hôpital, de cimetière. Ce bruit fabuleux, les portes closes des auberges, le vide
des rues, le tambourinement des gouttes sur le pare-brise,
la tôle du toit, me faisaient rire. Nous avons passé le restant
de la nuit sur un lit royal : le siège arrière, étroit, de la guim-
barde.

Chaque jour amenait son déluge. Les rues se changeaient
en rivières. Les avenues courant vers le bas de la ville, vers le
port, devenaient des torrents. Ces torrents charriaient des
fragments de macadam, des pierres, du sable, déposaient sur
les trottoirs, au bord des caniveaux, des coulées de gravier.
Le ciel pesait. Les marées refoulaient sur la plage le flot noirâtre des déchets acheminés par les égouts vers la mer. Cet
hiver austral me semblait plus mouillé que tous ceux que
j'avais connus en Europe, même à la fonte des neiges. Montevideo s'enfonçait dans l'eau. La bourrasque soulevait de
temps en temps un versant de la toiture de l'hôtel qui généralement retombait à la bonne place sur les murs. La bourrasque un jour emporta le chéneau, le comble et les tuiles.
Nous étions réunis au fumoir pour une relecture collective
et publique de la *Plate-forme*. Tout à coup a retenti à travers
les étages de l'immeuble un craquement, un énorme bruit de
branches qu'on arrache, un fracas d'arbre qui s'effondre,
démembrant de haut en bas le tronc des arbres voisins. On
eût dit que les portes et les fenêtres, les planchers, les boiseries de l'édifice se fracturaient. Un vacarme d'échafaudage
qui croule suivit : la toiture s'écrasait sur le ciment derrière
la maison, aplatissant le tacot de mon amie qui avait demandé

à prendre part à nos discussions. L'averse fondit comme dans un entonnoir entre les murs. L'eau inonda le grenier, les paliers, fit flotter dans les chambres supérieures les descentes de lit, les pantoufles, trempa le linge et les couvertures, s'infiltra sous les portes et entre les lattes des plafonds. Elle ruissela le long des murs, dévala, tel le flot d'une cascade, les escaliers. Chacun se rua vers sa chambre, espérant sauver ses vêtements, ses livres, soustraire au déluge ses draps, son matelas et peut-être, s'il en avait la force et le temps, le cadre et le sommier de son lit, mais déjà descendaient tout seuls, portés par les eaux, des coussins, des édredons, des journaux, des chemises, des exemplaires de la *Plate-forme*. Les sinistrés s'accrochaient aux barres, se penchaient par-dessus la rampe, un manche de balai, une fourchette, une queue de billard à la main. Ils s'efforçaient de repêcher leurs affaires. Les plus audacieux se campaient au pied de la cascade, essayant de faire de leurs jambes un barrage et de retenir eaux et biens. Cependant les eaux finissaient, avant qu'ils aient recueilli leurs biens, par les renverser. Ma chambre, par bonheur, se trouvait au premier étage. Je m'y suis précipité avec Maura, ai rempli mes valises, roulé mes couvertures, tandis que mon amie, redevenant l'athlétique Allemande de la première rencontre, hissait sur sa tête mon matelas et mon traversin. Les couloirs commençaient à se transformer en mare. Plutôt que de courir vers les escaliers où le torrent, vu la rapidité du cours, l'eût fait basculer, noyant le fardeau et le porteur, Maura m'a poussé vers les ascenseurs. Nous sommes entrés dans une cage de bois qui, bien qu'avec des ratés, montait et descendait encore lorsque le plafond a crevé, déversant sur le lourd et vaste couvre-chef de ma camarade des seaux de pluie accumulée depuis le début de l'orage. Comme la boîte s'était mise en mouvement nous ne pouvions sortir. L'ascenseur s'est bloqué. L'eau nous arrivait au-dessus de la ceinture et continuait à couler. L'angoisse m'a saisi, j'ai traité mon amie d'écervelée, de criminelle. Je l'ai accusée de m'avoir précipité dans un puits, de vouloir se débarrasser de moi, de me noyer. J'appuyais sur les boutons de tous les étages, espé-

rant que l'ascenseur bougerait. Maura m'a regardé, stupé-
faite, bouleversée comme l'enfant qui vient de commettre
une gaffe, de culbuter sans le faire exprès son petit frère dans
un étang. Je martelais du poing les boutons, la cage restait
coincée. J'injuriais ma compagne de prison, l'eau montait.
Excédée par mes insultes, la psychologue m'a giflé. Nous nous
sommes battus, gênés par le matelas et le traversin qui flottait,
éventré, au milieu d'un éclaboussement de plumes soulevées
avec les masses d'eau. Ces plumes se collaient sur nos lèvres,
nos yeux, nous entraient dans la bouche avec le liquide qui
remplissait aux trois quarts notre boîte. Nous nous débattions
tels des chiens enfermés dans un sac jeté à la rivière, glapis-
sant, secouant si fort les parois de la geôle qu'un déclic s'est
produit. La cage est repartie, a stoppé, complètement inondée, au rez-de-chaussée. J'ignore comment la porte s'est
ouverte, mon amie et moi étions inconscients. Eau, objets et
corps ont jailli comme si une écluse cédait, une digue se rom-
pait, dans le hall d'entrée. C'est hors de l'hôtel, transportés
dans une maison voisine, qu'on nous a ranimés.

Le séjour s'est poursuivi dans le désordre et la désolation.
Pluie, torrents, lagunes transformaient le paysage. La ville
flottait. Le pays se défaisait dans un lac de boue. Le fléau
frappait tout le monde : nationaux, étrangers, exilés. A l'ex-
Grand-Hôtel les moulures de stuc, le plâtre, se dissolvaient.
Le sable entre les briques se liquéfiait. Le papier peint se
décollait des murs et tombait en lambeaux. Rongés, alourdis
par les eaux, des plafonds s'étaient effondrés, des planchers
s'étaient ouverts comme des trappes. Pris de court mes camarades et moi nous étions repliés dans les salles du rez-
de-chaussée, comptant sur la résistance des piliers de fer soutenant les solives au-dessus de nos têtes. De nouveaux
craquements nous ont jetés dans les caves où, après deux
jours, nous étions épuisés de pomper l'eau qui s'y déversait.
Vaincus, submergés, nous avons fui le souterrain pareils à
une troupe de rats. La communauté s'est dispersée. Maura

m'a recueilli dans son deux-pièces avant d'héberger également Beatriz et Gilberto.

La bagarre dans la cage d'ascenseur, nous l'avions imputée
à la panique, en avions ri, cherchant à nous réconcilier. Nos
relations cependant changeaient. Nous étions censés dormir,
la psychologue dans son lit, moi sur le divan dressé à l'autre
bout de sa chambre-bureau. Mon amie tenait à ce que mon
ancienne femme et son compagnon continuent d'ignorer la
nature de nos rapports.

— Et pourquoi? demandai-je. Ça ne pourra que tranquilli-
ser Beatriz.

— Et te permettre de faire bonne figure, n'est-ce pas? Mais
moi, s'ils savent que nous couchons ensemble, ça va me créer
des problèmes.

— Quels problèmes?

— Des problèmes... disons... laisse tomber! Ça vaut mieux.
Pour toi comme pour moi.

— Des problèmes politiques? questionnai-je, devenant
soupçonneux.

— Si on veut.

— Bizarre... En politique, du moins dans la nôtre, on a le
droit de baiser. Surtout entre mâle et femelle. C'est même
bien vu. Non?

— Si, c'est bien vu...

— Alors, insistai-je, pourquoi se cacher?

Ma compagne s'obstinait à se retrancher dans le mystère.
De soupçonneux je devins inquiet puis jaloux.

— T'as quelqu'un! lui lançai-je. T'as quelqu'un et t'as peur
qu'on découvre que tu le trompes. Avoue, hein, avoue donc!

— Écoute, ne dramatisons pas! On fait l'amour, c'est tout.
On s'en tient à cela, comme convenu, sans le claironner.
Pourquoi te compliquer l'existence? Et te poser ces questions
de mari possessif... d'amoureux!

— Et si je l'étais?

— Quoi! fit Maura, l'air choqué, comme saisie par le
scandale.

— Si j'étais amoureux de toi? répétai-je.

— Non! Impossible! Tu romps le contrat.

Là-dessus elle s'est affalée sur la chaise derrière son bureau
et elle est passée aux aveux. L'apprentie psychanalyste avait
un fiancé, réfugié lui aussi et membre de l'Organisation. Ce
fiancé se trouvait en mission à l'étranger pour au moins six
mois. C'était un des militants les plus proches de Beatriz et de
Gilberto. Elle éprouvait pour lui davantage que de l'attrait
physique. A son retour il était entendu qu'ils se mettraient en
ménage. D'ici là, la psychologue consentait encore à coucher
avec moi : elle aussi, elle avait un corps! me jeta-t-elle,
retrouvant son aplomb. Ces relations toutefois devaient
rester discrètes. A l'égard de nos hôtes ça nous simplifierait la
vie. Maura n'avait aucune mauvaise conscience. Ses sentiments pour l'homme en mission n'avaient pas changé. Nos
rapports, elle les trouvait d'abord hygiéniques.

— Et même, en ce qui te concerne : thérapeutiques! ajouta-
t-elle avec une pointe de malignité.

L'apprentie psychanalyste retrouvait le beau rôle. Je
n'avais plus qu'à subir, comme d'autres une épreuve, la gué-
rison. Et attendre que l'absent revienne pour quitter son lit.
J'ai tenté de reprendre le dessus, ai interrogé, assailli ma
compagne de nouvelles questions. Mais Maura a tenu bon.
La mission de son Brésilien était un secret connu des seuls
dirigeants. Elle supposait seulement que cela regardait l'organisation d'un foyer de guérilla et que le pays où il se trouvait pouvait être Cuba ou la Chine, elle ne savait rien de plus.
Ces propos, le sentiment d'être dépassé par les événements,
mon état lui-même de pervers redevenu normal, tout cela me
désarmait. La psychologue me faisait balancer entre la reconnaissance et le dégoût. J'ai voulu choisir la reconnaissance
et, la nuit venue, je me suis relevé, j'ai quitté mon divan pour
gagner son lit. Nous avons fait l'amour, étouffant nos cris,
nos râles, évitant de faire grincer les ressorts et tout occupés
à maintenir chacun notre main collée sur notre bouche. J'ai
connu le même plaisir que la première fois, lorsque nous
avions roulé sous les pins puis que je l'avais prise sur le siège
de la voiture, excité sans doute par la précarité de la situation.

Ma camarade hélas! n'a pas retrouvé le même enthousiasme. Sa journée avait été longue, le travail l'avait éreintée et sa dernière séance d'analyse perturbée. Elle se remit à parler du fiancé. A son tour mon amie dramatisait.

— Je le regrette, fit-elle. Tant que t'ignorais son existence, puisqu'il était loin, j'avais l'impression que cet homme entre nous était seulement une idée, quelque chose comme une abstraction.

— Et maintenant?

— Maintenant je ne sais plus. Notre discussion me l'a rendu plus proche. L'abstraction, quand je te sens contre moi, a l'air de reprendre chair. Avant qu'on en parle c'était un peu comme un fantôme. Le fantôme se trouvait quelque part dans ma vie et je ne me souciais guère de savoir à quelle place. Maintenant j'ai peur qu'il s'envole.

Maura ne voulait pas me peiner. Elle m'avertissait d'une constatation, honnêtement, sans pouvoir s'expliquer sur le rapport entre la pénétration de mon sexe dans le sien et son regain d'intérêt pour ledit fantôme qui toutefois, me rassura-t-elle, ne lui demandait pas de m'expulser de son lit. J'y suis donc demeuré mais avec cette ombre entre nous, cet esprit de fiancé, ce témoin invisible et gênant, de plus en plus gênant pour nos ébats, si gênant que nous avons fini par faire l'amour comme des catholiques mariés depuis deux jours, des époux embarrassés, pudibonds. Ma camarade m'échappait, je me sentais glisser dans une sorte de vide. Je me suis rabattu sur mes lectures politiques, ai intensifié ma formation et multiplié les leçons de français. J'ajoutais pour les plus doués de mes élèves des exposés sur l'histoire de la littérature, heureux de rentrer vanné, espérant m'endormir, le soir, sitôt le plaisir pris, sans avoir eu le temps de sentir la présence du fantôme et de connaître, à cause de lui, l'insomnie.

Ainsi ai-je joint aux classiques étudiés une liste nouvelle, illustrée d'ouvrages aux titres effrayants mais indispensables, estimaient les exilés les plus impatients de rentrer faire la révolution. Je lisais, je prenais des notes, tout comme à l'époque si lointaine où, séminariste, je me faisais un devoir d'assimiler jusqu'à la dernière ligne mes traités de théologie et de droit canon. Je potassais des bouquins sur l'art de faire la guerre (Sun-tseu, Mao Tse-toung), d'armer les masses et de les organiser (Vo Nguyên Giap), d'allumer des foyers de guérilla dans les campagnes et même dans les villes (Guevara encore et des textes de stratèges locaux, revendiquant l'héritage d'un rebelle indien nommé Tapc-Amaru). Je recopiais des écrits ponctués d'une profusion de virgules (les Chinois, naturellement) ou de signes plus rares mais suffisants pour isoler dans chaque phrase les idées et des écrits portant, dans les traductions espagnoles, des points d'interrogation, à l'endroit et même à l'envers, bien que sortis des presses d'Hanoï ou de Paris.

Les chutes de pluie, le froid persistaient. Toute cette eau, cette boue, ces jardins, ces places transformées en fondrières, ces rues me faisaient horreur. Le ciel descendait si près du sol qu'on avait, à certains jours, l'impression qu'il faudrait poursuivre son chemin en rampant. Le dégoût de patauger dans une ville qui semblait dériver vers la mer, et l'ennui de l'exil, le désir de lancer dans leur pays la lutte armée ont poussé une partie des militants de l'Organisation à rentrer chez eux. D'autres se sont fixé des dates de retour, ont choisi le poste frontière par lequel ils tenteraient de passer en se mêlant aux paysans de la région.

Mes lectures et l'étude des principes de la *Plate-forme,* ajoutées à mon expérience (que dis-je? à ma *praxis,* puisque je maîtrisais la nouvelle langue) avaient fait de moi un militant jugé apte à entrer à l'Organisation et à se voir investir d'une mission correspondant aux besoins stratégiques et tactiques du moment. Seulement j'hésitais à repartir. L'Uruguay, lentement, naufrageait dans ses eaux. Le pays coulait dans ses faux lacs, ses rivières et torrents improvisés, surgissant telles des sources aux endroits les plus incongrus de la capitale, traversant des quartiers autrefois prospères et réduits au bizarre destin de cités lacustres. Pourtant c'était là que j'avais envi-

sagé de poursuivre le combat. A cause de Maura, bien sûr, et
je confesse qu'avec elle j'eusse été disposé à faire la révolution
par n'importe quel temps, n'importe où, sur une île déserte,
la banquise (nous n'étions, après tout, pas loin du pôle Sud),
dans la selve amazonienne (pas loin non plus) ou au fond de
la mer. Le fantôme du fiancé devait décider pour moi.

Beatriz et Gilberto avaient regagné clandestinement Rio.
Ma logeuse et moi nous retrouvions seuls dans son deux-
pièces. Nous pouvions nous aimer de jour comme de nuit, en
riant, râlant, plaisantant et geignant comme nous l'enten-
dions. Le double incolore, inodore, l'abstraction, le pur
esprit de l'élu cependant reconquérait sa femme. Il la bâil-
lonna, elle s'interdit de m'embrasser. Mon sexe fonctionnait
bien, dit-elle, les baisers n'étaient pas nécessaires. Les autres
gestes prouvaient à suffisance ma virilité et d'ailleurs ils
allaient plus loin. Ces gestes eux aussi se réduisirent,
dans leur variété d'abord puis dans leur fréquence. Et,
un jour, Maura les suspendit tous. J'étais guéri depuis longtemps et même depuis le premier jour. Elle ne désirait pas
que je quitte un mal pour tomber dans un autre : le mal de
l'amour, dit-elle, s'il n'est pas trop tard.

Mais il était trop tard. Sur cette terre d'exil je m'étais attaché à la psychologue; j'avais peur de me retrouver seul. Je lui
en fis part, proposai de changer avec elle de ville, de partir
pour une autre province, sans laisser d'adresse. Inutile, répliqua Maura, le fiancé enquêterait. Et puis, elle l'aimait, ce
fiancé, qui maintenant ne tarderait plus à revenir. Elle l'aimait et elle voulait l'épouser. Je me suis révolté, j'ai protesté,
j'ai pleuré mais cela n'a servi à rien. Le fantôme entre nous
avait pris une place croissante, il pesait; le spectre avait
doublé de volume. Je suis sorti, le bec cloué, humilié, du lit
de l'apprentie analyste et je me suis recouché, toujours sans
proférer un mot, sur le divan. Un poison me brûlait l'âme;
un acide me trouait l'estomac telle une plaque de fer. J'étais
cocufié par une abstraction! Aucune tromperie n'aurait pu
me rendre plus amer, aucun corps me voler avec autant de
traîtrise mon amie. Je me suis enfoncé dans mon silence.

Quelques jours plus tard je quittais, sans laisser un mot, comme un voleur volé, son appartement.

J'avais obtenu de l'ambassade de Belgique un nouveau passeport. J'ai misé sur l'effet que pouvait produire ce document frappé aux armes d'une nation tenue pour paisible. J'ai rejoint en autobus la frontière, feignant de ne savoir parler que le français. Le policier de service m'a dévisagé; il a fait venir son chef. Je mourais de peur. J'ai pensé que mon nom figurait sur une liste de personnes recherchées. Mon passeport a dû rassurer; le chef l'a tamponné. Je suis remonté dans l'autobus, ai gagné Porto-Alegre, la métropole du Sud, où déjà s'était implantée une section de l'Organisation. De là on m'aiderait à rentrer à Rio.

VII

La plupart des exilés sont rentrés, s'organisent ou se
divisent, rivalisent d'audace, abandonnent leurs maisons,
leurs métiers, leurs noms, tels des moines, quittent le monde,
s'enfoncent dans une clandestinité mystique et rigoureuse,
fuient les regards et posent des bombes, attaquent des
banques, développent leurs réseaux et circulent pareils à des
taupes sous la surface de la vie urbaine. Ils creusent d'invisibles et tortueuses galeries, relient ou séparent des hommes
qu'ils trient parmi les masses rassemblées dans les usines, les
écoles, sur les places et aussi, avec d'infinies précautions, aux
points stratégiques, parmi les employés des ministères, les
ouvriers de la base navale et de l'aéroport. Les mystérieux
combattants recrutent même des complices parmi les habitants domiciliés à proximité des casernes. Ils agissent de
telle sorte, créent un tel climat de trouble que les passants,
fonctionnaires, ménagères, badauds, les soupçonnent présents dans les autobus et les voitures particulières, sur les tri-
porteurs des marchands de crème glacée, dans le hall des
gares, aux terrasses des cafés et dans les jardins. Ils les
imaginent perchés sur ces camions, ces excavatrices qui
circulent sur les chantiers ouverts dans le centre de la ville et
les voient derrière les guichets des bureaux de poste ou dans
les magasins. Ils flairent leur présence dans les beaux quartiers, dans les cinémas, au sortir des églises ou des grands
hôtels, qui ne sont pas plus épargnés que la banlieue et les

bidonvilles et les bananeraies accrochées au flanc des coteaux derrière les gratte-ciel, pas plus que les taudis aménagés derrière les murs des vieilles demeures coloniales. Les guérilleros sont partout, s'infiltrent partout, font tout, se dissimulent et jouent, se travestissent, tirent des coups de feu puis s'envolent. Ils inscrivent sur le sable des plages, sur les murs, les trottoirs, des mots terribles, surgissent à moto à un bout de la ville, lancent des grenades fumigènes, disparaissent par un autre bout. Il y en a qui vendent des melons vidés de leur chair et bourrés de tracts, qui se mêlent aux processions pour distribuer des feuillets couverts de phrases explosives imprimées entre les paroles de l'*Ave Maria*. Combattantes et combattants s'habillent en professeurs de musique, en rentières, en lectrices de journaux de mode. Ils promènent des ombrelles et des caniches, s'asseyent sur les bancs en face des casernes et transcrivent sur le collier des bêtes, en les caressant, les heures d'arrivée et de départ des officiers, le nombre de portes et de sentinelles, et leur type d'armes. Un gardien en a découvert trois vêtus en nourrices : ils poussaient devant eux, sous les flamboyants qui bordent le parc en face du commissariat central, des voiturettes vidées de leurs occupants. Les nourrices ont expliqué que les bébés étaient allés faire pipi dans le jardin. Le gardien n'a pas voulu les croire, a sifflé. Au moment où les promeneuses se faisaient arrêter d'autres guérilleros ont surgi des parterres et des bosquets, armés de râteaux et de tuyaux d'arrosage. La police les a pris pour des jardiniers. Ils ont dirigé les jets d'eau dans les yeux des agents, leur ont ratissé le ventre et les cuisses, leur ont planté les dents des outils dans les pieds. Les nourrices ont filé avec les poussettes qui transportaient des fusils d'une planque à l'autre, ils ont disparu dans les embouteillages de l'avenue du Président-Vargas.

Un guérillero de dix-sept ans, le même jour et dans le même quartier, s'est déguisé en vieille femme, un autre en quadragénaire, le troisième s'était simplement fait faire une mise en plis. La grand-mère, la mère et la fille ont ainsi encerclé, carrefour après carrefour, les agents de la circulation, les ont désarmés ; elles se sont enfuies avec quatorze revolvers, les gaines, les ceinturons, à bord d'un véhicule volé et amené sur les lieux par des complices. Aucun poursuivant n'a rattrapé le véhicule devant lequel les automobilistes libéraient le passage vu que c'était une ambulance. Des militants ont arrêté la voiture de la Mère supérieure du collège des Ursulines, l'ont priée d'échanger son habit contre les vêtements de l'un d'eux : un blue-jean, un slip tout terrain, une chemise kaki. Ils ont réquisitionné la voiture. Les autorités ont cru pendant plusieurs jours que l'attaque perpétrée contre les bureaux de l'Alliance chrétienne pour le progrès était le fait d'une de ces nonnes acquises, avec leur confesseur, au communisme.

C'est leur force, les guérilleros se fondent aux passants, à la pluie, aux kiosques, aux mannequins dans les vitrines, aux rayons du soleil qui tombent sur l'asphalte et le toit des voitures. Il y en a qui se métamorphosent en poubelles (ils attaquent les éboueurs au moment où ces derniers se disposent à les vider, les guérilleros s'emparent des camions), en garçons de course, en bannières. C'est ainsi que le porte-étendard de la Confrérie du Saint-Sacrement a introduit sans le savoir un subversif à la trésorerie. La bannière, alors que le porteur lui tournait le dos, s'est soulevée, s'est envolée par la fenêtre, la caisse logée dans ses plis.

Moi, je tire mal, j'ai essayé, je tremble et manque la cible. J'accomplirai seulement des tâches politiques, travaillerai avec les gens du réseau de soutien à trouver des cachettes pour les armes et les combattants, à monter, équiper des bases de replis, des imprimeries et des dispensaires. Je circulerai d'une ville à l'autre et porterai des messages. Avec mon air d'étranger, de touriste, je suis la personne indiquée pour servir d'agent de liaison. Avant de jouer ce rôle l'Organisation m'a toutefois demandé de partir pour Volta Redonda afin d'y rechercher mes anciens camarades de l'usine et de la Ligue. Ces contacts étaient précieux, les

garçons avaient peut-être évolué comme moi et s'étaient
« radicalisés », pour reprendre un terme de la *Plate-forme*.
Il convenait de savoir s'ils étaient mûrs pour le sabotage
qu'ils pourraient pratiquer au sein même du complexe sidérurgique. Deux ans s'étaient écoulés depuis mon expulsion
de l'usine, ma fuite et les menaces des syndicalistes sur le
seuil du palais de l'évêque. Mon visage avait changé; il s'était
ridé. J'appréhendais cependant que des anciens ennemis me
reconnaissent ou que des catholiques m'accueillent trop
tapageusement. Je me suis arrangé pour prendre l'autobus de
nuit et j'ai débarqué seul à l'entrée de la ville. J'ai poursuivi
à pied en direction du bidonville où vivaient encore, espé-
rais-je, dona Josefa et son fils Eugenio.

Le mastodonte de l'usine a surgi, monstre noir, rocher
sacré, pourvoyeur de richesses et de malheurs, de vie et de
mort, au centre de la ville. Son échine longue, irrégulière,
luisait sous la lune. Les antennes robustes de ses cheminées
rougeoyaient, éclairées par les flammes des hauts fourneaux.
Je marchais vers le géant de briques et d'acier, ses armées de
wagons, de camions, ses gardiens, ses sirènes, ses feux, ses
troupes d'hommes casqués et armés de barres de fer et d'outils. Avec ses clôtures électrifiées, ses barrières de tôle
renforcée, percée de clous. Et aussi avec ses rondes de nuit
et — Goliath s'était assuré de nouveaux défenseurs — ses
chiens car j'entendais aboyer. J'avançais seulement vêtu d'un
pantalon, d'une chemise et chaussé de sandales car il faisait
chaud. Dans mon sac de sport, accroché à l'épaule, se trouvaient des tracts. Étrange impression! J'étais venu dans cette
ville pour construire, j'y revenais pour détruire. J'étais venu
prêcher la paix, j'y revenais souffler à l'oreille de ceux qui
jadis m'avaient écouté le discours contraire, j'apportais des
paroles de guerre. Je marchais léger comme David, prudent
comme un contrebandier. Ma mission consistait à circonve-
nir le monstre, à soulever contre lui les hommes qu'à petit
feu ou parfois brutalement, en les précipitant dans des
bassins de lave ou des chaudières, il tuait. J'allais, armé de
papier.

La nuit au-dessus de l'usine s'éclairait d'une lumière dif-
fuse, orangée. Le ciel était sale. Il flottait autour du monstre
une poussière bleue. Le grésillement des cricris, qui avaient
mieux survécu que les herbes aux brûlures des gaz, aux
miasmes destructeurs crachés par les cheminées, se mêlait
aux grondements des ateliers, aux bruits de moteurs. La
présence de ces insectes rappelait l'origine récente de cette
cité édifiée dans le désordre, pénétrée de terrains vagues, de
champs que personne ne songeait à cultiver, une cité construite par blocs discontinus, des pâtés d'immeubles à étages
et des groupes de maisonnettes au modèle économique : un
cube percé d'une porte et d'une seule fenêtre et couvert d'un
toit plat. On avait tracé de nouvelles routes; j'ai pris celle
qui paraissait conduire au domicile d'Eugenio. Je suis passé
devant la résidence de l'évêque. Une croisée, celle de sa
chambre à coucher — je la reconnaissais avec ses tentures
jaunes — était éclairée. Un siècle plus tôt, me dis-je, j'avais
mangé, dormi, prié dans cette grosse maison. Depuis lors
j'avais vécu d'autres vies, appris des choses neuves et bouleversantes. J'avais lu des livres interdits et connu des amours
plus décisives que celles qui, dans ce palais sans grâce, me
faisaient veiller à genoux au pied de mon lit et au nom desquelles je châtiais mon corps. Un jeune homme était mort
en moi, qui naturellement n'avait pas survécu à son Dieu;
un autre jeune homme était né, qui parlait une langue différente, ne priait plus, aimait son corps et voulait établir le
ciel sur la terre. Ce jeune homme se sentait porté par une
force aussi puissante que l'ancienne mais plus vraie, palpable
et mesurable, une force née des humains et organisée dans le
monde par des dizaines de milliers de camarades. Sans cette
force jamais il n'aurait le courage de revenir dans cette ville
dangereuse, par cette nuit étouffante et sale. Il n'oserait
jamais se présenter à ces gens qui pouvaient lui rejeter ses
tracts à la figure, l'insulter, l'accuser de trahison, le livrer à
la police ou le chasser de chez eux et de la cité à coups de
pierres.

J'ai frappé à la porte du baraquement de dona Josefa

mais je n'ai pas eu le temps d'ouvrir la bouche. La femme
s'est ruée dans mes bras, éclatant en sanglots. Elle lâcha
un torrent de phrases entrecoupées de hoquets, d'appels
à Dieu, d'interjections, annonça qu'Eugenio, son fils si bon,
l'avait quittée. Des hommes l'avaient arrêté, gardé en otage,
avaient exercé des représailles, le soir du coup d'État.
La cause en avait été les syndicats, cette C.G.T. suppôt de
Satan, ces salauds qui avaient déclenché une grève sur le tas,
et son fils, qui les détestait, n'est-ce pas ? je le savais mieux
que personne, son cher fils, on l'avait enfermé dans un wagon
avec d'autres ouvriers. Le wagon, on l'avait lancé contre un
mur, des tas de fois, jusqu'à ce que les prisonniers se fra-
cassent les membres et la tête, se brisent les os et perdent leur
sang. On le lui avait rendu avec un papier où le docteur de
l'usine avait simplement écrit « accident de travail ». Les
autres manœuvres, eux aussi, étaient morts, dans le même
wagon et du même accident de travail. Tout le monde était
venu aux funérailles d'Eugenio et elle, la mère sans homme
et sans fils, avait senti la force divine descendre en elle. Elle
avait dirigé la liturgie elle-même vu qu'il n'y avait pas de
prêtre. Après, lorsqu'on avait descendu le cercueil dans le
trou, elle avait encore proclamé sa foi dans la résurrection,
béni la bière et maudit, publiquement, le rosaire en main,
ces syndicats et tous ceux qui voulaient le mal, qu'Eugenio
avait combattus jusqu'à donner sa vie : ces sales communistes. Maintenant elle ne vivait plus que pour son souvenir,
avait vieilli de vingt ans, célébrait tous les jours chez elle,
avec un livre et des cierges, du pain et du vin, l'office. Elle
offrait son fils, y communiait, mangeait son corps et buvait
son sang. Elle vivait de lui, en lui, par lui, elle était devenue
son prêtre. Par l'immolation, par l'arrachement de son cœur
de mère, son rêve mystérieusement s'était réalisé et dona
Josefa m'invita à sa messe. Folie pour folie, j'ai demandé
qu'elle invite également les collègues du sacrifié qui naguère
étaient venus à la Ligue des amis de Saint-Joseph, dont
j'avais conservé un si pieux souvenir et auxquels je désirais
parler (la prudence me déconseillait d'aller moi-même à

leur recherche et je pensais qu'ils passeraient sur la démence de la femme, heureux qu'ils seraient de me revoir). Dona Josefa a refusé, déclarant qu'ils avaient boudé toutes ses messes jusqu'à ce jour, qu'ils étaient devenus impies et d'ailleurs que me revenait l'honneur d'être son premier fidèle. Là-dessus la folle a revêtu son amict, son aube, sa chasuble taillés dans un drap de lit et des couvertures, s'est glissé au poignet un manipule découpé dans une serviette de bain. Elle a posé sur la table de la cuisine des vases, un annuaire téléphonique aux pages cornées, des fleurs, des bougeoirs et a commémoré, récitant par cœur antiennes, invocations et répons, le Saint-Sacrifice d'Eugenio. La prê-tresse rayonnait, se tournait vers moi, me bénissait. Dona Josefa a pleuré des larmes de joie lorsqu'elle m'a donné à mâcher une rondelle de papier blanc. Elle m'a accordé le baiser de paix puis elle a ouvert la porte de la baraque pour lancer à la ville son *Ite missa est*. Le soleil s'était levé, il éclairait le mastodonte fumant de l'usine. J'ai attendu, retranché avec la démente dans la demeure de planches, que le jour passe, la nuit tombe, afin de me mettre en quête de mes anciens compagnons.

Le premier manœuvre retrouvé, Placido, a fait le détail des sévices infligés le soir même du coup d'État et les jours sui-vants par les troupes de la garnison et la police militaire de la ville. Il m'a entretenu des matraquages, des brûlures, des chocs électriques, des rafales de fusils tirées dans les jambes des manifestants et des meurtres effectivement déguisés en accidents (les tamponnements de wagons mais aussi les chutes dans les cuves de la fonderie et les trois décapitations de travailleurs survenues dans les ateliers de laminage). Le carnage avait touché les ouvriers chrétiens autant que les cégétistes, alors qu'ils prônaient une autre politique que ceux-ci mais une politique quand même; ils l'avaient payé cher. Placido a juré devant moi qu'il n'en ferait plus, qu'il travaillerait en se gardant de protester, qu'il ne se joindrait

à de nouvelles réunions que dans des églises et seulement
pour prier. Un autre membre de la défunte ligue usa des
mêmes termes. Un troisième refusa de se laisser aborder, il
poursuivit sa route. Les autres amis d'Eugenio avaient disparu, personne ne s'avouait capable de me renseigner sur
leur sort. On pensait que certains hommes étaient rentrés
dans leurs villages, effrayés par les atrocités perpétrées, par
la vie, les dangers de l'usine. Ils avaient préféré se remettre à
travailler la terre. On disait enfin que deux anciens militants
de la ligue étaient devenus communistes et qu'ils avaient tiré
sur les soldats le jour de l'invasion des ateliers, avaient fui et
plongé dans la clandestinité. Ces deux-là, pensai-je, doivent
déjà obéir à une organisation, sans doute le P.C.; il serait
inutile d'essayer de les débaucher et d'ailleurs comment les
retrouver? J'ai repris l'autobus de nuit, suis rentré bredouille
à Rio. Je me suis à nouveau installé au Trou-de-la-Veuve
mais sur le versant opposé à celui où j'avais habité avec Fernando, un versant électrifié, sillonné de caniveaux, d'escaliers
de ciment, une sorte de grand village surélevé, en pleine banlieue, et constitué de maisonnettes en dur. Une d'elles avait
été construite en retrait sur un rocher surplombant le dépotoir de la zone. La demeure était badigeonnée de jaune pâle,
percée de fenêtres sans volets et recouverte de tôles ondulées.
C'est là que j'ai caché des camarades impliqués dans des raids
contre des casernes, des commissariats, des sièges de sociétés
nord-américaines. J'y ai aussi recelé des machines à écrire, des
boîtes de stencils et des ronéos dérobées, la nuit, dans les
bureaux des gratte-ciel du centre de la ville (on entrait deux
minutes avant la fermeture, on s'enfermait dans les toilettes,
faisait sauter les serrures, chargeait le matériel dans les ascenseurs et on descendait jusqu'au parking du sous-sol où nous
attendait un complice avec une camionnette ornée du nom
d'une entreprise de nettoyage). La maison a servi d'entrepôt
de bouteilles bourrées de chiffons, d'essence et de produits
chimiques, de sachets de plastic, de valises remplies de livres
interdits, de documents et de tracts. Avec l'aide d'un camarade j'ai transformé une des deux pièces en infirmerie et j'y

ai recueilli des blessés. Et c'est là encore que j'ai vécu un amour heureux avec une sympathisante du réseau de soutien, lycéenne et pigiste dans un hebdomadaire local. La sympathisante avait dix-huit ans et elle se prénommait Sonia. Je l'avais rencontrée dans une réunion convoquée au domicile d'un amateur de jazz et de bossa nova, réunion destinée à organiser l'impression et la diffusion du journal de l'Organisation. Les tâches réparties, on avait ouvert les fenêtres de l'appartement, écouté de la musique et dansé, obéissant ainsi aux consignes de sécurité qui voulaient que ces rencontres revêtent les apparences d'une séance d'études (par exemple, un cours de français), de travail professionnel ou de discussion biblique, mieux encore : les apparences d'une surprise-partie afin de dissiper les soupçons du concierge, des voisins qu'aurait pu frapper l'entrée dans le même immeuble, à intervalles rapprochés, d'une dizaine de personnes généralement jeunes. C'est ainsi qu'à l'étonnement de beaucoup de parents, de pédagogues et de sociologues (une étude avait paru là-dessus dans une revue universitaire) s'était répandue dans la ville, non seulement le samedi mais n'importe quel jour de la semaine, la mode des surprises-parties.

L'amateur de bossa nova ouvrit la danse. Sonia, qui au cours de la réunion n'avait cessé de me regarder, sourit, se leva, m'entraîna. Nos corps balancèrent, détachés, face à face, au son d'une samba très douce. Elle inclinait légèrement la tête, ondoyait, accordait les mouvements du cou, du torse, des hanches, au rythme de la musique; elle fermait les yeux. Sonia était souple et belle. Son visage ocré, délicat, s'encadrait de cheveux très noirs, coupés court. Elle portait une chemise d'homme qu'elle laissait flotter, élégance suprême, sur son jean. Ses seins, sous le vêtement déboutonné, apparaissaient peu développés et aussi ocrés que son cou. Sa tenue frisait la provocation; elle imitait l'accoutrement d'une chanteuse politique que des agents du S.S. avaient récemment arrêtée. Ainsi habillée, faussement garçonne, Sonia m'a séduit. Je me suis collé contre elle. Sa chemise, plus rêche que la mienne, plus empesée, se froissait.

J'avais l'impression de serrer contre moi une grande poupée
à peau de soie enveloppée dans du papier d'emballage. Ce
mélange de douceur et de rugosité m'excitait. J'ai entraîné
ma danseuse dans la véranda. On s'est caressé, embrassé. Je
suais, bandais, mourais d'envie de la pénétrer. Sonia m'a
emmené, sans rien dire, par l'escalier de service, et dehors
nous avons pris un taxi. Dans la voiture les caresses se sont
poursuivies, je n'ai pu me retenir, j'ai lâché ma semence. Le
chauffeur s'est douté de l'accident, il a maugréé : « Encore
un petit fou, qu'est-ce qu'ils ont, ça me fait le quatrième
aujourd'hui ! » à quoi Sonia lui a répliqué : « C'est la vie ! »,
comme si elle était habituée, elle aussi, à ces contretemps. La
jeune fille habitait chez sa tante, une avocate libérale, un peu
alcoolique et séparée de son mari. C'est seulement chez elle,
étendue sur son lit, que Sonia m'a permis de découvrir
qu'elle était vierge.

Mon amie avait eu des flirts. Dès quinze ans dans cette ville,
lycéennes, employées, désœuvrées se font inviter à des fêtes
qui se terminent en coucheries. Chacune à l'école a son
amoureux et les couples, avant de rentrer chez leurs parents,
font un crochet, descendent sur la plage. Le soir tombe très
tôt, l'amoureux s'emballe, se met nu de la ceinture aux
genoux. Il se fait palper, éjacule dans la main de sa partenaire
ou entre ses cuisses ou ses fesses. Sonia comme les autres
pouvait se faire sodomiser mais pas déflorer. Ce dernier carré
de virginité, le seul honorable, elle le réservait « à celui
qu'elle aimerait d'amour ». Toutes ses camarades de classe
parlaient ainsi, cultivaient avec un mélange de romantisme et
de dextérité — mais certaines échouaient — ce vestige de
morale chrétienne. Il fallut d'ailleurs attendre des semaines
avant qu'elle en fasse le sacrifice. Sonia m'accordait tous les
plaisirs connus sauf celui de la pénétrer par-devant. Elle
m'en révéla d'incongrus, des plaisirs extrêmement sensuels
et parfois douloureux, qu'elle avait appris avec les lycéens
sur la plage. La jeune fille me dévoilait les bizarreries, les raf-
finements, les trucs d'un érotisme insoupçonné : celui des
adolescents latins. Tout un art se déployait, façonné par le

catéchisme et par les tropiques. La volupté catholique existait, excitante ô combien pour l'ancien séminariste que j'étais
et qui la découvrait pareille à un trésor longtemps frôlé. L'in-
ventaire me ravissait, retardait l'incursion finale, mais une
nuit, n'y tenant plus mon sexe a envahi le dernier carré.
Sonia a cédé : elle m'aimait d'amour.

Nous avons milité ensemble, collé des affiches, peint des
inscriptions, distribué dans les bidonvilles des sacs de lait en
poudre pillés dans une cargaison amenée par un bateau de
la marine américaine. Aux bénéficiaires nous disions qu'une
fois l'Organisation au pouvoir les gens boiraient tous les
jours des litres de lait, et du bon : du lait de vache, et même
qu'ils en revendraient. Nous avons transporté, introduits
entre nos chaussettes et la plante des pieds, cachés dans la
doublure de nos slips, des messages rédigés au jus de citron.
Ces papiers étaient des listes de munitions, des plans de
casernes, des adresses de sympathisants, tous billets dont il
convenait de vérifier (note expresse : enfermés dans les toilettes d'un débit de boissons) si la chaleur du corps n'avait pas
coloré le suc employé pour les écrire et qu'il fallait, dans
l'affirmative, avaler. Nous avons, ma compagne et moi, fabriqué des pétards, des cocktails Molotov. La nuit, on glissait
des tracts sous les portes des maisons de la zone industrielle
et, le jour, assis sur des bancs publics, on chronométrait,
tout en se bécotant, la durée des rondes de police. On rentrait, tendus, accablés de fatigue; on prenait ensemble une
douche et on faisait l'amour. On s'endormait à l'aube et se
levait tard. Sonia manquait souvent les cours. Elle a fini par
renoncer à préparer son bac.

L'offensive des mouvements clandestins se prolongeait.
Un organe composé de leurs représentants s'était mis en
place. Il devait coordonner les attaques, les synchroniser,
généraliser le combat. La contre-offensive s'était déclenchée,

des milliers de soldats sillonnaient les rues, arrêtaient les
autobus, les voitures, fouillaient au hasard les coffres, les
bagages, les passants. Parmi les suspects, au cours des rafles
pratiquées à toute heure du jour ou de la nuit, des camarades s'étaient fait pincer. Le S.S. les interrogeait, après les
avoir mis nus, pendus la tête en bas, leur avoir entaillé le dos,
les fesses, brûlé au chalumeau les cheveux et les poils. L'interrogatoire terminé (certains ne pouvaient même plus
remuer les lèvres), les experts les abandonnaient pantelants,
le corps enflé, couvert de cloques et d'ecchymoses, sur les
carreaux d'une cave. Ils les plongeaient dans des baquets
d'eau chaude ou glaciale et toujours salée, pareils à des porcs
amenés à l'abattoir, assommés. Des médecins de l'armée les
ranimaient à coups de piqûres, l'interrogatoire reprenait. Les
plus faibles avaient succombé ou parlé; les autres, plus
morts que vifs, attendaient que l'Organisation les libère. Nos
chefs décidèrent de créer un commando spécial, formé de
militants les plus aguerris, chargé de kidnapper des person-
nalités susceptibles de servir de monnaie d'échange. Après discussion et renseignements pris (emploi du temps, itinéraires,
moyens de locomotion, accompagnement, etc.), le choix se
porta sur le général Costa, commandant à l'état-major de la
région militaire de Rio. L'enlèvement s'effectuerait vers
cinq heures de l'après-midi, un moment de circulation
intense, de concert de klaxons et d'embouteillage, heure où
la police était débordée. Mon logis servirait de prison.
L'otage y serait enfermé dans la chambre où Sonia et moi-
même dormions, une pièce qu'il fallait vider de tout objet
de telle sorte qu'une fois relâché le prisonnier fût seulement
capable de décrire les murs. Ses ravisseurs l'y détiendraient
le temps que dureraient les tractations.

Deux hommes du commando spécial ont pris place dans
une voiture; un autre guérillero et une femme, une tireuse
d'élite, dans une camionnette. Ils ont rejoint l'automobile du
général, l'ont suivie. La camionnette brusquement l'a dépas-

sée, a freiné, calé pile en travers du chemin tandis que la voiture stoppait contre le pare-chocs arrière de l'auto. Le guérillero a brisé d'un coup de crosse la vitre, immobilisé le chauffeur ; il lui a bandé les yeux et collé sous le nez un tampon trempé de chloroforme. La tireuse d'élite a tenu en joue le militaire que les autres membres du commando ont extrait, bâillonné, ligoté, étendu dans la camionnette. Celle-ci a démarré sur-le-champ, suivie de la voiture dans laquelle était montée la tireuse chargée de couvrir la fuite des autres et de faire feu sur les éventuels poursuivants. La camionnette a tourné dans la première rue à gauche, puis à droite et ainsi de suite jusqu'à la banlieue. Elle a foncé vers la zone des industries et gagné, moyennant un crochet tactique, le dépotoir au pied du versant nord du Trou-de-la-Veuve. Les ravisseurs ont retiré le colis humain, ont conduit le véhicule entre des monticules d'ordures, y ont mis le feu. La voiture est repartie vers la ville avec la femme et le guérillero. La nuit obscurcissait la zone et le bidonville. Les kidnappeurs ont gravi avec l'otage un chemin escarpé, rarement fréquenté, ils ont pénétré dans la bananeraie et atteint le promontoire et mon domicile. Ce refuge était le meilleur possible : de la fenêtre on voyait les alentours. C'était aussi une bonne prison car, si la police les repérait, les gardiens pouvaient se débarrasser du prisonnier. Il suffisait de le précipiter dans les ordures amoncelées, cent mètres plus bas, sous le rocher.

L'enlèvement connu, le chauffeur s'est fait emmener, secouer, interroger par les détectives et les spécialistes des trois armées et des six polices (sans compter le S.S.), par la presse écrite, parlée et télévisée. Ensuite on l'a traîné, encore à demi sonné, à l'état-major et soumis à une telle avalanche de questions, un tel chassé-croisé de demandes diverses et contradictoires que le pauvre homme, attrapant le tournis, est retombé en syncope. Les généraux se sont excités, ont prié le gouvernement de décréter localement l'état de siège. Ils ont lancé l'infanterie, la police militaire jusqu'au dernier homme et même les fusiliers marins sur toutes les pistes imaginables, dans tous les quartiers. Les soldats ont multiplié les descentes et les coups de filet, quadrillé des centaines de pâtés de maisons, pénétré dans des milliers d'appartements, inspecté des chambres, fouillé des garde-robes et des placards et scruté des regards. Ils ont ratissé les terrains vagues, occupé des usines, perquisitionné dans les garages, les parkings souterrains, les salles d'attente des gares. Ils ont visité les arrière-boutiques des commerçants, les hangars du port. Les soldats ont fait irruption sur les chantiers, arrêté les travaux et retenu, des heures durant, les ouvriers qui protestaient, s'insurgeaient puis se rangeaient, excédés, du côté des autorités, maudissant avec celles-ci les guérilleros. Envahie comme un champ de foire, les artères barrées de chevaux de frise, les routes bloquées, la ville s'engorgeait de véhicules et les gens travaillaient au ralenti.

Les journées passaient, l'otage et ses gardiens s'impatientaient. L'Organisation avait déjà prolongé deux fois le délai et le gouvernement s'obstinait à refuser les exigences des ravisseurs. Mon amie et moi nous étions retirés dans l'appartement de sa tante. Tous les militants avaient reçu la consigne de suspendre les activités en cours, d'observer un repli tactique et d'attendre le dénouement des opérations. Les stations de radio participaient aux recherches, recueillaient, centralisaient, transmettaient aux armées informations, appels et dénonciations. L'audition des communiqués tout à coup nous a fait trembler : la troupe s'apprêtait à lancer une vaste offensive sur les bidonvilles. Les choses se gâtaient, j'ai songé à mes livres, aux objets entassés dans la cuisine de la maison, à un petit paquet de lettres conservées avec des photographies dans une boîte, j'ai pris peur. Il fallait que je les retire, que je parvienne au Trou-de-la-Veuve avant les soldats. Ma compagne a voulu me retenir, s'est accrochée, m'a conjuré d'attendre. Voyant que rien n'y ferait, elle est sortie avec moi. Nous avons pris un taxi, traversé la ville et la zone industrielle, poursuivi en courant dans les ornières du dépotoir, escaladé le morne. Des

gens allaient et venaient, des enfants couraient dans tous les
sens. Un attroupement s'était formé non loin de chez nous,
auquel nous nous sommes joints, découvrant que des
hommes en kaki gardaient la maison. L'inquiétude me dévorait. J'ai interrogé les curieux. L'otage, leur ai-je demandé, se
trouvait-il dans ce logis? Et la troupe occupait-elle depuis
longtemps leur quartier, avait-elle emmené des hommes,
tiré? Quelqu'un parmi ces curieux a dû nous reconnaître,
ma camarade et moi. Il nous a montrés du doigt, criant tout
à coup : « C'est eux! C'est eux! » Ces paroles, plus sûrement
qu'une mise en joue ou le lancement d'une grenade, nous
ont fait battre en retraite. Nous avons déboulé les ruelles et
les escaliers, dévalé le versant du morne, bondi par-dessus
les détritus et foncé vers le camouflage de la bananeraie
où, frappée d'un point de côté, sans souffle, Sonia s'est
évanouie.

La voûte des feuilles était serrée. La lumière filtrait mal.
Nous pouvions sans trop de risque faire une halte et reprendre
des forces. Après un moment de repos nous avons cherché à
gagner le champ qui s'étend au pied du versant non habité
de la butte. Ce terrain présentait un enchevêtrement de buissons épineux, de rocs, de plantes basses et touffues. Il était
déchiré de crevasses et creusé de trous mais il conduisait à
la mer. La bananeraie s'était éclaircie, le tunnel de verdure
progressivement défait. Nous avons suivi un talus ocré, pelé
comme une croupe de cheval, que survolaient des bandes
d'urubus. Le talus nous a conduits sur une terre plus sableuse,
légèrement plissée et plantée de maigres bosquets d'acacias.
De là nous avons atteint une route qui, après une boucle
autour des marais, rejoint le bord de mer qu'elle ne cesse
plus de longer jusqu'aux premiers villages situés dans ce
qu'on appelle la zone rurale du district. Le morne était
loin. Le soleil baissait, s'accrochait pareil à une grosse fleur
orange, une fleur de feu, sur la pente. En courant, le moindre
faux pas nous eût fait rouler dans l'abîme.

Plusieurs kilomètres nous séparaient des villages échelonnés sur la côte, à l'extrémité de la baie. Dans l'un d'eux habitait une famille de pêcheurs dont deux fils avaient été débardeurs durant quelques mois sur les quais du port et avaient participé à des réunions de Jeunes Travailleurs avec Fernando. Peu après le coup d'État ils avaient caché des militants poursuivis. Nous avons quitté la route, enfilé un sentier qui coupait à travers les herbes et les bambous. Mon amie et moi avons franchi des levées de limon, de gravier, sauté par-dessus des haies basses et argentées, fixant le sable, et des bouquets de chardons. Nous nous sommes faufilés entre les écrans de roseaux séchés, les brise-vent. Nous avons avancé tant bien que mal, nous enlisant dans des poches de tourbe, coulant des deux pieds dans des cratères noirâtres et boueux parmi les ajoncs. Nous tombions souvent, nous nous relevions, nous hissant l'un l'autre hors des trous et nous soutenant pareils à des marcheurs blessés. Ma compagne et moi nous tenions le plus possible à l'écart de la route, quitte à nous enfoncer à certains moments dans la vase et à tremper nos chaussures dans l'eau de la mer.

Nous sommes parvenus au premier village. Un rassemblement d'hommes et de femmes obstruait la seule voie que pratiquaient les automobiles, une rue sableuse et mal empierrée au milieu de laquelle était arrêté un fourgon de couleur vert olive.

— L'armée! a sursauté Sonia, esquissant un mouvement de retrait.

Je lui ai saisi le bras, l'invitant à marcher avec moi en direction de l'attroupement. Mieux valait se mêler aux badauds, jouer les curieux, les innocents, en dépit de nos blessures aux pieds (la fille claudiquait, l'empeigne d'un de ses souliers, détachée de la semelle, s'était fendue), en dépit du harassement qui marquait nos visages, de notre aspect de vagabonds. Mieux valait risquer de nous fondre à une foule inconnue, nerveuse, que de nous tenir à une distance qu'on pouvait trouver suspecte. Car elle était nerveuse,

cette foule. Les hommes proféraient des menaces et les
femmes des mots indignés, larmoyants, et ce cri : « Vive
l'armée ! » que d'autres ont repris au moment où le fourgon
se remettait en marche ouvrant dans la troupe un passage par
où se sont avancés des jeunes gens portant un cercueil.
Nous nous sommes approchés, prêtant l'oreille aux commen-
taires. Nous avons appris que le défunt était un fils du village, soutien de veuve et frère de cinq orphelins dont trois
filles qui passaient leurs journées à quérir et livrer dans des
familles de la ville des mannes de linge que la mère blanchissait. Le garçon, qui était l'aîné, avait quelquefois et à
contrecœur accompagné son père « à la pêche au gagne-
pain », disait-il comme pour conjurer les dangers de dérive
ou de naufrage. Un matin comme d'autres matins, le père
avait pris la mer ; il n'était pas revenu. Après plusieurs jours
de recherche on l'avait retrouvé, écroulé au fond de sa
barque, victime d'une insolation. Le fils n'avait pas voulu
reprendre la mer. Il avait changé de métier, fiché deux piquets
dans le sol au bord de la route et cloué à l'horizontale une
planche derrière laquelle il avait dressé un billot recouvert
d'un rond de caoutchouc. Le fils s'était installé derrière ce
comptoir comme vendeur de billets de loterie. Il avait
attendu les clients pendant une semaine. Comme ceux-ci
tardaient à venir à lui, il avait quitté sa table pour aller à
eux, de porte en porte, et les inviter à faire tomber dans
leurs poches « la fortune du siècle ». Quelques-uns avaient
acheté des coupons. Les autres avaient répliqué qu'à sa
place ils s'arrangeraient plutôt pour la faire tomber dans
la leur. Le jeune consacra le fond de sa cagnotte à l'achat
des invendus. La fortune du siècle échut au porteur d'un
des rares billets qu'il avait placés. Le malchanceux s'était
remis à pêcher puis chôma de nouveau jusqu'au jour où la
radio retransmit un appel du ministère de la Guerre. Cet
appel s'adressait « s'ils étaient épris d'idéal, de bien-être
et de virilité, aux jeunes patriotes de la classe laborieuse ». Le
fils de la veuve avait répondu. C'est ainsi qu'il s'était engagé
dans la police militaire. Il revenait deux fois par mois se

faire admirer. Ses sœurs et sa mère caressaient la lustrine de
son uniforme. Son comportement avait changé, son allure
suscitait l'admiration des pêcheurs. L'élégant est tombé
sous les balles d'un groupe de guérilleros. Il gardait, ce
jour-là, une agence de la Banque centrale.

La foule s'est recomposée derrière le cercueil. Un prêtre
et des enfants de chœur sont arrivés à bord d'un microbus
décoré aux armes de l'archidiocèse. Ils ont retiré les surplis
roulés dans un sachet qu'un des servants serrait sous son
bras. Ils ont revêtu leurs soutanes, des robes très amples,
d'un beige clair et déboutonnées, à cause de la chaleur, du
nombril à l'extrémité de la jupe. L'ecclésiastique a pris la
tête du cortège. J'ai rejoint, en queue de procession, la file des
hommes, plus longue vu le nombre des chômeurs, que la
rangée des femmes auxquelles mon amie s'est mêlée. Le
cimetière s'étendait à l'extérieur du village près de la mer. Un
muret de galets, entassés plutôt que cimentés, chaulé seulement au sommet, séparait ce modeste champ des morts de
la plage. Le cortège, une fois la barrière franchie, s'est dis-
loqué. Les gens se sont bousculés autour de la fosse. Le
prêtre a parlé de Dieu et de saint Sébastien, souligné la beauté
de la mort dans l'état de célibat et a cité le pape. Il a donné
sa bénédiction et, brandissant le poing, a flétri « le terro-
risme athée, étranger à l'âme du peuple et à la nation ».
Ensuite il s'est retiré. L'assistance, la bière dans la tombe, a
entonné l'hymne à Notre-Dame de Fatima (*Pour la conversion
de la Russie,* message dit oral de la Vierge aux petits paysans
portugais, transmis par l'évêque du lieu à S.S. Benoît XV)
puis chacun a versé sa pelletée de sable dans le trou. Le
cimetière s'est vidé. Nous avons gagné la plage, sommes
revenus vers le terrain vague, partagés que nous étions sur
l'opportunité d'un repli sur les villages du bord de mer.

— Et si on retournait en ville? a proposé Sonia.

— Impossible! A cette heure, la police a dû nous identifier.
Il faut attendre au moins vingt-quatre heures, le temps que
l'Organisation nous dégote une planque.

Pour le reste, le sort de l'otage et de ses gardiens, les journaux de demain matin nous fourniraient sans doute les indications. Je m'efforcerais de me les procurer.

Nous avons fait halte en lisière du maquis, à l'extrémité de la plage et nous sommes construit une cahute à l'aide de bambous et de roseaux. Nous avons pêché des moules, glané des radis sauvages, pique-niqué. Le jour déclinait, la température s'était adoucie. Sonia s'est mise nue, a couru, les épaules et la croupe luisant sous les premiers rais de lune, vers la mer. J'ai retiré mes chaussures, mes vêtements. J'ai plongé avec elle et j'ai tenté de nager. Les vagues nous soulevaient, nous retournaient. Sonia s'arc-boutait, boulait, souple comme une sirène, fendait les franges d'écume et sombrait. Je me plaisais à deviner à quel endroit de l'océan sa tête allait émerger. Je fixais un point, une tache de clarté bleue; la plongeuse réapparaissait ailleurs. La jeune fille nageait admirablement. Elle brassait les eaux, se recroquevillait, telle une grenouille, ramenait les membres et se détendait, filait, crawlant pareille à une championne, puis elle revenait vers moi. Elle faisait alors la planche, flottait, les yeux fermés, les seins cousus de perles d'eau mal attachées, le vallonnement du ventre parcouru d'un réseau de veines gonflées d'un sang argenté. Nous nous laissions déporter vers la plage.

Le village est retombé dans le train-train habituel des matinées de soleil. Personne ne s'est retourné sur nous. Nous avons cependant évité de pousser trop avant dans l'avenue, passage obligé des voyageurs et des ménagères, la seule à couper la localité. Nous nous sommes séparés et arrêtés chacun devant des magasins différents. Sonia est allée acheter du pain et de la limonade, a retraversé le chemin, est passée sans m'attendre devant la boutique du marchand de journaux. J'y étais entré, je feuilletais les quotidiens posés sur le comptoir. La une de chaque feuille annonçait la mort du général Costa, découvert, enseveli jusqu'à la ceinture, dans « un site horrible », disait une manchette, « dans les coupe-gorge du sous-monde » titrait en lettres rouges une autre. Les ravisseurs, de l'avis de la police, avaient précipité l'otage du haut de la butte mais ceux-ci prétendaient qu'au moment de l'encerclement par la troupe, le militaire avait sauté de son propre chef par la fenêtre. Il était retombé sur des détritus au bord du rocher, avait glissé et roulé dans l'abîme. Son corps avait rebondi sur les saillies du roc (une des feuilles parlait de fracture du crâne) avant de se ficher, pareil à un soldat de plomb, dans les immondices. Les pages intérieures des deux journaux donnaient par ailleurs une liste des « complices probables sinon certains ». Je les ai achetés tous les deux, ai retrouvé Sonia qui m'attendait à la sortie du village. Nous avons gagné notre cahute, elle a lu à haute voix les reportages : l'échec de l'opération coûtait cher. Les gardiens de la victime seraient traduits devant la haute cour militaire qui n'hésiterait sans doute pas à les condamner aux peines les plus lourdes. Quant à la liste des trente camarades que l'Organisation comptait échanger, elle ne comportait plus que vingt-deux noms. Un porte-parole du S.S. avait déclaré que cinq d'entre eux s'étaient suicidés et trois autres avaient péri au cours d'une tentative d'évasion. Ces explications cachaient à peine que les représailles avaient commencé. Les neuf manquants avaient dû succomber aux sévices ou être abattus. Les complices des ravisseurs étaient recherchés, parmi eux la tireuse d'élite, décrite par le chauffeur du général comme une femme plus grande que la moyenne, au teint clair et aux cheveux blonds, de type étranger (la tireuse en réalité portait, ce jour-là, une perruque) et son compagnon d'armes, un petit brun, en fuite comme elle. La police s'intéressait également au propriétaire de la camionnette qui avait servi à transporter le militaire et dont les experts s'efforçaient, en dépit de l'absence de plaque et de la mise à feu, de découvrir la provenance. Elle recherchait enfin les locataires de la maison où les « terroristes » s'étaient réfugiés avec leur otage. Ici figuraient mon nom et celui de Sonia.

— On ne peut plus rester ensemble, lui dis-je, excité de me voir pour la première fois cité dans un journal mais saisi d'effroi à l'idée d'être assimilé à un terroriste et de subir comme tel je ne sais quel épouvantable châtiment. On ne peut plus rester, lui dis-je, c'est trop dangereux.

— Même ici?

— Je veux dire : là où on peut nous voir, au village, au bord de la route, que sais-je!

— J'irai faire les achats toute seule...

— Et après? On ne va pas s'éterniser au bord de la mer à boire du soda et manger des moules, crues par-dessus le marché! D'ailleurs ce n'est pas en restant ici qu'on pourra retrouver le contact avec l'Organisation et ce contact, il faut le retrouver.

— On peut attendre, estimait Sonia qui semblait moins impressionnée que moi par les nouvelles ou peut-être plus désireuse de prolonger la trêve et ces heures d'amour et de repos, ces bains de nuit, ces caresses dans le sable sous la lune avec pour musique le bruissement des bambous, le ronflement des vagues, le froissement des feuilles de la cahute et des joncs.

— Mais attendre quoi? questionnai-je. Avec ce torchon de reportage on est fixé. Les chefs ont déjà dû le lire et, dans ce cas, ils ne mettent jamais plus de vingt-quatre heures à faire la critique des opérations et à redistribuer les tâches. Il faut savoir ce qu'ils ont décidé pour nous. Tout de suite!

— Où ça?

— Auprès du contact du réseau de soutien. Je connais son adresse, c'est en ville : impossible d'y aller ensemble.

Nous sommes convenus que mon amie se rendrait toute seule au village et prendrait l'autobus. Moi, j'attendrais le véhicule suivant et je débarquerais avant le terminus car la gare était probablement surveillée. Je chercherais ensuite à joindre mon agent de liaison. Sonia m'attendrait à l'appartement de sa tante, si du moins cette adresse n'était pas, elle aussi, « brûlée ». Dans ce cas elle devait s'arranger pour aller faire ses dévotions à l'église de la Gloria, tous les jours sur le coup de midi. Aussitôt que je serais fixé sur notre sort j'irais l'y retrouver.

La vie, les rencontres, l'action m'avaient par étapes dépossédé de mon passé, arraché à l'empire des lois et mis hors d'elles, avait fait de mon propre nom mon ennemi. L'Organisation m'en a donné un autre, un nom qui ne me disait rien, aussi neutre que les patronymes des annuaires téléphoniques, un nom qui ne me rattachait à aucun père, à aucune famille. Celui que j'avais reçu à ma naissance ne pouvait plus attirer sur moi et mes compagnons que le malheur. Le faux nom, s'il n'apportait pas de bonheur ou d'émotion spéciale, du moins me protégerait-il. Mon baptême politique trouva son illustration dans la remise d'un document conforme à celui de tous les autres citoyens et qui mentionnait ma nouvelle identité, mes nom et prénom de guerre, ma nationalité de rechange et même un nouvel âge, le faussaire m'ayant rajeuni, au vu de ma photographie, de deux ans. La politique décidément me retournait, me dédoublait, me faisait plus nettement que la religion mourir à moi-même. Par la grâce de la politique on se lève un matin, âgé de vingt-cinq ans, Français, dénommé Dupont, et le soir on se couche, âgé de vingt-trois ans, citoyen brésilien, appelé Dominguès. On est devenu son propre étranger, on doit vivre avec l'inconnu, marcher, respirer, penser avec l'inconnu qu'on est devenu et parler comme lui, décliner comme si on le faisait depuis toujours ses noms et qualités. On doit réagir aussi naturellement que lui, avoir ses réflexes, son sang-froid, son aplomb, sans quoi cet inconnu vous perd. Après une semaine de cet exercice on commence à ne plus se sentir tout à fait Dupont, on réagit différemment de lui, on hésite, mais on ne se sent pas encore vraiment devenu Dominguès. On tâtonne, on se persuade qu'on a changé, on bégaie. Les militants vous appellent par votre nom de guerre. Vous rentrez en vous-même, vous demandant s'il s'agit bien de vous, concluez finalement que oui, répondez avec un retard suspect et d'une voix blanche,

d'outre-tombe. On vous en fait la remarque, vous vous effor-
cez d'intérioriser l'inconnu, de le faire vôtre. Vous vous
soumettez à un entraînement, vous faites appeler mille fois
Dominguès par vos camarades et, en fin de journée, finalement vous réagissez comme si vous n'aviez jamais été une
autre personne que ce Dominguès. Vous quittez les militants, rencontrez dans une rue de la ville une vieille connaissance qui s'arrête, vous apostrophe : « Hé, Dupont! » Vous
la regardez si bizarrement qu'elle se demande si elle ne s'est
pas trompée d'individu. Elle vous examine, se convainc que
vraiment elle n'a pas la berlue, que vous êtes bel et bien
Dupont et vous demande si vous vous sentez mal, vous
déclare, inquiète, que vous avez l'air absent. On finit à ce
jeu par ne plus savoir devant qui on est présent. La vieille
connaissance s'éloigne, vous disant : « Allons, cher ami,
n'oubliez pas de vous alimenter. » Ballotté entre deux moi,
divisé comme entre deux sexes opposés, on se sent devenir
dingue. On décide alors de divorcer de ceux qui continuent à
croire qu'il va de soi de vous appeler Dupont. De nouvelles
rencontres aussi fortuites que la première réveillent hélas!
et brutalement le moi ignoré, vous replongent dans l'angoisse
du dédoublement. Le Dupont qui s'exprime par la bouche
de Dominguès est un spectre : votre spectre. S'il parle trop
longuement, s'il reprend ses intonations, le vocabulaire,
les tics anciens, c'est le Dominguès que, trois minutes plus
tôt, vous vous sentiez être qui devient spectral. On balance
entre deux fantômes dont on redevient, disputé par deux
rois sans trône et sans cour, le fou.

Avec le changement de nom, j'ai changé de métier. Depuis
mon retour à Rio j'avais travaillé à mi-temps comme traducteur pour une agence de promotion des exportations.
J'allais prendre moi-même, chez mon employeur, les prospec-
tus à mettre en français. Je m'occupais des traductions pendant les heures où je ne militais pas, livrais les textes sans
obéir à des délais précis et touchais sur-le-champ mes rému-

nérations. Mon travail était apprécié, mon nom respecté, je passais pour un jeune homme rangé. Impossible maintenant que j'étais démasqué, que mon ancien nom faisait scandale, de me représenter à l'agence. D'autre part l'Organisation avait imposé aux militants identifiés par la police de suspendre, pendant six mois et par mesure de sécurité, toute action de type militaire ou paramilitaire et même politique. Il aurait suffi que le S.S. en file un pour faire tomber toute une cellule sinon un réseau. Les chefs nous demandaient de nous faire embaucher à plein temps n'importe où, pourvu que le travail à exécuter ne mît personne en évidence. Nos salaires serviraient à entretenir les militants actifs. Les tâches manuelles étaient recommandées pour leur anonymat et leur faculté de faire sentir aux étudiants, aux hommes d'études et de plume, adeptes éclairés de la révolution, le poids de la servitude et de l'inconscience politique des masses. C'est ainsi que je suis allé frapper à des dizaines de portes de fabrique. Mais que pouvais-je faire avec mon latin, mon demi-savoir de théologien, mes anciennes lectures et même les nouvelles, de Marx ou de Lénine? Je me suis présenté, muni de ma carte d'identité toute neuve, sur les quais du port et dans les entrepôts des grands magasins et finalement aux services d'entretien de la voie publique où un fonctionnaire m'a orienté vers le chef du personnel commis aux parcs et aux jardins. Là mon enfance, mon adolescence de villageois m'ont sauvé. A cette époque de ma vie au moins j'avais appris des choses utiles. J'en fis état auprès du chef, évoquai mes connaissances et ma pratique de l'horticulture, connaissances acquises avec mon grand-père. Le chef m'embaucha, m'envoya au Jardin botanique.

Ainsi appelait-on cet enclos logé entre les beaux quartiers et la zone réservée au commerce des sexes. Dans cette zone tout un monde de filles et d'hommes, de garçons et de travestis s'évaluaient du regard, se frôlaient, le jardin débordant d'une végétation débridée et propice aux rencontres.

Et des couples se formaient, s'enfonçaient entre les plantes
domestiques et sauvages, hérissées de fleurs épaisses et cré-
meuses. Des gens s'égaraient dans les bosquets d'acacias,
sous des magnolias ou des flamboyants entremêlés de lianes.
Des trios pénétraient dans les buissons sous les fromagers,
se frottaient aux troncs des hévéas, ressortaient, séparés. Au
centre de cette forêt urbaine, mal contenue, une pelouse en
forme d'ovale gigantesque entouré d'une allée constituait
une clairière. Autour de l'ovale, l'après-midi, des négresses
lourdes et lentes venaient promener des bébés soustraits aux
ardeurs solaires et tassés sous les capotes de leurs poussettes,
les joues pâles comme les nénuphars du bassin creusé à l'entrée. Les jardiniers affectés à l'enclos s'occupaient de la
pelouse. Le chef me demanda d'entretenir les promenades et
les parterres.

Le matin je sarclais, extirpant des mains les plants dont
l'outil avait seulement sectionné les feuilles et les tiges, ratissais, entassais la récolte des graminées que, l'après-midi, je
brûlais. J'amenais ensuite dans une brouette le gravillon
destiné à couvrir les plaques de terre désherbée, déversais les
débris de mâchefer, les cailloux. Je les répandais, les concas-
sais, les nivelais au moyen du brise-mottes. Le soleil déclinait. Les arbres lançaient sur le glauque de la pelouse leur
continent d'ombre et de moiteur, leurs caps, leurs presqu'îles
déchiquetées que traversaient par à-coups des courants plus
frais. J'arrosais les bordures et le gazon qu'avaient tondu
mes collègues. A la fin de la journée, le jardinier-chef me
remettait, glissé dans une enveloppe, le salaire correspondant à mes huit ou dix heures de travail. Je sortais de l'enclos,
tournais le dos aux groupes de soldats hissés sur des chars, sur
des bennes de camions, circulant et patrouillant dans les rues
voisines. Je sautais dans un autobus en direction du port.

J'avais pris l'habitude de dîner dans un libre-service ouvert
entre deux bars, face aux quais. Je mangeais vite, buvais de
l'eau, commandais un café, ressortais. J'allais m'asseoir sur
une bitte d'amarrage et là je méditais, les yeux fixés sur la
rade. Le ciel noircissait, la mer se couvrait de bitume dans

lequel s'enfonçaient les cales de débarquement, le môle,
l'extrémité des quais. La lumière dans les bars virait du rouge
au bleu, s'éteignait, relayée par les lueurs vertes et mauves
des juke-box, revenait au rouge puis à nouveau changeait.
Les piétons se faisaient plus rares, les voitures disparais-
saient. Fatigué de regarder la mer, d'observer le mouvement
des barques, je regagnais le jardin. J'avais acheté un hamac
d'occasion, l'avais accroché au-dessus des outils dans la
remise. Je m'y laissais tomber, espérant m'endormir tout
de suite.

Sonia me manquait. J'étais allé m'asseoir, comme convenu,
plusieurs jours consécutifs dans le fond de l'église de la Gloria. Là, j'avais attendu longtemps. Près de moi des dévotes
avaient eu le loisir de réciter plusieurs chapelets, d'invoquer
les mystères joyeux, douloureux et glorieux du rosaire et
d'y ajouter les litanies des saints. Ma compagne ne s'était
pas montrée. Je languissais dans ce sanctuaire, j'ai décidé
de partir à sa recherche. J'ai rôdé dans la rue où habitait sa
tante et me suis approché de son immeuble. Trois balayeurs
discutaient, assis à quelques mètres de la porte d'entrée. Des
espions, ai-je pensé, ce n'est pas le soir qu'on nettoie les
caniveaux; ces hommes sont des policiers, ils ont mis la
main sur Sonia, ils m'attendent. Rien de cela cependant
n'était sûr mais je n'avais pas le droit de m'exposer. Si ma
camarade était arrêtée, en me faisant moi-même pincer je
ne la sauverais pas. Si elle était libre elle ne voulait peut-être
plus me voir. Je suis revenu sur mes pas et, passant devant
une cabine téléphonique, m'est venue l'idée d'appeler sa
tante. La femme hésitait à répondre. J'insistai, fis état de
mon angoisse, des sentiments qui m'attachaient à sa nièce
et laissai entendre que la camaraderie politique se doublait
entre elle et moi d'une liaison. La tante répondit qu'elle
n'était pas dupe et ce qu'elle me reprochait, à moi comme
aux autres militants, ce n'était pas de dépuceler les lycéennes
— tôt ou tard ça devait se produire — mais de les entraîner
dans une violence que les femmes supportent moins que les

hommes et qui les détruit. Et chez Sonia, se plaignit la femme, il y avait quelque chose de détruit.

— Quelle chose? demandai-je.

— Ses nerfs, elle n'a pas tenu le coup, ses nerfs ont craqué.

— Ça m'étonne. Son comportement au cours de notre fuite et au bord de la mer...

— Je sais, interrompit la tante, mais c'est après coup que ça ne va plus.

— Elle se soigne?

— Je suppose mais pas chez moi.

— Où est-elle, madame, je vous en prie?

— Inutile d'insister, jeune homme, Sonia est dégoûtée de la politique et elle ne vous aime plus.

— Ce n'est pas vrai! C'est vous qui le dites, je la connais...

— Moi aussi et depuis plus longtemps que vous!

— Mais je voudrais la voir, lui parler, je voudrais vérifier moi-même...

— Non! trancha la femme, vous êtes un homme dangereux.

La tante raccrocha, je me retrouvais planté stupidement dans la cabine avec sur les lèvres une foule d'autres questions dont jamais peut-être je ne connaîtrais les réponses. La conversation m'avait paru courte. Je n'avais pas eu le temps de lui demander si les balayeurs stationnés devant son immeuble s'y trouvaient depuis longtemps, y revenaient tous les jours, si des policiers, des hommes du S.S. avaient opéré une descente chez elle et perquisitionné. Je savais seulement que Sonia ne vivait plus dans son appartement. Pour le reste je tâcherais de m'informer auprès de l'Organisation. Je transmettrais à l'agent de liaison un appel au responsable du réseau de soutien.

Je travaillais d'arrache-pied. Des plaques de gazon, les parties de la pelouse les plus exposées au soleil, faute d'arrosage, dépérissaient. Les mauvaises herbes envahissaient les allées, étouffaient les bordures de bégonias qui, privés de lumière, ne produisaient plus que de maigres corolles, des pétales blancs à taches roses, pareils à des boutons sur une peau d'adolescent casanier. Je binais, taillais, ratissais, maîtrisais les débordements de la nature. J'éclaircissais ou extirpais des plantes sauvages, repiquant à leur place des plantes de la serre. Le plus dur dans le travail d'élagage était de manier le sécateur. L'humidité avait rouillé l'outil; les lames s'étaient émoussées, je les avais enduites de graisse, frottées, aiguisées, mais le ressort, une fois comprimé, se détendait seulement à l'aide d'une pression de mes mains sur les branches. Ce sécateur, je l'aurais volontiers troqué, tant sa manipulation me faisait mal, contre une simple cisaille à fleurs, mais les tiges de lierre qu'il me fallait trancher avaient enflé, s'étaient lignifiées. Les crampons avaient poussé comme des racines, et les plants se rivaient au sol semblables à des câbles, s'enroulaient autour des palmiers nains et emprisonnaient les branchages des arbrisseaux. Le lierre montait à l'assaut du parc. Seul avec le sécateur j'en viendrais à bout, et je l'ai manœuvré avec un tel entêtement qu'au milieu de la journée la peau de ma main entre le pouce et l'index n'était plus qu'une cloque et la cloque creva. Je me suis alors ganté et armé d'une machette. Le maniement du coutelas se révéla payant. La masse des fourrés s'éclaircit, les fougères à nouveau purent dérouler leurs crosses jaunies, les églantiers balancer leurs boutons à taches de rousseur et les hibiscus, retrouvant la lumière, déployer leurs bouquets, montrer leurs couleurs, libérer leurs parfums douceâtres, sucrés. Les buissons sortaient de l'état sauvage, retrouvaient leur diversité savamment agencée. A coups de machette je délivrais de leur prison de ronces les acacias, je raclais la mousse, arrachais le chiendent, dégageais de leurs entours d'orties les rosiers. Je comblais de terre ou de gravier les trous et remodelais les bordures. Lorsque les arbustes et les fleurs entraient dans une zone d'ombre je les aspergeais. Je restaurais les parterres, rectifiais les sentiers, redessinais les promenades avec une application maniaque. A la fin de la journée je nettoyais les dents de mon râteau, détachais de la traverse les feuilles et les herbes collées avec leurs grains de terre, leurs bouts de racines. Je grattais la lame du sarcloir, la ponctuant de crachats, la frottais sur la pelouse pour la faire briller, l'effiler. J'essuyais les traces de sève sur le sécateur, la machette, rangeais les outils dans la remise. Le soleil, à cette heure, avait basculé derrière les panaches des cocotiers. Les rayons rosissaient le vernis des palmes haut plantées, abandonnant aux ombres les touffes débordantes des frondaisons, verdissant le gazon de la pelouse, court et dru comme les crins d'une brosse. Je quittais le jardin pour les quais du port.

Sonia, avant le coup d'État, travaillait déjà pour la révolution. Elle s'était inscrite au Service d'alphabétisation des adultes, créé par des catholiques de gauche et aboli depuis lors par les militaires. Elle avait pris sur elle d'instruire un groupe d'habitants de la cité du Macchabée, un des bidonvilles construits sur pilotis au-dessus des marécages au sud de la ville. Elle s'y était fait des amis et je me souviens l'avoir entendue déclarer que, si le S.S. un jour la traquait, elle saurait où trouver une planque. On était dimanche, la journée s'annonçait monotone et interminable comme la traversée de la brousse dans l'arrière-pays. J'ai pris l'autobus pour le Macchabée. L'enchevêtrement des passerelles, les barquettes, les radeaux, les cabanes de la cité s'étendaient sur des kilomètres de vase argentée et chauffée par un soleil très blanc, une boue salée et trouée de bulles d'où montaient de puissantes odeurs de charogne. Des enfants, des chiens barbotaient autour des pilotis. Des négresses vendaient, étalés sur des planches, des crabes à carcasse rougeâtre et pinces vertes et des araignées de mer qui remuaient lentement les pattes, se soulevaient, retombaient aussitôt, prolongeant comme à plaisir leur propre agonie. Les négresses riaient de voir les bêtes incapables d'avancer. J'ai feint de m'y intéresser.

— Tu me les prends? m'a demandé l'une d'elles.
— Mais ça vit encore!
— Eh quoi, y a des gens qui les aiment comme ça! Si je les tue, ceux qui les préfèrent vivants ne m'en achèteront plus.

Mais pour toi je peux bien les achever, c'est comme tu veux.

— Plus tard, quand je repasserai. Je dois rendre visite à des amis, ça me gênerait...

— Tes amis, ils préfèrent les pouparts ou les araignées?

— Je n'en sais rien.

— Prends les deux, d'ailleurs tout est frais, les gamins viennent de les pêcher.

La vendeuse tendait le bras en direction d'un banc de boue noirâtre, une traînée de liquide plus sombre sans doute à force d'avoir été remué, une tache, une longue tache partant de dessous les taudis et les ponts zigzaguant, fragiles, et se prolongeant entre deux plaques d'argent vers la mer. La femme insistait, j'ai cédé et payé tout de suite les marchandises en demandant, l'air de rien, si elle n'avait pas vu une jeune fille emménager dans la cité.

— Cette jeune fille, elle est blanche?

— Oui... enfin avec les cheveux très noirs et courts et quand même assez brune de peau. Elle porte presque toujours des blue-jeans. J'ai l'impression qu'elle habite ici depuis quelques jours.

— Elle connaissait déjà la cité?

— Je... je crois que oui.

— C'est pas celle qui venait nous apprendre à lire? interroge soudain méfiante, la négresse.

— Euh...

— C'est celle-là, hein!

La poissonnière ne m'a pas laissé le temps de répondre, elle s'est emparée du billet que je lui tendais, m'a jeté les crabes sur les bras et prié de déguerpir, de regagner mon quartier. Elle s'est énervée, m'a crié que ces gamines qui, sous prétexte de les instruire, faisaient de la politique, que ces jeunes, depuis qu'ils étaient venus se mêler de leur vie, leur avaient seulement attiré des ennuis, la police, des rafles, toutes sortes de tracasseries. Aussi les habitants de la cité les avaient-ils chassés, oui : chassés, mon amie comme les autres. D'ailleurs tous ces enfants de riches, ces étudiants, c'étaient des communistes! Des communistes...!

J'ai rejeté mes crabes dans la vase, suis parti droit devant moi. Je n'osais pas courir, je craignais que les passants établissent un lien entre l'accélération de mes pas et le mot terrible de « communistes » que continuait à proférer avec force crachats la poissonnière. Je craignais qu'on me montre du doigt, qu'on m'attrape au collet, me livre à la police ou me lapide tout simplement sur place tant la presse et la radio avaient monté la population contre les révolutionnaires.

Il n'était pas midi. Je n'avais nulle envie de vaguer des heures à travers la ville, de déambuler, courtois, souriant, au milieu de ces dizaines de milliers d'ennemis, ces promeneurs endimanchés, ces pères et mères traînant derrière eux leur gentille et blonde progéniture ou leurs négrillons. Sur les quais du port au moins je ne croiserais pas ces familles.

Une chaleur humide pesait entre les hangars et les entassements de caisses et de ballots, des montagnes carrées et bâchées de vert, alignées sur une longue plate-forme de ciment entre des trains de wagons immobilisés. L'air du large coulait faiblement entre les flèches des grues, sous les passerelles du débarcadère. J'avais l'impression qu'au bout du quai, sur la jetée, la température était plus fraîche, que je pourrais, étendu sur la pierre du musoir, y faire une sieste. J'ai suivi les rails jusqu'aux derniers butoirs et me suis engagé sur le môle. L'eau de la rade brillait, immobile, argentée; on eût dit un lac de mercure. Je me suis couché torse nu, pieds nus, sur des dalles bordées de mousse, j'ai dormi. Lorsque je me suis réveillé, la jetée, les docks, la zone des quais, les bassins étaient plongés dans le silence et l'obscurité. Seule retentissait, étouffée, la rumeur montant du quartier des bars, des dancings, des gargotes du port. Au-dessus des eaux tournaient les pinceaux de lumière du phare. Les navires ancrés dans la rade se découpaient telles des constructions inachevées, entourées d'échafaudages, érigées sur fond d'encre : un ciel et des eaux noirs, une vaste tombe, la sépulture idéale et tiède, me suis-je dit, arpentant le bord du quai.

J'avais pris pour point de repère la rainure qui divise le
dallage du môle; je me tenais à quelques centimètres du
bassin et m'efforçais de marcher droit. Ce dallage toutefois
était poisseux, je risquais de glisser. D'ailleurs pourquoi ne
pas glisser, pourquoi ne pas faire le grand plongeon? La
révolution m'avait dépouillé plus que Job à qui Dieu avait
au moins permis qu'il conserve l'usage de son nom. Sonia
m'avait fui comme naguère Fernando et comme Dieu lui-
même. J'étais seul. Où trouver la force d'aimer les quatre-
vingts millions de crève-la-faim qui, pour la plupart dans
ce pays, nous haïssaient moi et mes camarades mais pour qui
il fallait continuer à tout sacrifier, la vie et le bonheur, pour
en faire contre eux-mêmes des citoyens soignés, nourris,
éclairés : des hommes? Où trouver des raisons de croire
qu'on y arriverait et le courage de persévérer? Les contacts
avec mon agent de liaison étaient purement politiques. Celui-
ci transmettait les consignes destinées par les dirigeants à la
base ou alors me demandait si j'avais des observations à faire
sur les modifications apportées à la stratégie et à la tactique
que définissait la *Plate-forme,* ou encore si j'avais des questions
à poser sur l'interprétation dialectique des événements...
Aucune question, tout est clair, disais-je, car ce genre de
discours, dans l'état d'angoisse vers lequel je glissais, ajoutait
seulement à mon accablement, m'irritait. L'agent de liaison
prenait congé, me serrait d'une poigne hautement révolutionnaire la main. Je me retrouvais seul au milieu des plantes et
des arbres, seul comme l'enfant égaré dans un bois. Je son-
geais à l'abîme de liquide noir. Là j'aurais sans doute trouvé
une manière de repos.

L'armée s'est retirée des rues, des places, comme l'eau d'un
fleuve après des inondations. La police qui, hier encore, sur-
gissait, revolvers aux poings, sur la voie publique, enfonçait
les portes, arrêtait, en pleine circulation, les automobiles et
emmenait les gens, cette police s'est repliée, s'est fondue aux
flâneurs, aux buveurs de rafraîchissements, aux marchands

de journaux. Les guérilleros décident alors de reprendre
l'offensive. Des bombes de puissance moyenne explosent
dans les toilettes des ministères, dans des jardins d'ambassade. Des petits groupes de combattants, mobiles comme
des oiseaux, lancent à nouveau des raids contre des garnisons,
des prisons. Ils ligotent les sentinelles et font irruption dans
les cours, les mess, neutralisent les officiers de service. Ils
forcent les portes des arsenaux et brisent les verrous des
cellules où croupissent leurs camarades rescapés de la torture.
Les voltigeurs de la guérilla se manifestent un peu partout,
se multiplient pareils à des nuées de mouches en été. On a
l'impression que soudain, en dépit de leurs divergences,
leurs querelles d'idées, leurs différences numériques et leur
implantation diverse, toutes les organisations se sont ralliées
à un mot unique et agissent de concert. Jusqu'au jour où le
gouvernement proclame un nouvel état de siège. Les soldats
envahissent une fois de plus les avenues, les boulevards. Ils
se remettent à trier aux carrefours les piétons, à les fouiller,
à contrôler les entrées à la poste et dans les banques. Ils
paradent autour des kiosques à journaux, montent du port
vers les bidonvilles et descendent des bidonvilles vers le port.
Des grappes d'hommes en treillis, coiffés de bérets verts ou
noirs se forment autour des poteaux de signalisation sur les
trottoirs. Ils pointent leurs mitraillettes sur les passants qui
ralentissent leur marche, rentrent l'abdomen et s'écartent,
les yeux coulissant, interrompant leurs conversations. Les
patrouilles arrêtent au petit bonheur des gens qui leur
montrent, avant que les soldats le leur demandent, leurs
papiers d'identité, qui ouvrent leurs portefeuilles, leurs serviettes, leurs sacs, déplient les journaux serrés sous leurs bras.
Des militaires introduisent leurs mains dans les poches des
vestons, soulèvent des chapeaux, des chemises flottant sur les
pantalons. Des blindés surviennent, font le tour des parterres
dessinés au centre des places, le tour des parkings et des
marchés, et descendent à contresens l'avenue de l'Indépen-
dance. Des hélicoptères se posent sur les toits de la Banque
centrale, du ministère de la Guerre, des grands magasins.

L'armée coule dans les artères de la ville pareille à une eau par temps d'orage, fait écume aux croisements, à l'entrée des halls d'immeuble et des rues étroites. Elle reflue vers les boulevards, submergeant les trottoirs et battant la toile des échoppes, les murs, ondulant, verte et grise, à hauteur des fenêtres, noyant à demi les affiches de cinéma, les placards. Les gens sortent seulement pour aller travailler ou faire leurs courses. Les promeneurs se serrent dans leurs appartements. Les jeunes hommes cessent de flâner ou de draguer. On dirait que la moitié de la population se compose de vieux. Il faut bien manger, les célibataires sont presque les seuls à fréquenter le soir les restaurants, les cafés. Je continue à me rendre au libre-service habituel du côté du port quand, un jour, un coup de sifflet me paralyse en pleine rue. Trois hommes armés de revolvers m'entourent.

— Tes papiers ? fait l'un.

— Profession ? demande un autre.

— Je... jardinier, lui dis-je.

— Jardinier ! Où donc ?

— Au botanique.

— Fais voir tes mains.

Je les tends, les paumes tournées vers le haut, des paumes entaillées, la peau brunie et chargée de callosités. Ce sont là des mains de travailleur, mon interpellateur en convient mais il doute, il me trouve, lance-t-il à ses collègues, quelque chose de trop distingué, question gueule, pour que je sois seulement jardinier.

— N'est-ce pas, m'sieur Dominguès ? ponctue-t-il braquant à nouveau sur moi son regard sceptique, insistant. Dominguès, ça fait portugais, très portugais ! Mais avec ces yeux bleus... Allez, en avant ! ordonne-t-il en changeant brusquement de ton. En avant, *monsieur* Dominguès !

Les hommes me poussent vers une fourgonnette, me font monter. Le véhicule démarre. On traverse des quartiers que je ne connais pas, on prend l'avenue qui ceinture le port, longe les marais. Le chauffeur arrête la voiture sur un accotement, un remblai contre lequel clapotent la boue et les eaux.

Deux des policiers me saisissent par les pieds. Je chancelle,
m'agrippe aux barreaux qui me séparent de la cabine. Les
hommes m'arrachent à la cage, ma tête heurte le fond du
véhicule, mon nez saigne. Ils me traînent au bord du marécage, me plongent dans la vase jusqu'au cou, me retirent, me
replongent, histoire de me préparer, plaisantent-ils, à la
vérification de mon identité, de me donner une petite idée
de leurs méthodes à faire dire la vérité. Ils me plongent une
troisième fois et entièrement dans le marécage, me retenant
seulement par les cheveux. L'eau, la crasse, la boue m'entrent
dans le nez, me piquent les yeux. J'étouffe, essaie de sortir
les bras, de remuer. Mon corps semble pris dans un puits de
ciment. Les hommes me retirent, pareil à une souche d'un
champ détrempé, me secouent, me bottent le cul, m'encagent
à nouveau, tout dégoulinant, dans la fourgonnette. Ils
reprennent leur place dans la cabine, toujours en plaisantant, se pinçant les narines, pouffant, battant l'air autour
d'eux car je pue, je pue terriblement fort mais c'est tellement
drôle! Ils rient jusqu'à ce que le véhicule franchisse une
porte cochère et stoppe au milieu d'une cour : la cour d'une
caserne, si je puis en juger car je ne vois presque plus. La
vase sur mes yeux a séché, mes cils ont durci comme des
épines, mes paupières sont plombées. Un soldat vient vers
moi, me conduit, tout habillé, sous une douche installée
devant un mur en plein air. L'eau détache de mes vêtements
leur couche de crasse, ramollit la boue durcie sous ma
chemise et ma salopette.

— Ça suffit! me crie le soldat. Suivez-moi.

On m'introduit dans une salle — je me sens toujours aussi
crasseux, je pue encore — et on me fait avancer vers une
table devant laquelle une dactylo (jupe kaki, chemisier kaki,
yeux kaki) attend qu'un employé lui dicte des informations.
La dactylo se bouche le nez. L'employé me mesure le front,
l'occiput, la distance d'une oreille à l'autre et de la naissance
des cheveux aux sourcils. Il me colle des planchettes sous le
menton, contre les tempes, au sommet du crâne, entoure
mes pommettes d'un ruban. Il saisit mes doigts, les enfonce

dans une pâte noire et les fait rouler sur une feuille divisée
en autant de casiers que de phalangettes. Et enfin pour rire,
car il faut bien rire, il déboutonne ma salopette, me sort le
membre, le plonge, comme les autres doigts, en s'esclaffant,
dans la pâte. Il me roule le sexe sur une autre feuille qu'il
me remet en guise de souvenir. La dactylo tend l'oreille, riant
de bon cœur, et tape les chiffres que l'arpenteur de crânes et
badigeonneur d'extrémités humaines énonce au millimètre
près. Elle remet ma fiche au soldat, le priant de la porter
« au docteur » comme elle dit. On m'envoie me décrasser les
doigts dans la cour. Il fait chaud. Je m'assieds sur un banc
où attendent d'autres hommes que je ne connais pas et
auxquels il m'est interdit, comme à eux, de parler. Je me
sens tout endolori, des élancements me trouent la tête. Les
os de mes bras, sur lesquels les policiers ont tiré si fort en
me retirant du marécage, me font mal, de même que mes
côtes et les articulations de mes jambes et de mes pieds. La
boue a durci entre mes cuisses, a saisi les muscles et la peau,
enrobé poils et testicules dans le même ciment. Je me suis
efforcé de marcher les jambes le plus écartées possible mais
l'enduit s'est fragmenté, les cailloutis me blessent, soumettent
mes organes à mille éraflures.

Tout à coup on crie mon nom, le vrai, celui de mon père.
Est-ce que je rêve? Je soulève mon arrière-train du banc,
considère mes voisins qui restent indifférents. Je me ravise,
regarde si on m'a vu, je me rassieds. Nouveau cri. Je ne
bouge plus. « Celui-là! » hurle une voix. Des soldats se
précipitent, m'arrachent à mon siège, me traînent dans une
salle.

— Votre nom?
— D... Dominguès.
— Salaud!

L'interrogateur me gifle, enrage :
— Ton nom, te dis-je?
— Dominguès.

Coup de poing, déchirure à l'angle de ma bouche. Une
femme passe, me dévisage, fait « non » de la tête, quitte la

pièce. Un homme entre, lui succède, émet le même hoche-
ment du front, part. Une deuxième femme survient et dirige
sur moi le même regard curieux, ébauche un geste de doute,
s'en va. Un jeune homme l'a suivie qui s'arrête à son tour
devant moi, s'appuie contre le bureau de l'interrogateur,
réfléchit. Ce jeune homme fouille sa mémoire, moi la mienne
et soudain je retrouve le lieu où je l'ai vu. C'était au milieu
des exilés, à Montevideo, un soir après un débat sur le texte
de la *Plate-forme*. Un groupe s'était attardé au fumoir, je
parlais avec Maura, le jeune homme est entré. Il a décliné
son nom, expliqué qu'il venait de Brasilia, qu'on l'avait
exclu de l'université et qu'il se trouvait en Uruguay depuis
deux jours. Personne à l'Organisation ne le connaissait
mais le nouveau venu était sympathique. Il donnait des avis,
faisait des phrases semblables à celles des militants connus :
des phrases justes avec les mots justes, relevant d'une analyse
correcte et suivant, dans ses appréciations, la ligne juste.
Tant de justesse lui valut d'être admis à nos réunions. Le
jeune homme y assista quelquefois, prit des notes, cessa
brusquement de fréquenter l'hôtel. Il portait un pantalon
de velours bleu marine, une chemise de même teinte, un pull
rouge. Il y avait en lui quelque chose d'assuré, il m'intimi-
dait. Ces souvenirs remontent en moi d'un coup, ils me
troublent. Le jeune homme, me dis-je, est passé dans l'autre
camp ou alors il travaillait déjà, à Montevideo, pour le S.S.
Je me sens piégé, je baisse la tête, les battements dans ma poitrine s'accélèrent. Transmission de pensée? Le jeune homme
se tourne vers mon interrogateur. Il fait « oui » du chef,
disparaît. Les questions reprennent. Nouveaux coups.

— On le savait, putain !
— Quoi?
— Qu'il y avait des étrangers, des agents venus de Moscou.
C'est d'ailleurs à Moscou qu'ils apprennent le mieux notre
langue. Combien de temps es-tu resté à Moscou?
— Je n'ai jamais été à...

Coup de pied. Au ventre cette fois. Je me casse en deux,
tombe à genoux.

— Combien de temps, salaud?

— Aucun...

Le soldat présent s'y met, m'applique des coups de botte un peu partout.

— Combien de temps, nom de Dieu, combien, combien, combien?

Pas de réponse. La botte m'aplatit le visage, je saigne, mais que dire, qu'inventer pour mettre fin à ces coups? Si je criais : je suis russe, j'ai toujours vécu, étudié le portugais à Moscou, l'argot portugais, l'argot du Brésil, j'ai chantonné toute ma vie la langue tropicale des bidonvilles de Rio à Moscou, l'école de Moscou, l'école de portugais des Amériques à Moscou...? Mais les mots ne sortent pas, j'ai mal, trop mal, la force me manque et le soldat continue à me piétiner, l'interrogateur à poser son éternelle question et je ne vois plus, je me recroqueville, me mets en boule, c'est le trou.

Je reviens à moi tout nu sur une table en fer. Ai-je pissé? Mes cuisses sont mouillées, et mon ventre, ma poitrine. Ils m'ont noué des fils autour des doigts et des orteils, ont attaché mes pieds, accroché des petites pinces aux lobes de mes oreilles, m'ont garrotté le sexe et les testicules. Les interrogateurs maintenant sont trois; les soldats, plus nombreux, se sont postés autour de la table. Et tous trois hurlent ensemble leurs questions, et des chocs me traversent le corps, provoquent des spasmes, me font éjaculer, saliver, uriner de force, séparent mes bras de mes épaules, mes jambes du ventre, arrachent ma tête du tronc. Ils font éclater mes couilles telles des boules puantes et se déchirer ma verge et mes boyaux, mes viscères à l'intérieur du corps. D'ailleurs je n'ai plus de corps. Il n'y a plus sur la table, comme dans une boucherie, que des morceaux de chair, des viandes et des os et des coulées de lymphe mais pas de sang, curieusement pas de sang. Les chocs me lézardent, me tronçonnent; l'électricité m'écartèle, me pourfend de haut en bas, pourtant je ne saigne pas. Je ne sens plus mes yeux, ils sont exorbités, mais je vois. Je vois se pencher dans le flou au-

dessus de moi des hommes qui rient, qui crachent, et je n'ai
plus d'oreilles mais j'entends des questions, toujours les
mêmes questions :
  — Les armes ?
  — Où sont-elles ?
  — Les armes, sale rouge ?
Puis plus rien. Puis de nouveau le bain d'urine glacée
— peut-on pisser tellement ? — car mon corps dégouline, la
table est inondée, j'urine à seaux. Puis les chocs encore,
plus violents, et les muscles tranchés de leurs attaches, la peau
qui brûle et les veines qui éclatent et le sang qui ne coule
toujours pas. Et d'autres questions, d'autres cris :
  — Les noms, putain ?
  — Salope !
  — L'adresse de ton chef ?
  — Pourceau, défroqué !
  — Ton chef, nom de Dieu de putain ?
  — Les noms, les noms, les noms ? Sale putain, défroqué !
  — Jardinier de mon cul !
  — Réponds, nom de Dieu de bordel, cette Sonia, où se
trouve-t-elle ?
  — La putain, où se cache-t-elle, et avec quelles autres
putains... ?
Mes oreilles — est-ce bien mes oreilles ? impossible, on me
les a arrachées, elles sont par terre, sous la table, en lambeaux — mes trous d'oreilles entendent et je ne sais que
répondre, ça dure des siècles, ça dure des secondes, je
m'évanouis. Je recouvre mes sens avec une extrême lenteur.
Je m'étonne, c'est incroyable, mon corps, il est toujours là,
les morceaux rassemblés, recollés, mes mains au bout des
bras, mes pieds au bout des jambes, mon sexe enflé comme
une vessie de porc, tout bleu, au bout de mon ventre et mes
testicules restés dans les bourses quand je venais de les sentir
glisser, couler, gluants, le long de mes cuisses, de mes mollets, dériver sur l'étal des interrogateurs-bouchers pareils à
des œufs dans l'huile d'une poêle, toucher les fils reliant mes

chairs à l'accumulateur placé près de la table et griller à
même la plaque de fer.

Et ça reprend : Sonia, les armes, les chefs, Moscou (parfois
Pékin ou La Havane), les noms, cachettes, mots de passe,
mots d'ordre, insultes et coups, jets d'eau, noyade instantanée, résurrection. Soudain on arrache les pinces, les fils,
on me retourne. Des questions encore et je jure : Sonia,
j'ai cherché, j'ignore... Je jure encore, je vomis en jurant,
je veux... horreur! que la mort vienne, les bouchers me
transpercent, m'enfoncent une matraque, le casse-tête d'un
des soldats présents, dans le corps, je hurle, je veux mourir,
et c'est de nouveau le trou.

Je déféquais sans vouloir déféquer, je gisais dans mes eaux,
dans ma merde, je chiais sans savoir par où : mon anus
n'était que bouillie, agrégat de muqueuses, caillots, bouchon
de chair hachée et alors, les bouchers ont renversé l'étal,
nettoyé d'un seul geste la table de mon corps et de mes excréments. On m'a ramassé, enveloppé dans une couverture,
emporté dans la geôle, au secret. Là, j'ai bu, j'ai pissé sur mes
plaies avec tant de douceur et de pitié de moi-même, puis
j'ai à nouveau basculé, amas de viande informe, dans l'inconscience.

Combien de jours, combien de décades ont pu durer ces
traitements? Je ne sais pas. J'étais redevenu ignorant, incapable de compter les heures, les nuits, mais plus tard, bien
plus tard, j'ai compris que ça m'avait pris une vie. Après,
tout changea, on m'a dorloté, recousu, soigné, enduit de
pommades. On me conduisait en voiture de la caserne à
l'hôpital militaire, une construction neuve et blanche, très
propre, avec des sœurs de charité, des infirmiers attentifs
et bons, des médecins. Là on remodelait mon corps, redonnait à mes pieds un volume raisonnable, à mes doigts leur
grosseur d'avant. On effaçait les boursouflures de ma verge,
la massait avec de la vaseline, lui redonnait un étui de peau
unie et rose et on faisait repousser les poils. Docteurs et
bonnes sœurs me polissaient, me laquaient, me restauraient
comme un vase ancien. Ils avaient reçu des ordres. Il fallait

que je puisse comparaître, luisant, tout frais, devant mes
juges, les avocats, les journalistes et les photographes. Tout
frais et aussi entier qu'avant mon arrestation.

Le procès a duré toute une journée mais il y avait tellement
d'accusés, luisants et frais comme moi, même les plus vieux,
que je n'ai rien pu dire. Les questions ressemblaient à celles
posées à la caserne. Que répondre, s'est exclamé un des
juges, que je n'avais déjà dit? Et signé, a-t-il complété. Car
j'avais signé, le juge me l'apprenait, je ne m'en souvenais
pas. Je m'étais inventé, à mon insu, une biographie nouvelle :
j'avais étudié la politique à Cuba, subverti des dizaines de
jeunes filles innocentes et appris pendant des années la grammaire portugaise à Moscou. Après cela naturellement on m'a
condamné. Mais on m'expulserait, s'est empressé d'ajouter
l'avocat commis à ma défense, lorsque je fus sorti du pré-
toire.
    — M'expulser! Où irai-je?
    — En Europe, estimez-vous heureux, vous rentrez chez
vous.
    — Mais chez moi...
    L'avocat ne comprendrait pas, je me suis tu. Je l'ai suivi
à travers les couloirs, il m'a serré la main. Je suis remonté
dans la voiture qui m'avait amené du pénitencier au tribunal;
la voiture est repartie. Rentrer où? me demandais-je. Mon
pays, je ne sais plus où c'est. La vie que j'ai vécue là-bas, elle
n'est plus, il n'en reste rien; je suis un autre, on se trompera
sur moi, je n'aurai rien à dire ni à faire avec personne, je
vivrai dans le silence, j'en mourrai. La voiture cellulaire m'a
déposé avec ma valise devant l'ambassade de ce pays qu'on
disait mien, une villa de style balnéaire nichée entre deux
buildings. J'y entrais pour la première fois, un homme chauve
et rond qui parlait un français bizarre m'a reçu, m'appelant
« mon cher compatriote ». Ensuite il s'est fâché. Il m'a
reproché de lui avoir causé les ennuis les plus graves, fait
perdre des journées de travail, d'avoir affolé un consul, le

chancelier de l'ambassade et trois diplomates... Je tombais
des nues, je me suis dit que l'homme chauve et rond se trom-
pait de personne. J'ai songé au jardin botanique, aux fleurs
(les glaïeuls, pourvu qu'on les ait arrosés), aux fougères, aux
mauvaises herbes qui ont dû repousser, aux parterres dont
le sol se durcit si on ne l'ameublit pas. J'ai songé à Sonia,
aux bains avec Sonia, la nuit, au clair de lune, et à Fernando
qui peut-être, à cette heure, était mort. Cependant l'homme
criait : « Je vous parle, compatriote! » Il ajouta que je dor-
mirais ici, dans son bureau, et que demain il me conduirait à
l'avion.

— Pour Paris, a-t-il précisé, et puis là, vous n'aurez qu'à
prendre le train pour Bruxelles.

L'homme énumérait des noms de ville. Il aurait pu dire
Vladivostok ou Madrid. Moi, j'étais ailleurs, j'étais distrait.
Je pensais aux bégonias que j'avais repiqués, sous les rosiers
devant la pelouse. Avec cette chaleur, privés d'eau, ces
bégonias dépériraient.

VIII

Il neigeait sur Paris. C'était surprenant, j'avais oublié que la neige existait. J'ai déniché un hôtel dans une petite rue, loué une chambre, et j'ai installé devant la fenêtre la seule chaise qui l'occupait. Le ciel était blanc. Les flocons s'infiltraient, telle une lumière, entre les tuiles, dans les rainures des toits, les lézardes des murs. Ils pénétraient sous les portes, se logeaient dans les crevasses de l'écorce des arbres. Les flocons chaulaient le tronc du platane se dressant dans la cour. Un soleil de neige, immense et tamisé, un ciel de lit de neige, surplombait la ville, déversant sur les ardoises, les pavés, ses rayons de neige. Je considérais étonné cette chute d'étoiles poudreuses et la formation sur l'appui de la fenêtre, de cette mousse que faisaient briller de fines traînées de cristaux pilés. Le spectacle me donnait envie de rester dans cette ville. J'y suis resté. Le Brésil était loin mais des camarades, pourchassés eux aussi par la police de Rio, m'avaient précédé. Ils avaient trouvé refuge en France, vivaient à Paris. Ces Brésiliens s'y étaient regroupés, travaillaient, étudiaient avec d'autres amis accourus du même continent. Ils avaient formé le premier détachement de l'Organisation à l'étranger. Expulsé sans avoir eu le moyen de rencontrer un membre du réseau de soutien, je ne possédais pas l'adresse de ces exilés. J'irais à leur recherche.

J'éprouvais également le besoin de connaître ce qui se passait dans ce nouveau pays, de savoir pour quoi les gens vivaient, de quoi ils rêvaient, s'inquiétaient, s'indignaient, quels étaient leurs sujets de bonheur ou de malheur. Je suis sorti de mon hôtel, content d'explorer Paris. Une place ornée d'une fontaine s'est présentée à moi, un disque de neige blanche cerclé d'un ruban de neige noire sur lequel roulaient des automobiles. J'ai contourné la place, ai suivi une piste de gadoue plantée d'érables aux troncs éclaboussés. Je l'ai quittée, dégoûté de marcher dans le caniveau, et je me suis engagé dans une avenue moins fréquentée, au tapis plus compact et moins mêlé de boue. L'avenue m'a conduit à un fleuve, un grand fleuve roulant des eaux couleur de plomb, écumant devant les butées du pont. J'ai franchi ce pont et longé un quai portant le nom d'un monsieur dont, enfant, j'avais vu le masque de vieillard à menton pointu dans le dictionnaire de mon instituteur à l'école du village. Des kiosques dressés sur le trottoir offraient à lire des journaux à manchettes rouges, noires, bleues, décorées de macarons jaunes d'où ressortaient des points d'exclamation, d'interrogation, des mots tels que « exclusif », « inédit », « bouleversant », « révélation », « monstrueux »... D'après ces manchettes une actrice en vogue cachait depuis six ans dans une chambre secrète, tapissée de dentelle rose, un bâtard dont elle avait accouché sans aide de personne. On apprenait aussi qu'une impératrice détrônée avait percuté, seule au volant de sa voiture, un arbre et, à l'arrivée de la police, elle avait refusé de sortir du véhicule car elle était nue. Les journaux annonçaient encore que « les jumeaux étaient des triplés » et qu'une certaine Bibi rencontrait, la nuit, clandestinement, un certain Lolo, que « l'illustre ténor corse avait abîmé ses cordes vocales » et encore que « la fameuse cartomancienne n'inquiétera plus personne » depuis qu'un client plus entreprenant que les autres l'avait démasquée, découvrant un homme. Après les kiosques à journaux mes regards se sont tournés vers les devantures de librairies ouvertes les unes à côté des autres et vers des façades à fronton et fenêtres à encorbellement, des vitrines de chineur ou de brocanteur, des inscriptions gravées à même la pierre, des enseignes, des

galeries de peinture, car il y avait beaucoup de choses à
contempler dans cette ville. Je poursuivais ma déambulation,
pataugeais dans une neige qui tournait à eau, lorsqu'un tin-
tamarre m'a cloué sur place. J'ai pensé à un concert de
klaxons brusquement provoqué par un embouteillage sur
la berge bétonnée du fleuve ou le pont derrière moi. Je me
suis retourné : les automobiles roulaient normalement. J'ai
fait quelques pas, intrigué par l'origine du vacarme auquel
maintenant se mêlaient des voix. Le charivari provenait
d'une construction de pierres noires percées d'ogives et
d'un portail surmonté de la statue d'un homme demi-nu,
assis, le ventre creux, les jambes drapées dans une jupe plissée. Un des battants était ouvert qui libérait ces vagues de
musique à timbre aigu. Sur l'autre battant un écriteau
annonçait : *Ce samedi à 17 H MESSE YE-YE.* Je n'étais pas
entré dans une église depuis trois ans, les messes m'embê-
taient; j'ai poursuivi mon chemin.

La neige tombait à flocons plus rares, papillons de sel
humide, voletant avec hésitation, condamnés à se diluer dès
qu'ils se posaient. Les voitures roulaient plus vite. Les traces
de pneus se chevauchaient. Les rues noircissaient. Je croisais
des jeunes filles habillées de vêtements les plus surprenants.
Des hommes et des femmes se pressaient, riant, sur les trottoirs. Des queues se formaient à l'entrée des cinémas. A
l'angle des rues, contre des grilles, des troncs d'arbres, se
dressaient des panneaux recouverts d'affiches invitant les
passants à toutes sortes de conférences, d'exercices. Telle vantait les bienfaits du yoga, telle autre certains massages
médico-religieux découverts par un ethnologue. Telle appelait à l'étude de la langue chinoise et telle à l'apprentissage
d'une science neuve et mystérieuse relevant de la psychologie. Un prédicateur engageait les chrétiens à débattre avec lui
de la violence, un autre à s'entretenir des vertus de la paix.
Des placards convoquaient à des meetings, des fêtes, des
manifestations en faveur de la sauvegarde d'un monument
ou de la destruction d'un autre. Des annonces exhortaient
les citoyens à participer à des marches organisées pour le

maintien ou l'abolition d'habitudes diverses et parfois
contraires. On invitait les gens à visiter des foires, des expo-
sitions, des lieux sous-estimés ou mal connus, souvent réa-
ménagés, à aller voir des curiosités de passage ou installées
à demeure et à s'inscrire aux sessions chargées d'en révéler
les charmes. Les habitants de cette capitale, les voyageurs
qui débarquaient, disposaient-ils de journées comportant
cent heures, de semaines de quarante jours et de mois d'un
an? Aucune ville, nulle contrée ne pouvait, à mon sens,
offrir davantage de distractions. Tant d'activités devaient
donner le vertige. Aussi ai-je été frappé d'ahurissement
lorsque, rentrant, exténué à mon hôtel, mes yeux sont tombés sur ce titre imprimé à la une d'un quotidien passant pour
le plus sérieux du pays : LA FRANCE S'ENNUIE. Je me suis mis
au lit, dérouté.

La chance m'a servi, je dois le dire : à Paris je ne me suis pas
ennuyé. J'ai fait la connaissance de Zozo, un étudiant qui
n'étudiait pas mais qui travaillait comme garçon dans un
hôtel en restauration, bâtiment étroit, aux couloirs, à la
cage d'escalier encombrés de seaux et d'échelles où peinaient
sans relâche, y compris le dimanche, des travailleurs au
noir. Quelques chambres avaient été remises à neuf. On y
accédait en traversant des nuages de poussière et en se faufilant, tête baissée, entre des baquets de plâtre mou posés sous
les passerelles des échafaudages. Seuls y habitaient des désar-
gentés, tous sud-américains : trois étudiants, deux peintres,
deux réfugiés politiques, un journaliste et un travesti auxquels je suis venu m'ajouter dès qu'il y eut une nouvelle
chambre refaite. Le patron, un Français d'une quarantaine
d'années, y vivait avec sa vieille mère et un Américain, héros
de la guerre du Pacifique, une guerre au cours de laquelle il
avait perdu un bras. L'invalide percevait de son gouvernement une indemnité mensuelle qui servait à financer les
travaux. Les Sud-Américains ironisaient sur ses moyens
d'enlacer son conjoint et ils l'appelaient *gringo,* un terme que

le héros croyait affectueux et qui leur valait des facilités de paiement. Zozo, de son vrai nom Zozimo, balayait les chambres, nettoyait les éviers, aidait la mère du Français à faire la cuisine. Il parlait également l'anglais et servait d'interprète entre les clients et l'Américain. Devenu indispensable à tous, son utilité trouva sa consécration lorsqu'à l'unanimité les hôtes approuvèrent l'idée, émise par le journaliste, de rebaptiser la maison *Hôtel Zozo,* au déplaisir du copropriétaire français qui aimait le Grand Siècle et envisageait de l'appeler *Hôtel Madame.*

Zozo était communicatif. Le soir même de mon installation, dans la pièce la plus petite du cinquième étage mais aussi la moins chère, le garçon est venu me raconter sa vie. Je l'avais entendu parler l'argot brésilien à la terrasse d'un café. Je m'étais approché, espérant retrouver, grâce à lui, certains exilés. D'emblée il m'avait déclaré qu'il n'aimait pas la politique. Il n'y comprenait rien mais il connaissait deux anciens guérilleros qui, après une fuite à travers l'Amazonie et les Guyanes, avaient traversé l'Atlantique comme soutiers à bord d'un cargo et avaient gagné, en faisant de l'auto-stop, l'Espagne puis la France, avant d'échouer dans une des mansardes de la maison où il habitait. Ces guérilleros étaient liés à un autre groupement que le mien, jugé trop modéré. Ils me fournirent cependant l'adresse d'un des responsables à Paris. Ainsi ai-je renoué avec mon organisation, retrouvé des camarades, échappé à la solitude et à la tentation d'abandonner le combat. Ce combat, estimait Zozo, exigeait des lectures au-dessus de son intelligence. Pour lui comptait seulement l'amour. Il m'a fait comprendre que je l'intéressais. Ce jeune homme n'était pas vilain malgré un début précoce de calvitie. Il avait le cœur bon, l'esprit passablement confus mais généreux. J'ai coupé court à ses élans. Je voyais, lui ai-je avoué, depuis une semaine une certaine Huguette. Elle était secrétaire dans un journal de mode et le soir, après l'amour (très classiquement fait, nez contre nez et pieds contre pieds), elle me servait un repas chaud. Cette Huguette n'était plus très jeune. Elle vivait seule avec

son fils, un lycéen de seize ans que ne gênaient nullement les
frasques de sa mère puisqu'elle ne racolait que des jeunes
qui ensuite devenaient pour lui des copains. Maternelle et
bonne cuisinière, la dragueuse s'était vite révélée posses-
sive et même tracassière. Lorsque Zozo me proposa d'emménager dans ce qu'il appelait tantôt son campement tantôt
son chantier, j'étais décidé de me séparer d'elle. Je n'aimais
pas vraiment cette femme : je ne cessais de penser à Sonia. Le
factotum de l'hôtel me rangea d'office, avec les réfugiés, un
des peintres et deux étudiants, « dans le camp des hétéros ».
Les autres appartenaient avec lui « au camp des patrons »,
se glorifiait-il, malicieux, à l'exception du travesti Angelita-
Lola, fils d'un militaire argentin, qui était disk-jockey dans
une boîte de nuit et revendiquait l'appartenance à un troisième groupe.

Puisque je connaissais le français, l'Organisation m'a
incorporé à la cellule chargée de la propagande. Des correspondants de presse de Rio nous faisaient parvenir, avec la
complicité d'un pilote dont l'avion reliait chaque semaine le
Brésil à la France, les informations qui là-bas tombaient sous
le coup de la censure. D'autres nouvelles nous venaient par le
mystérieux « canal compétent » des groupes les plus engagés
dans la lutte. L'Organisation elle-même nous livrait son bulletin clandestin avec des analyses de la situation. Ces données
servaient à détruire le tissu de mensonges du ministère de
l'Information, à compléter ou rectifier les dépêches d'agence,
à confectionner les articles qu'on me chargeait de mettre en
français pour des journaux de Paris. Certains nous deman-
dèrent une collaboration régulière. C'est ainsi qu'un temps je
suis devenu journaliste. Mes piges m'aidaient à payer ma
chambre, mes tickets de métro et ma nourriture.

Je rédigeais, je traduisais sur commande. J'ai bientôt pris
goût aux mots et me suis mis à écrire pour mon propre
compte sur d'autres pays d'Amérique latine. Je me suis même
lancé dans la rédaction d'un roman inspiré par mon précé-

dent métier. Ce roman, je l'intitulerais *Les Mémoires d'un Jar-dinier*. Je passais ainsi de la description d'un parterre d'hor-tensias à celle des zones de sécheresse du nord du Brésil. Le matin, je racontais l'étouffement d'un rosier grandi trop près d'un palmier nain et, le soir, l'écrasement d'une colonne de contre-guérilleros sur les hauts-plateaux de Colombie. J'évo-quais le développement incertain d'un oignon de tulipe, la nécessité de fumer le sol du jardin où je l'avais planté et ensuite je détaillais les rapports de force dans les pays de la cordillère des Andes, dénonçais les aspirations des armées à prendre le pouvoir, dépeignais les rivalités opposant les fac-tions qui se disputaient au nom de la révolution. J'exposais les composantes de la gauche au Chili ou en Bolivie et poé-tisais mes plaisirs, mes amours et mes déceptions d'horticul-teur. Mes articles sortaient dans des magazines épris du tiers monde. Peu à peu je m'y faisais un nom. Un jour un éditeur de livres m'invita à venir le trouver. Je lui révélai l'existence de la partie cachée de mes écrits; c'était la partie visible qui l'intéressait. L'éditeur me proposa de réunir, de traduire et de présenter un ensemble de textes sur la guérilla du pays où j'avais milité. L'entreprise m'excitait. J'en ai référé à mon Organisation. Celle-ci m'a donné carte blanche pour exposer ses thèses et la stratégie qui en découlait. Mon tour était venu d'ajouter à la longue épopée de la révolution ma strophe, convaincu que j'étais d'éviter la redite. Je mènerais ce travail de concert avec la rédaction de mon roman. Ma chambre d'hôtel se garnit de manuels et de blocs-notes, d'ouvrages à consulter, de libelles et de journaux, de toutes sortes d'écrits empruntés à des camarades ou des bibliothèques. J'y passais des heures à noircir des feuilles. J'ouvrais sur mon lit plu-sieurs bouquins en même temps, étalais mes brouillons et les pages mises au net. Cette chambre, trop petite pour tant de papier, ressemblait à la cellule où jadis, jeune théologien, je vivais, respirais et rêvais au milieu des traités. De la même manière, j'y dormais seul. J'étais redevenu un clerc.

Souvent, le soir, Zozo frappait à ma porte. Il allait faire la chasse à l'amour, dégotait du sexe, éprouvait le besoin de s'épancher. Cette soif d'amour décidément le tourmentait.

— Comment peux-tu vivre sans ça ? me demanda-t-il, un jour.

— On s'y fait. Et puis dans mon cas j'y suis condamné : la personne que j'aime, j'en suis séparé, je te l'ai dit.

— Tu crois que tu la reverras ?

— Je n'en sais rien, je ne sais même pas si elle vit encore.

Je parlais de Sonia, expliquais que j'avais entrepris des démarches, écrit à sa tante et demandé à l'Organisation qu'elle s'enquière de son sort. La tante n'avait pas répondu et l'Organisation m'avait transmis trois versions différentes et recueillies sur place. La première disait que la jeune fille s'était suicidée; la seconde qu'elle avait été assassinée par des policiers qui agissaient pour leur propre compte, se donnaient le nom d'Escadron de la mort et qui enterraient leurs victimes dans des lieux tenus secrets. D'après la troisième version mon amie, effrayée par la répression, avait déserté le mouvement, quitté Rio pour une destination inconnue où sans doute elle s'efforçait de refaire sa vie. Aucune de ces versions n'avait pu être vérifiée. Tout s'avérait possible. Sonia pouvait pourrir sous terre comme elle pouvait un jour réapparaître à Paris, à Mexico, à Cuba ou ailleurs en exil après d'autres militants qu'on avait cru passés par les armes. Aussi longtemps que je n'aurais pas de preuves de sa mort j'attendrais.

— Et tu auras le courage d'attendre longtemps ? interrogea Zozo.

— Tant que la politique me suffit, et la littérature...

— Tu ne fais même plus l'amour ?

— Tu sais, avec Huguette, ça m'a vite ennuyé. Faire l'amour comme ça, sans se sentir vraiment attiré, ça me donne une telle sensation de vide, une fois l'acte accompli, que je préfère m'abstenir. Ou me branler, comme tout le monde.

Pour Zozo la masturbation était une défaite, il repartait en chasse. L'heure était avancée, j'avais perdu le fil de l'écriture, des envies de sortir me turlupinaient. A mon tour j'abandon-

nais ma cellule. Une pluie fine de printemps mouillait les
pavés du boulevard. Emmitouflé dans une canadienne ache-
tée aux puces, le col relevé, la tête recouverte d'une étroite
casquette de marin, je prenais la direction du fleuve puis
remontais la rue. D'autres esseulés passaient, des femmes me
lançaient des regards. Je m'en détournais : le besoin de Sonia
et rien que Sonia, l'emportait. Je revenais à l'hôtel sans avoir
parlé à personne. Je savais que j'y retrouverais, en train de
discuter politique, les deux réfugiés et les étudiants dont l'un
avait pris l'habitude d'attendre Angelita-Lola qui rentrait
seulement de son travail à l'aube.

Je cherchais à fuir la solitude, m'efforçais de retrouver, en
écrivant, le visage, la voix, l'odeur du corps de Sonia à qui je
prêtais, dans mes mémoires, des visites clandestines et des
nuits d'amour dans mon refuge de jardinier. Ces évocations
m'aidaient puis me donnaient le cafard. Je quittais ma
chambre et me dirigeais vers celle de Zozo, le seul avec Angelita-Lola, à prendre au sérieux les affaires de cœur. Mais
Zozo, le plus souvent, était sorti. Je discutais alors avec les
étudiants qui, depuis quelques jours, s'agitaient. Ils avaient
rapporté de leurs facultés des rumeurs de grève, de troubles
et même de révolution. Les anciens guérilleros s'excitaient, le
journaliste espérait bientôt rédiger des reportages sur des
batailles de rue et renouer ainsi avec sa spécialité. Moi, j'étais
sceptique, je trouvais que la France ne bougeait pas. Après un
hiver de neige et de vent, un début de printemps pluvieux, la
température s'était adoucie, les gens se promenaient ou travaillaient, mangeaient, buvaient, draguaient comme à l'ordi-
naire. Les politiciens discouraient, les syndicats tenaient des
réunions de routine, les gardiens de la paix circulaient, non-
chalants, le long des boulevards. L'ennui qu'avait évoqué, à
mon arrivée à Paris, le fameux journal, d'une certaine façon
persistait. La fièvre, la turbulence et les guerres, grandes et
petites, ne frappaient qu'à l'extérieur des frontières. On
signalait bien quelques remous dans des résidences d'étudiants où des filles revendiquaient le droit de pénétrer dans
les studios des garçons et ceux-ci dans les pavillons des filles.

Et certains, les plus libidineux, disait-on, avaient séquestré
leurs directeurs et gagné les lits de leur goût. De tels incidents
ne pouvaient, à mon sens, augurer d'une révolte, moins
encore d'une révolution. Les pensionnaires de l'*Hôtel Zozo*
transposaient en France les débordements que peut-être semblables mouvements eussent provoqués dans leur Amérique
du Sud. Ces émeutes de coucheurs jamais ne franchiraient les
murs de la cité universitaire.

Il faut croire que j'étais devenu insensible, aveugle, sourd.
Mon chagrin, la pensée de Sonia, une certaine lassitude de
vivre sans elle et l'indifférence aux choses étrangères à ce que
nous avions vécu, cette hantise de l'amie perdue avaient pu
me couper de la ville et déjà moralement me retrancher de la
vie des humains car un jour, brutalement, la France m'a lancé
au visage qu'elle avait cessé de s'ennuyer. On venait d'entrer
dans le mois de mai. Il était quelque cinq heures de l'après-
midi. Une lumière dorée éclairait la rue. Je déambulais sur le
boulevard à proximité de l'hôtel quand soudain une troupe
de jeunes gens armés de piques, casqués et masqués ont fait
irruption. Les jeunes gens se sont mis à dépaver la chaussée.

— Ça y est, des étudiants, cria quelqu'un, qu'est-ce qu'ils
veulent?

— J'en sais rien, répondit son voisin, mais je pense que ça
va barder.

— Y a même pas de flics!

— Tu parles! Et là, indiqua un troisième badaud, regarde
donc là!

Un flot de policiers munis de casse-tête et de boucliers
étaient apparus en rangs serrés au bas de la chaussée. Ils la
remontaient, lentement, semblables à des rouleaux compres-
seurs avançant de front, massifs et noirs, obligeant les curieux
à refluer à l'intérieur des magasins, se planquer contre les
façades, déguerpir. Pris avec les autres observateurs entre les
gendarmes et les étudiants mieux valait filer et passer, en faisant un crochet, derrière la barricade. Car c'était bel et bien
une barricade qui bouchait la rue. Ceux qui l'avaient érigée
se déclaraient insurgés.

— Contre quoi? me suis-je enquis.

— Contre tout! a rétorqué de concert un groupe de dépaveurs.

Une jeune fille distribuait des tracts. J'ai tendu la main et j'ai lu que la jeunesse de France se voulait solidaire des pauvres et formait avec eux un front commun contre les vieux riches. La jeunesse se soulevait contre leur pouvoir et l'ennui que partout ils faisaient régner : dans les villes, sur les lieux de travail, les écoles, les bureaux, les administrations et les foyers, et elle invitait les démunis, exploités, angoissés, rêveurs, trimeurs et fantaisistes à s'insurger contre ces vieux riches et à prendre leurs places afin d'établir partout des petits royaumes de poésie, d'égalité, de bien-être et de plaisir.

Le programme me plaisait. J'ai couru porter des tracts à mes camarades. Au moment où j'entrais explosaient sur le boulevard, au milieu des jets de pierres, des cris, des bris de vitres, les premières grenades fumigènes. Les détonations attirèrent pensionnaires et patrons aux fenêtres, réveillèrent en sursaut Angelita-Lola rentrée comme chaque jour aux petites heures, effrayée tel un moineau, pépiant, trottant à travers les couloirs vêtue de son seul drap de lit. Les étudiants s'apprêtèrent à joindre les émeutiers, excités à l'idée d'être les acteurs de ce que l'un d'eux appelait déjà « la nouvelle révolution française ». Les guérilleros au repos étaient circonspects. Quel parti menait cette révolution, quelles étaient sa ligne, sa plate-forme? Et d'abord ne s'agissait-il pas d'une simple explosion, spontanée, informe, de marginaux, quelque chose comme une jacquerie? Et d'ailleurs qui se soulevait : le prolétariat, le lumpen, des petits-bourgeois? Peut-être était-ce tout ce monde ensemble, auquel cas il faudrait lui donner immédiatement une avant-garde éclairée... Des questions, des phrases que moi aussi je connaissais par cœur. Mais je me suis contenté pour toute réponse de montrer les tracts. Tous les ont dévorés des yeux, Zozo et le travesti comme les autres.

— C'est confus, opina l'un des réfugiés.

— Confus? reprit l'autre, c'est pire : c'est anarchiste!
A-nar-chiste!

— Et alors? s'exclama l'étudiant le plus impatient de sortir.

— Alors... la révolution est marxiste! Et léniniste! Ou elle
n'est pas!

— Merde! on peut s'amuser et d'ailleurs on verra : peut-
être que les syndicats vont se rallier.

— Se rallier? T'es fou! T'as lu : « Des royaumes de poésie
et de plaisir... » Pourquoi pas la dictature de l'amour tant
qu'à faire et des fleurs partout?

— Eh bien, moi je préfère ça, intervint tout à coup Angelita-
Lola, elle-même tout étonnée de s'entendre prononcer la
première déclaration politique de sa vie.

— Moi aussi, renchérit Zozo.

Les étudiants n'osaient abonder ouvertement dans le
même sens. Ils craignaient de se démarquer des tenants de la
seule dictature désirable et juste : celle du prolétariat. Ils
invoquèrent donc les promesses de bien-être et d'égalité;
c'était à leurs yeux suffisant pour aider à l'insurrection. Et
si les anarchistes en avaient eu l'initiative, rien ne garantissait
que les marxistes n'allaient pas bientôt les évincer et prendre
la tête du mouvement. Sur la barricade après tout flottaient
autant de drapeaux rouges que de noirs et demain, qui sait?
il n'y en aurait plus que des rouges. Les guérilleros persis-
tèrent à condamner le programme, la composition sociale,
les idées et l'élan impurs de cette rébellion; ils ne bougeraient
pas et continueraient à se reposer. Les autres pensionnaires
et moi-même, saisi, je l'avoue, davantage par l'envie de
m'ébattre que de combattre, nous avons couru en direction
du barrage des émeutiers. Angelita-Lola nous a promis de
nous rejoindre sitôt rafraîchie, ses bigoudis ôtés, habillée.

Le boulevard baignait dans un énorme nuage de fumée.
Des grenades lacrymogènes pleuvaient de partout, lancées
par les policiers ou rejetées par les insurgés sur leurs agresseurs avant qu'elles explosent et libèrent leurs gaz. Des bouts
de bois, des mottes de terre, des cailloux volaient au-dessus
des curieux et des automobiles rangées en bordure des trot-

toirs. Des garçons, des filles galopaient en tous sens, arrachaient des panneaux publicitaires, des poteaux de signalisation, des grilles d'égout. Certains s'attaquaient à coups de barre de fer aux kiosques et aux vespasiennes. Ils extrayaient du sol les pieux, brisaient les vitres, démantelaient complètement les édicules afin de s'approvisionner en piques et de dépaver d'autres rues. Ils se constituaient un arsenal de lances, d'assommoirs. Pendant ce temps les grenades tombaient. Les colonnes de fumée se rapprochaient, formaient un brouillard épais, très blanc, dans lequel on se bousculait, suffoquant, les yeux irrités. Des manifestants s'évanouissaient, transportés aussitôt hors du nuage et réanimés, à même le trottoir, par des camarades. L'arrachage des pavés se poursuivait à l'aveuglette. Des sympathisants les empilaient, se repliaient loin de la zone des combats. Ils se frottaient les yeux, replongeaient au milieu de la fumée, reprenaient le travail. Malgré les jets de pierres et de morceaux de fer, les renvois de grenades et les jets de bouteilles ou de verres réquisitionnés auprès des cafetiers, malgré cette averse de tessons et de galets, les forces de l'ordre avançaient, le visage protégé par des masques à gaz. Elles faisaient reculer les émeutiers, les acculaient à leur barrage. On devinait qu'elles allaient donner l'assaut à la barricade lorsqu'un commando d'étudiants ordonna de pousser les automobiles déjà fortement égratignées au milieu du chemin, de les retourner, d'y mettre le feu. Une dizaine de barricades nouvelles, en flammes, stoppèrent, au milieu des hourras des manifestants et même des badauds, la progression des hommes de la police. L'avantage obtenu par les insurgés leur valut l'adhésion, la sympathie des curieux. Un groupe de rebelles nous entraînèrent, mes compagnons et moi vers l'autre grand boulevard du quartier. Ils nous commandèrent d'ériger là aussi des barricades et d'obstruer la voie avec des voitures. Dans le même temps ils scieraient les arbres qui bordaient la route et les abattraient sur les amas de ferraille et les pavés. Se sont alors élevés des remparts atteignant le premier étage des immeubles. C'est dans cette mobilisation, avant même qu'eût lieu la mêlée, qu'Angelita-Lola nous a rejoints et s'est cassé le pied.

Soucieux de plaire, élégant mais dénué d'expérience et méconnaissant les dangers que font courir les révolutions, le travesti s'est amené chaussé d'escarpins à talons aiguilles. Des pavés roulaient sur le sol, des arbres s'effondraient, obligeant rebelles et sympathisants à courir, à sauter de côté. Les chutes de grenades nous faisaient reculer. Nous nous trouvâmes bientôt adossés à la barricade. Cette barricade, nous l'avions construite avec un tel enthousiasme et si distraitement que nous n'avions pris garde de savoir si, l'obstacle dressé, nous nous retrouverions devant ou derrière. Quand les policiers ont chargé nous avons découvert que nous étions restés du mauvais côté. Certains ont essayé de fuir par les rues latérales mais trop tard : les forces ennemies nous avaient habilement laissés nous enfermer dans notre cul-de-sac; elles n'auraient qu'à nous cueillir tel du gibier dans un piège. A moins que nous ne tentions d'escalader la barrière. Ce disant, mes camarades et moi, Zozo, les étudiants, le travesti, tous ensemble nous nous sommes rués à l'assaut des automobiles retournées, du bric-à-brac de planches, de tôles, de grilles, de troncs d'arbre. Grimper sur la barricade était difficile. Certains dégringolaient, remontant aussitôt, talonnés par les lanceurs de pétards et aidés par ceux qui, comme moi, avaient pu s'accrocher à des branches et s'installer au sommet. Terrorisée par les explosions, suffoquant dans son nuage de gaz lacrymogène, Angelita-Lola s'est suspendue *in extremis* à mon pantalon. Elle s'est laissé hisser, a sauté, les yeux rougis, n'y voyant plus, de l'autre côté, fracassant sur un pavé le talon de son escarpin et brisant sa cheville. Zozo et les autres, aveuglés eux aussi, avaient eu plus de chance; ils étaient retombés sains et saufs derrière le retranchement. Des gens qui voyaient encore nous ont aidés à gagner une zone plus aérée, plus sûre, où des infirmiers nous ont appliqué sur les yeux des linges trempés d'eau et ont couché le blessé sur une civière. Celui-ci gémissait, sa chaussure abîmée en main. Brusquement l'apprentie guérillère s'est mise à pester contre toutes les révolutions, celle-ci comme les autres, à jurer, dans une crise de larmes, qu'on ne l'y prendrait plus. La politique, elle la haïssait. L'amour, les fleurs et le plaisir elle les trouverait bien toute seule et par des moyens plus civilisés, plus conformes à son tempérament d'artiste.

Les policiers n'ont pas réussi à franchir l'enchevêtrement de ferraille, de pièces de bois, de pierres et de pneus. Ils ont attendu que la nuit tombe, que les sympathisants se retirent et les enragés se replient, pour appeler les pompiers, démanteler avec eux le barrage, dégager la rue. Mais le lendemain les émeutiers réapparaissaient, plus nombreux encore que la veille. Ils dressaient de nouvelles barricades. Au bout d'une semaine la rive gauche de Paris n'était plus qu'un champ de bataille. Des milliers de manifestants bloquaient les routes, renversaient les autobus. Ils occupaient des édifices publics et organisaient partout des meetings. Des grèves éclataient dans les quartiers saisis par l'insurrection. La paralysie des activités se généralisait, touchait les usines et les écoles de la banlieue, des autres villes, du pays. Dans la capitale et en province, du nord au sud et de l'est à l'ouest, personne en France ne s'ennuyait plus. Les ouvriers parcouraient les rues en brandissant des calicots, des drapeaux. Les vendeuses, dans les grands magasins, ne vendaient plus; elles flirtaient avec les vendeurs. Les laveurs de vitres se promenaient loin des maisons de verre, pique-niquaient sur les pelouses des parcs, jouaient au foot-ball. Les écoliers s'ébrouaient du matin au soir dans des rues que les balayeurs ne balayaient plus. Les bureaux et les administrations fermaient. Les ministres cachaient leur argent, leurs bijoux. Les banquiers mettaient en lieu sûr leurs titres, leurs toiles de maître et leurs femmes. Redoutant de se faire égorger ils accordaient des vacances prolongées à leurs chauffeurs et à leurs domestiques. Les éboueurs, devant chez eux, se croisaient les bras. Les ordures, sous les fenêtres des salons, s'amoncelaient. Paris puait, lançait des pavés, chantait. Mes amis et moi provoquions les policiers. On les excitait puis on se sauvait. On grimpait sur les statues, on se hissait au-dessus de la nappe de fumée, profitant de l'escalade pour nouer des fanions rouge vif au cou des grands hommes. Le sang ne coulait pas. On adorait ce mélange de petite guerre et de grande fête, cette révolution qui ne faisait pas de morts. Fatigués de galoper on allait s'asseoir dans les amphithéâtres des facultés, où des tribuns d'occasion faisaient des discours. On revenait vers l'hôtel, exténués, mourant de faim, quelques heures seulement avant l'aube.

Le gros de l'émeute s'étala sur une dizaine de jours puis la ville retrouva un certain calme. Les policiers se tenaient sur la réserve. Les batailles de rue, les affrontements étaient suspendus et les barricades démantelées. Les insurgés organisaient leurs pouvoirs. Ils mettaient sur pied toutes sortes d'activités. Les uns créaient des affiches, des journaux. D'autres étudiaient le moyen de remplacer les patrons et les directeurs d'école par des collèges d'élèves et de travailleurs. Certains donnaient des cours d'économie et d'orthographe nouvelles, faisaient de la musique, ouvraient des crèches ou des ateliers de peinture. On montait des sketches, on vendait des livres. Un groupe se livrait à des expériences de cuisine baptisée naturo-socialiste. Les bâtiments de l'université, les cours, les préaux devenaient des champs de foire. Ceux qui, jusque-là, étaient restés chez eux osaient s'y montrer. Des pères de famille, des vieilles dames coiffées de chapeaux rajeunis par des roses rouges venaient s'esbaudir. Chacun se sentait devenu seul maître de soi. Caporaux, préfets, surveillants, petits et grands chefs, y compris celui de l'État, s'étaient éclipsés. Paris s'émerveillait de lui-même, la France s'amusait. Cependant le grand chef, envolé en hélicoptère et que ses ministres eux-mêmes ne trouvaient plus, le grand chef brusquement est revenu sur terre. Il a réoccupé son palais, essayé sa belle voix jupitérienne, a tonné : « Ou la France et moi ou le chaos ! » Et alors tous ceux-là, qui s'étaient fidèlement cramponnés aux survivances de l'ordre ancien, tressaillirent. Ils se mirent au garde-à-vous, sortirent dans la rue, ruisselant de larmes de gratitude et de soulagement. Ils s'attaquèrent à ceux qui avaient osé les troubler, répondant ainsi à l'appel du grand chef et braillant comme lui. Les gens qui s'étaient divertis n'eurent plus dès lors le droit que de s'en souvenir. L'ennui, le patriotique ennui avait opéré son retour.

Les ministres du chef aussitôt se concertèrent. Celui qui administrait la routine intérieure la rétablit en un temps record et avec une grande fermeté. Cet homme s'en prit à ma personne. Il s'était juré de chasser les fauteurs de ces divertissements exotiques et sauvages et même pires : antinationaux. Il les renverrait chez eux puisque, par définition, ils étaient, ne pouvaient être que des étrangers, les plus turbulents d'entre eux, décida-t-il, provenant d'Amérique du Sud. A ce titre-là et sans que je m'en doute la police du ministre a cherché à me localiser.

Pendant tout le mois qu'avait duré le chambardement de Paris je n'avais pas ouvert un livre, pas écrit une seule ligne sauf pour corriger les épreuves de l'ouvrage sur la guérilla : vu l'ambiance, l'excitation, la curiosité qui régnaient dans le public l'éditeur tenait à le faire paraître au plus vite.

Dehors, la troupe avait envahi l'université, expulsé les occupants et réinstallé dans leurs murs les chefs du savoir. La fête, toutes les fêtes : défilés, projections gratuites de films, débats-popotes, dramaturgie de rue, lectures de poèmes, barricades et même carmagnoles, toutes les fêtes étaient finies, il fallait payer. Directeurs de résidence, patrons d'hôtel, propriétaires de studios et de chambres de bonne, tous exigeaient des locataires qu'ils s'acquittent de leurs dettes, sous peine de les expulser de leurs logements. Je me suis remis à rédiger des articles mais cette fois pour des journaux sud-américains déroutés par les nouvelles venues de

France, assoiffés de témoignages et d'explications. Ces articles m'ont valu les ennuis les plus graves avec mon Organisation.

Mes camarades de la cellule de propagande avaient tous plus ou moins participé à la rébellion des Français et chacun pour son propre compte. Il n'existait pas à Paris d'organisation semblable à la nôtre. Argentins, Chiliens, Brésiliens avaient pris langue avec toutes sortes de personnes, au gré du hasard et des découvertes. Engagé sans trop le vouloir, par distraction, puis me prenant au jeu je m'étais souvent retrouvé dans les meetings, les manifestations avec des garçons et des filles qui m'avaient instruit de la vie et des luttes menées par des personnages mal connus et pour qui le pain donné à tous, même gratuitement, restait amer si, dans le même temps, l'amour, toutes les amours qu'ils désiraient étaient refusées à ceux qui mangeaient. Ces jeunes révoltés, poètes autant que politiques, m'avaient exposé les idées d'un certain Bakounine et d'un certain Fourier. C'est ainsi qu'à mon insu j'avais contracté une nouvelle fièvre idéologique : l'anarchisme. Pareils à la roséole qui viendrait tacher la peau d'un fornicateur, les symptômes de la maladie étaient apparus dans mes descriptions destinées auxdites publications d'Amérique. Un lecteur anonyme, léniniste depuis toujours, avait fait remettre un de ces articles, critiqué dans les termes les plus durs, à un sympathisant de l'Organisation. L'article avait été colporté, discuté. On y avait joint des protestations, jusqu'à ce qu'il arrive à la direction et enfin qu'il revienne en France où le responsable du réseau me convoqua, m'accusa. J'avais, disait-il, perdu l'esprit de science, je rêvais, mon militantisme devenait suspect. Il convenait de me reprendre en main et de me surveiller. Enfin — et là était le plus grave — si le livre à paraître présentait des traces du même vice l'Organisation m'exclurait de ses rangs.

Le livre a paru. Mes censeurs en ont épluché les lignes et les interlignes, ont pesé sur leurs petites balances théoriques, à fléau sensible et objectif, pour tout dire : infaillible, les paroles écrites, les sous-entendus, et tous les silences qu'ils flairaient; et ils ont conclu à la persistance du mal. Ils ont, pour mieux me condamner, fait remonter ma perversion au jour même où j'avais adhéré au mouvement. C'était comme pervers et pour pervertir que je m'y étais infiltré. Les combats, la peur, les privations, l'arrestation, la torture, toutes ces choses que, pour ma défense, j'ai cru bon opposer, elles avaient seulement servi à séduire, abuser mes chefs et dissimuler mes buts. J'y avais mis le paquet, j'avais joué le grand jeu. Mais un jour on en fait trop, on se démasque : je m'étais démasqué. Jamais plus l'Organisation n'enrôlerait un seul étranger, qui plus est se révélait pervers jusque dans ses mœurs. Ceci ressortait du témoignage apporté du fond de sa prison par une camarade à qui je m'étais ouvert : Beatriz. Ce témoignage sur ma vie privée confirmait l'autre perversion, politique.

Je n'ai pas supporté qu'on m'accable encore; je me suis levé de cette table d'arrière-salle de café autour de laquelle mes camarades et le responsable du réseau s'étaient transformés en juges. Incapable d'articuler un son, pris de vertige et trébuchant contre les sièges, je me suis retiré, j'ai gagné la rue. Zozo, à qui j'avais confié mes ennuis, m'attendait, attablé à une terrasse voisine. Sans lui je me serais arrangé pour tomber devant la première voiture venue, mieux encore : sous une rame de métro de la station toute proche. N'était la présence du garçon j'eusse tenté de mettre un terme à cette pantalonnade qu'était devenue ma vie.

Je ne sortais plus. Je restais allongé, comme quelqu'un qui dort les yeux ouverts, sur mon lit. Je refusais de manger, de me laver, de parler. Rien n'avait plus de sens. Les gestes et les paroles, si purs soient-ils, se retournent toujours contre leur auteur; désormais je m'en abstiendrais.

— Tu ne vas tout de même pas te laisser mourir! s'exclamait Zozo.

Je ne répondais pas, ne hochais même pas la tête. Je me tenais immobile, enfermé dans le désir de la mort. Ma barbe

poussait, je maigrissais, je suais. J'ai aussi pissé dans mes
vêtements que je n'ôtais plus. Pareillement à mon âme
j'attendais que mon corps se défasse. En me parlant avec
douceur, une extrême patience, Zozo m'a aidé à retrouver
la parole. Puis il m'a fait boire du lait, m'a dévêtu, m'a lavé.
Mais je ne voulais pas sortir, j'avais peur qu'on me regarde,
qu'on me montre du doigt, qu'on m'agresse.

— Allez, ça te fera du bien de prendre l'air.

— Non, lui opposais-je.

— On ne marchera pas sur le boulevard, on se tiendra à
l'écart, on ira dans le jardin du Luxembourg.

— Non.

— S'il le faut, je te défendrai. Lève-toi.

— Non.

— Tu ne vas pas rester toute ta vie enfermé dans cette
chambre!

— Je ne sais pas. Je ne sais plus...

Le garçon de l'hôtel m'apportait des fruits, des petits pots
de yoghourt, insistait à nouveau pour que je fasse avec lui
quelques pas, que je me dérouille les jambes. Je m'entêtais à
demeurer au lit. Cet état de prostration a duré des jours.
Zozo m'a soigné, m'a entretenu; j'étais son enfant. Finalement, un jour, à bout de patience, il s'est fâché :

— Maintenant je t'habille et tu vas sortir!

— J'aimerais mieux...

— Debout!

— Et si on me reconnaît?

— Qui ça! on?

— Je ne sais pas... si on m'attaque...

— Lève-toi! a-t-il ordonné, ajoutant que je divaguais, me
faisais des idées.

Nous sommes allés nous promener dans le jardin du
Luxembourg. On était en juin, le temps était doux.
D'énormes parterres de sauges dessinaient une succession de
tapis rouges; des rosiers à fleurs grenat, presque aussi grosses
que des pivoines, bordaient les allées. Des rubans de soucis
caracolaient sur les pelouses. La terre entre les arbustes avait

été sarclée et meublée, aucune mauvaise herbe n'étouffait les fleurs, on voyait encore entre les plantes les traces du passage des râteaux. La beauté du lieu, la distribution des bosquets, l'éclat des fleurs me faisaient revivre. En dépit de tout je sentais que n'était pas morte en moi cette chose, incongrue et comique au regard de la révolution, cette respiration des faibles : mon âme de jardinier. Zozo souriait de me voir sourire aux plantes. Il me suivait, ravi que je marche devant lui, tout seul, sans craindre qu'un individu surgisse soudain de derrière une haie et me frappe. Nous avons fait le tour du grand bassin, traversé la moitié du parc et avons gagné une élévation où se dressaient, derrière une balustrade, des bancs. On pouvait de là saisir du regard l'ensemble des parterres, apprécier l'ordonnance des arbres et des pelouses, considérer le tracé parfait des allées. J'étais semblable à ces convalescents lorsqu'ils sortent, pour la première fois, après une longue maladie. Le jardin, je le mangeais des yeux.

— Tu es content, ça va ? demandait mon compagnon.

— Oui... ça va... ça va bien..., répondais-je, lentement, étonné de m'entendre parler ainsi, et je détachais enfin mon regard du paysage et me tournais vers lui. Je vais... bien... bien... mais sans toi... Qu'as-tu donc, que se passe-t-il ? ajoutai-je, changeant de propos.

Les yeux de Zozo s'embuaient. Des larmes se formèrent, rompant le fin barrage des cils et roulant sur ses joues.

— Mais qu'as-tu ? répétai-je.

— Oh, rien, c'est toujours comme ça... faut toujours que je devienne amoureux de gens qui ne m'aiment pas.

Je l'ai laissé pleurer. Je ne pouvais, l'entendant, m'empêcher de penser à Sonia. Curieusement son souvenir suscita en moi comme une gêne. Je me suis demandé si elle aussi se serait retrouvée du côté de mes juges et si elle m'aurait condamné.

Je ne lisais plus les journaux. J'ignorais que la police avait mis la main sur des étrangers suspects d'agitation, d'intro-

duction en France de méthodes politiques et d'idées dangereuses, disait-elle, pour les mœurs et pour les traditions du
pays. Le ministre chargé d'en purifier ses concitoyens avait
expulsé un premier contingent de trublions, parmi eux un
juif allemand, des Espagnols, des Tunisiens, des nègres de
provenance diverse et un Suisse qui vivait avec une étudiante
communiste arabe. De semblables mesures devaient inces-
samment frapper un groupe de Sud-Américains; les services
de l'expulseur en établissaient la liste. Mon éditeur, qui
d'urgence m'avait convoqué, redoutait d'y voir figurer mon
nom car les mêmes services préparaient, tenait-il d'un informateur, un décret visant à saisir mon livre. Si l'information
se confirmait, la maison défendrait l'ouvrage mais elle ne
pourrait défendre l'auteur. Le décret de saisie est tombé *. Il
convenait de prévenir celui d'expulsion, de le rendre sans
objet : de quitter le pays. L'orage passé, la sanction évitée,
l'éditeur estimait qu'après quelques mois je pourrais revenir. Ainsi tracassait-on le Sud-Américain que je n'étais pas,
qu'on ne pourchassait pas encore mais qu'on priait de fuir.
A cause d'un bouquin qui deux fois m'avait perdu : devant
mes amis et devant mes ennemis. Cependant ce qui m'angois-
sait le plus était de ne savoir où partir. L'éditeur m'incita à
me replier sur mon pays d'origine. Il m'offrit même, alors
que j'aurais pu prendre le train, un billet d'avion.

J'ai embarqué le jour même, malgré le mauvais temps,
mais le pilote, habitué sans doute au ciel plombé du Nord,
aux orages, à la grêle, avait décidé de décoller. L'appareil
progressait à travers les nuages et la pluie. Des rafales de

---

* Voir *Pour la libération du Brésil,* de Carlos Marighela, présentation de Conrad Detrez, éditions du Seuil. L'ouvrage, interdit par le
ministre de l'Intérieur et saisi, a été réédité, à firme commune, par
Aubier-Montaigne, Christian Bourgois, Buchet-Chastel, Le Cen-
turion, Le Cerf, Armand Colin, Denoël, Esprit, Flammarion, Gal-
limard, Grasset-Fasquelle, Pierre Horay, Robert Laffont, Magnard,
Maspero, Mercure de France, Minuit, Robert Morel, J.-J. Pauvert,
Seghers, Le Seuil, La Table Ronde, Claude Tchou. [*N. d. E.*]

gouttes, traversées de lueurs d'argent, criblaient les hublots, éclataient, se déchiraient, collant aux vitres des voiles transparents et flous. Si la foudre pouvait fondre sur l'avion, souhaitais-je, et le faire exploser! Ma vie entière demandait cette fin violente, accordée en dehors de tout pays puisque, tous, ils me rejetaient. Elle aspirait à cette destruction instantanée, en plein ciel, par le feu, le fer et l'eau conjugués. L'avion malheureusement a pris de la hauteur. Il a survolé les volcans grisâtres et floconneux, leurs coulées d'éclairs, leurs poches d'électricité. Après une demi-heure de vol il s'est posé sur une piste inondée de flaques de mazout et d'eau dans lesquelles se reflétaient des cortèges de nuages, débarrassés de leur bourre explosive, et redevenus blancs. Nous étions arrivés. Nous sommes descendus, j'ai marché vers un bâtiment où j'ai lu, reproduits au moyen de dizaines de petites ampoules et deux fois transcrits, les mêmes mots, tels quels et inversés, confirmant que je me trouvais bien à BRUS-SEL-BRUXELLES *ou* BRUXELLES-BRUSSEL. Je me suis approché de la douane de Bruxelles-Brussel. Un petit homme rougeaud m'a posé, dans une langue que j'avais eu le temps d'oublier, une question de laquelle j'ai tout de même saisi le terme inutile de *declareeren* car vraiment si j'avais voulu déclarer ce que je ressentais le petit homme aurait changé de couleur, perdu le rouge de ses joues et pris un teint livide, aurait verdi et m'aurait conduit à un autre service plus compétent que le sien : l'infirmerie. Je n'avais donc rien à *declareeren;* j'ai franchi le tourniquet me séparant du hall. Au-delà des hautes fenêtres, du terre-plein, de l'autoroute, s'étendait ce pays qui ne m'attendait pas plus que l'enfer l'âme d'un martyr ou le chœur des anges un succube.

J'ai pris une chambre dans un hôtel, situé aux abords d'une gare : la station Bruxelles-Brussel-Midi-Zuid, et tout près d'un boulevard fréquenté de jour comme de nuit par d'énormes camions. Ce boulevard menait au canal reliant le port de la capitale à celui d'Anvers. Les poids lourds allaient

y charger et décharger des marchandises. Lorsqu'ils passaient devant l'immeuble les vitres des fenêtres, le miroir
au-dessus de l'évier, la table de nuit de la chambre, les murs
tremblaient. Un peu comme à l'hôtel de Montevideo les jours
de grand vent. Et comme à Montevideo, bien qu'on fût en
été, tous les jours il pleuvait. Les rues, les parkings, les trottoirs étaient creusés de poches d'eau. Une des voies d'accès
à la gare, la plus courte pour moi, se trouvait barrée : on y
procédait à des travaux de réfection. De la fenêtre de ma
chambre mes regards dominaient le chantier. Je n'avais pas
envie de sortir, d'aller voir d'autres lieux; la pluie aurait tôt
fait de tremper mes vêtements et cette ville ne me disait rien,
je n'y connaissais personne. J'y étais venu une seule fois,
lorsque j'étais séminariste, désireux de visiter la cathédrale
et d'assister à une messe en français alors qu'à Louvain on se
battait encore pour maintenir le latin. Après la cérémonie je
m'étais promené dans le quartier autour de l'église. J'avais
conservé le souvenir d'avenues grises, de nuages gris, de maisons aux briques noires et aux fenêtres enduites d'une couche
de poussière si épaisse qu'elle en occultait les rideaux. Ces
maisons comme la ville avaient quelque chose de mort; elles
appartenaient à l'État. Je n'avais jamais éprouvé le désir de
les revoir.

Je sortais de l'hôtel pour manger, revenais avec des journaux, repartais quand j'étais fatigué de lire (ou que m'an-
goissaient les nouvelles en provenance d'Amérique du Sud)
et que je m'ennuyais à regarder le boulevard, les trous, les
barrières fermant la chaussée en réparation, le trafic des
véhicules et le ciel de la couleur des toits, zinc et plomb, de
Bruxelles-Brussel. Je m'échappais, traversant, un journal
tenu au-dessus de ma tête, l'espace qui me séparait de la
gare et j'allais déambuler ou m'asseoir dans le hall. Là,
j'attendais que le temps passe, que survienne la mort. Mourir allait de soi, j'avais tout vécu, je dépensais mes dernières ressources. Plus rien ne me poussait à écrire, chercher
du travail, une autre femme, un ami. Je pensais seulement
à ceux et celles que j'avais perdus, me remémorais leurs

visages et nos conversations. Très vite le souvenir de Sonia
supplantait les autres. Une nuit, j'en ai rêvé.

Sonia se trouvait assise derrière une grille où moi-même,
emprisonné un an plus tôt, je m'étais assis. Le gardien ne se
souvenait sans doute pas de moi. Il m'avait laissé pénétrer
dans la salle, une pièce blafarde, semblable à un parloir
d'hôpital ou de couvent (il y avait, accroché au mur, un
énorme crucifix de bois). Mais dans ce parloir je n'osais
parler; je craignais que le surveillant reconnût ma voix. Je
me tenais debout devant la prisonnière et remuais les lèvres
dans l'espoir qu'elle déchiffre le message qu'en silence
j'essayais de lui transmettre. La jeune fille hélas! ne semblait
pas me voir. Des larmes noyaient ses yeux, roulaient sur ses
joues. Le visage de la jeune fille restait immobile, ses traits
figés. Elle regardait dans le vide. J'aurais voulu m'avancer,
lui prendre les mains. Cependant je transpirais de peur;
je voyais, serrées sur sa mitraillette, les mains du geôlier
qui m'avait fouillé. Je ne pouvais articuler un son, ébaucher
le moindre geste ou j'allais attirer son attention et me faire
prendre. Je ne supportais pas non plus les pleurs muets de
mon amie, ces larmes, ce regard de morte en sursis, ni l'idée
qu'elle m'imagine loin d'elle, indifférent à son sort. Je n'ai
pu me retenir, j'ai crié :

— Sonia! Sonia!

La jeune fille n'a pas bronché. Elle était également devenue
sourde ou alors le son de ma voix mourait avant d'atteindre
la grille. Mais le gardien, lui, m'a entendu. Il a sursauté, a
pointé sur moi son arme, et j'ai basculé, la tête en arrière.
Je suis tombé, tombé, tombé... Je me suis retrouvé dans la
cour : une cour de caserne, ai-je d'abord pensé, à cause de
l'aspect des bâtiments et des véhicules : des jeeps, des camions
vert olive, arrêtés le long d'un mur. Cependant des femmes
vêtues de blouses, de jupes, de tabliers blancs allaient et
venaient portant des flacons remplis de liquide grenat, des
piles de serviettes. Ces femmes devaient être des infirmières
et la cour appartenir au même ensemble que le parloir :
j'étais bien dans un hôpital, plus exactement un hôpital

L'HERBE

militaire. Des soldats d'ailleurs ont paru, la mitraillette au
poing et escortant eux aussi une femme, bâillonnée celle-ci
et que j'ai seulement reconnue lorsqu'elle est passée devant
moi : c'était encore Sonia. Ses yeux, grand ouvert, n'ont pas
sourcillé, elle ne me voyait pas davantage que derrière les
barreaux. Ils l'ont aveuglée, me suis-je dit, ils lui ont brûlé
les yeux. Sonia ne voit plus, n'entend plus, ne parle plus;
c'est une morte vivante, ils ont tué ses sens. Ses bourreaux
l'ont rendue somnambulique à jamais. Ils l'ont torturée,
opérée et lui ont cautérisé certaines parties du cerveau; ils
ont fait de leur prisonnière un fantôme... Mais le fantôme
a prononcé mon nom, l'a répété, malgré le bâillon, et d'une
voix neutre et nette, d'outre-tombe : la voix aggravée de
Sonia lorsque la fatigue ou la tristesse l'envahissaient, surtout le soir. Et après mon nom elle ajoutait, sur le même
ton : « Viens me chercher... viens me chercher... » L'aveugle
parlait et les soldats ne l'entendaient pas. Ils ne réagis-
saient nullement, continuaient à se comporter comme s'ils
accompagnaient une femme sans langue, la bouche close :
les soldats se fiaient au bâillon. Moi seul percevais ses
paroles. Là aussi j'ai voulu qu'elle sache que j'étais près d'elle,
que je la voyais et comprenais son appel. Et les cris m'ont
échappé :
— Je viendrai, Sonia, je viendrai...
Les soldats, eux, m'entendaient. Ils ont bondi vers moi, ont
fait feu. Mon corps s'est divisé en deux, criblé de balles
tirées suivant une même ligne, un pointillé allant de l'angle
du cou au sexe. J'ai vu mon épaule, mon bras, la moitié de
ma poitrine, mon côté gauche m'abandonner. Cependant les
mots de la jeune fille me parvenaient encore. La partie de
mon corps restée debout, elle aussi, se divisait, sectionnée
par une nouvelle rafale de mitraillette, et cette fois les deux
morceaux se sont écroulés tandis que ma bouche, tombant
après le reste, hurlait toujours : « Je viendrai... je viendrai... ». Le réveil m'a surpris, l'appel de Sonia m'avait
bouleversé. Je me suis ressaisi, me suis juré que je ne la laisserais plus dépérir. Je vivrais, chercherais de l'embauche. Je

retrouverais des forces, me vouerais à la lutte pour sa libération. Et, si je n'avais fait qu'un mauvais rêve, eh bien, je me
battrais pour celle des autres prisonniers. Comme naguère
à Paris je ferais campagne, je dénoncerais la torture.

Il fallait que je parle à des journalistes. Dans ce pays je
n'en connaissais point. Mon village natal ne produisait pas
ce genre de personnes et au pensionnat de Saint-Rémy, où
les maîtres et les élèves vivaient repliés dans leurs murs,
entièrement coupés de la population du bourg, on orientait
seulement les jeunes gens vers la prêtrise ou l'agriculture. Du
reste au village les habitants n'avaient jamais vu de près ni
de loin aucun journaliste. Ce métier faisait impression,
évoquait des choses importantes, qui se passent ailleurs,
inspirent le respect, un peu comme celui de pilote ou d'ac-
teur : des métiers conçus pour les gens qui grandissent dans
les villes. Avant de m'expatrier je n'avais jamais eu de vrais
contacts qu'avec les fermiers, les boutiquiers que ma mère
fréquentait : l'épicier, le boucher, le boulanger de ma rue,
avec quelques artisans et les ecclésiastiques, eux-mêmes
campagnards, qui avaient pris en charge mon instruction.
Plus tard, dans mon début de jeunesse à Louvain, le séminariste que j'étais avait seulement eu le droit de fréquenter
d'autres séminaristes ou des théologiens. Les rares étudiants
connus après mon retrait des ordres étaient étrangers. Trop
d'années me séparaient de cette époque. Ils avaient eu le
temps de regagner leurs pays. Aucun de ces étudiants d'ailleurs ne faisait des études de journalisme.
Il n'y avait qu'à plonger, ouvrir l'annuaire des téléphones
et appeler les chroniqueurs de politique étrangère des quotidiens, de la radio et, si je parvenais à vaincre la timidité
qu'ils m'inspiraient, les messieurs de la télévision. Des voix
encore jeunes m'ont répondu : celles des rédacteurs qui
suivaient les affaires d'Amérique latine, trois d'entre eux
manifestant une curiosité certaine pour les drames, les
progrès, les échecs, les problèmes de la révolution. Et ceux-là

connaissaient mon nom. Ils avaient commenté, heureux de découvrir en moi un compatriote, la saisie de mon livre sur la guérilla. Ils seraient ravis de m'interviewer. On convint de se voir dans les jours suivants. L'un d'eux raccrocha me décernant un « salut, camarade ! » enthousiaste et un peu martial qui me fit redouter qu'on me prît pour le prêcheur d'une doctrine ou d'un groupe.

Ces trois journalistes se connaissaient. Ils étaient issus de la même université, avaient, étudiants, commencé à militer dans les rangs de l'extrême gauche. Ils s'étaient, disaient-ils, infiltrés dans la presse afin de diffuser l'esprit de la révolution. Hélas ! dans ce pays les organes importants de l'information se trouvaient aux mains des bourgeois. Tous les jours ils se battaient pour glisser, ci et là, dans leurs articles, ou dans les journaux parlés, tel mot du vocabulaire partisan. Ils se voyaient contraints d'apporter une masse d'arguments techniques chaque fois qu'ils tentaient de faire passer un reportage illustrant, fût-ce par la bande, leur idéologie. Ils vivaient en permanence au milieu de l'ennemi, jouissant toutefois du même salaire, du même prestige, et du même confort, mais sans cela comment supporter les souffrances du combat ? Ils étaient bourgeois avec les bourgeois, mangeaient avec eux, fréquentaient leurs maisons et flirtaient avec les épouses ou les maîtresses des bourgeois afin de mieux s'imposer et de rendre pratiquement inexpugnables leurs positions. Plus leur vie s'identifiait à celle de leurs adversaires moins ceux-ci conservaient les moyens de les mettre à l'index. Les trois journalistes luttaient sur un front subtil. Heureusement, de temps en temps, se montrait une personne porteuse d'une nouvelle qui plaisait. Ils se jetaient sur ladite personne, montaient en épingle ses dires. Ils réalisaient l'interview qui les consolait de toutes les autres.

Ces hommes, légèrement plus jeunes que moi, m'ont fait parler avec abondance. L'énumération des sévices infligés à ceux qui m'étaient chers ne manquait pas d'intérêt, c'était même journalistiquement très bon, de même que le récit des péripéties qui avaient conduit à la suppression progres-

sive des libertés et à l'implantation de la dictature. Ils désiraient cependant aller au-delà, aborder ce qu'ils appelaient
« la vraie question » : la justesse des moyens employés pour
mener le combat. L'interview devenait un pur acte de militant : ils cherchaient, ces journalistes, à me faire dire ce
qu'eux-mêmes pensaient de la guérilla, des partis et de
l'Amérique du Sud. L'ennui est qu'ils ne pensaient pas tous
les trois la même chose. L'un croyait au prolétariat des villes.
L'autre mettait son espoir dans les paysans. Le troisième
défendait le rôle, sinon exclusif du moins décisif, du petit
nombre bien formé et bien entraîné, quelle que fût son
origine de classe : l'avant-garde politique et militaire des
masses, comme il le déclarait d'une voix fine, encore impar-
faitement posée, mais vibrante. Partant de ces prémisses mes
interviewers se sont ainsi livrés devant moi à une discussion
terrible, ont lancé des idées, esquissé de brillantes analyses. Ils
se sont jeté à la tête un tel florilège de citations que j'ai fini
par m'y perdre. Je me suis excusé, j'étais fatigué. De plus, je
l'avouais, l'occasion ne m'avait pas été fournie de lire la
totalité des ouvrages dont ils se réclamaient.

— Comment! T'as pas lu? Mais c'est capital!

— Sans doute mais là-bas, vous savez, on ne trouve pas
facilement ces livres et on n'a pas toujours le temps...

— C'est ça, renchérit mon censeur, on ne lit rien et on fonce,
et naturellement on se casse la gueule. L'aventure! je l'avais
bien dit : du pur aventurisme! Une révolution d'ignorants!

— Je... enfin... expliquai-je, on connaît quand même un
petit peu le terrain... on apprend... au fur et à mesure qu'on
s'organise, qu'on vit... on a un peu de pratique...

— La pratique! Toujours la pratique! Vous n'avez que ça à
la bouche : la pratique! Et les armes de la théorie, hein,
qu'est-ce que vous en faites?

De la théorie également on avait tâché d'en avoir et même
des certitudes. Seulement les choses ne s'étaient pas déroulées
comme on les avait prévues. Il y avait eu des ratés, des surprises. Le contrôle des forces mises en œuvre nous avait
parfois échappé.

— Parce que vos analyses étaient mauvaises, trancha l'interviewer.

— C'est possible, reconnus-je.

— Et maintenant? Faites-vous au moins votre auto-critique?

— Ben je pense que oui...

— Toi aussi? Tu le sais bien : c'est contre-révolutionnaire que de s'omettre, c'est de la trahison.

L'interview avait tourné au réquisitoire. Je me défendais mal, j'ai lancé que, vue d'Europe, l'Amérique du Sud n'avait peut-être pas grand-chose à voir avec celle des tropiques. Les militants de la presse se sont sentis visés. Ils ont tu leurs divergences, se sont serrés les coudes, ont trouvé contre l'hésitant que j'étais une plate-forme commune. L'Amérique du Sud, c'était vrai, ils n'y avaient pas encore mis les pieds. Ils avaient toujours vécu en Belgique mais ils allaient presque toutes les semaines à Paris. Ils y connaissaient des exilés, assistaient aux débats, aux meetings que ceux-ci organisaient. Ils avaient lu tous les livres d'histoire, d'économie et de sociologie rédigés par des natifs de ce continent et ils avaient vu, dans les cinémathèques, des films tournés au Mexique, au Brésil, au Chili. C'était plus que suffisant pour juger. Point n'est besoin d'attraper la tuberculose ou la scarlatine pour savoir scientifiquement ce que c'est et pour la guérir. Lénine avait préparé à Paris la bataille gagnée à Moscou et, avant de conduire ses hommes à la victoire, Guevara n'avait jamais foulé le sol de Cuba, contrairement à tous ces Cubains nés sous le ciel cubain et parlant cubain travaillant dans des champs de canne à sucre cubains, étudiant à Cuba et mangeant à longueur d'année des bananes cubaines et qui, tant de fois avant l'arrivée de l'Argentin, avaient fait des plans, emmagasiné toutes les pratiques possibles, s'étaient lancés dans des tas d'actions et avaient échoué!

Mes accusateurs parlaient bien. Ils avaient peut-être raison. Je m'étais trop laissé devenir brésilien, j'avais pris les défauts de ces gens : l'improvisation, le sang chaud, la témérité, le goût du jeu et, qui sait? de la mort. Je m'étais moi-

même condamné à l'échec. Pire encore : je n'étais pas fait
pour la révolution. Je ne savais au demeurant plus pour quoi
j'étais fait. J'ai demandé tout de même aux révolutionnaires
de Bruxelles-Brussel, eux qui en avaient le pouvoir, de diffuser la partie de l'interview concernant les tortures. Ces tortures peut-être aujourd'hui encore mutilaient le corps de
Sonia, celui de Beatriz et, je le craignais, de Fernando, de tous
ceux que j'avais connus là-bas et aimés...

— Aimés? demanda un des interviewers.

...avec qui j'avais travaillé et pour qui je lançais cet appel
à l'opinion publique, aux responsables et organismes qui...

— Ça va! Ça va! dit-il encore.

Et il me reprocha de parler trop isolément de ces choses.
Il convenait d'insérer ma dénonciation « dans une analyse
plus globale » et transmettre un message « plus explicitement
politique ». Ou alors, regrettait-il, on perdait une bonne
occasion de faire s'interroger auditeurs et lecteurs sur leurs
convictions. La torture, naturellement, les indignerait et ils
mépriseraient les gouvernants qui la couvrent. Il fallait
aussi les pousser à prendre parti pour ces hommes qui se
proposaient de l'abolir : les tenants de la révolution. Moi,
je voulais bien. Cependant je constatais que plusieurs groupes
hostiles se l'arrachaient, la révolution, et je me sentais incapable de signaler lequel avait le plus de chances de vaincre les
bourreaux. Malgré cela je consentais à en désigner un : la
classe ouvrière par exemple, mais alors les amis de la paysan-
nerie et de l'avant-garde s'opposaient à la divulgation de mes
propos. Quelque groupe que je choisisse je me heurtais à des
refus. Comme je tenais avant tout à sauver mes amis j'ai
reparlé des sévices. Je n'avais rien d'autre à ajouter; j'ai
demandé à mes interviewers la permission de me retirer.
Toutes ces discussions m'avaient accablé, je n'en pouvais
plus, la tête me tournait. Je voulais rentrer à l'hôtel, me jeter
sur mon lit, dormir.

J'ignore si mes déclarations ont été diffusées. Je n'ai pas
cherché à le savoir. D'ailleurs je ne désirais plus rien savoir.

De personne, d'aucun pays, d'aucun journal, d'aucun lieu. J'aspirais seulement à reposer en paix, perdre la mémoire, m'éteindre, « partir » comme on dit dans mon village lorsqu'un homme meurt.

Je suis parti. Sans, je pense, déranger personne. J'ai mis quelques jours à le faire. J'ai d'abord gagné une des trois gares de Bruxelles-Brussel : la Station Centrale, et là j'ai pris le train à destination du bourg de Saint-Rémy. La ligne de chemin de fer ne passait qu'à dix ou douze kilomètres du village mais je poursuivrais à pied jusqu'à la maison où j'avais grandi, que je craignais, après tant d'années, de retrouver démolie ou sans toit.

Il pleuvait. Le convoi a quitté la gare, a traversé la banlieue nord et noire de la ville, a longé des vergers, des champs de blé aux épis grisâtres et aux tiges à demi couchées par les orages, pourrissant sur pied. Le train a filé entre d'interminables plantations de betteraves dont, par contre, l'abondance des chutes d'eau avaient précocement fait croître les feuilles, vigoureuses et larges comme de la rhubarbe. Le train est arrivé en vue de Louvain. J'ai retrouvé la tour de l'université et j'ai distingué, parmi d'autres flèches, celle du séminaire où était venu vers moi Rodrigo. Je me suis rappelé son invitation à le rejoindre dans ce Brésil où il ne s'était pas montré, où en vain je l'avais attendu, victime peut-être de circonstances que je ne connaîtrais jamais. A travers les vitres du compartiment, entre le ruissellement des gouttes, je regardais ces maisons, ces rues qu'autrefois on dépavait avec tant de rage et que depuis lors, me sembla-t-il, l'autorité du lieu avait fait asphalter. Les wagons ont franchi la Dyle, toujours aussi crasseuse et roulant les mêmes détritus, les mêmes eaux provenant des égouts, des urinoirs et des chiottes de tous ces couvents, scolasticats, internats, transformés à l'époque en champs clos des batailles linguistiques et liturgiques, cette Dyle étroite où avaient baigné, entre des roseaux et des chats noyés, entre des déchets de toutes sortes, tant de canonistes wallons et de théologiens flamands.

Le train a laissé derrière lui cette ville que je n'avais pas su aimer, avec ses énormes auditoires, ces clochers et le turbulent marché aux bestiaux installé à la porte du Collège des thomistes, cette ville où j'avais si intensément aspiré à prononcer mes vœux de chasteté. Le convoi maintenant traversait à nouveau des champs de betteraves et de blé moisi. Il faisait encore clair lorsque je suis arrivé à Saint-Rémy.

On avait repeint la gare, bétonné les terre-pleins de chaque côté de la voie et installé sur le quai des bacs où poussaient des fusains flétris par les gaz que crachaient les locomotives. Pour le reste rien n'avait changé. A deux pas le *Café des Colombophiles* arborait toujours, accrochés sur un fond de briques rouges, au-dessus de l'entrée, ses deux pigeons de plâtre badigeonnés de bleu ciel, et, jouxtant le débit, la confiserie *Sainte-Walburge* offrait encore aux gourmands derrière sa vitrine encadrée de papier d'argent ses bocaux remplis de rubis, d'émeraudes, d'améthystes et de topazes de sucre. Les marronniers de la rue, eux non plus n'avaient pas bougé, aussi ronds et feuillus que jadis, grosses boules vertes posées sur des troncs massifs et terreux. Et au bout de cette rue, derrière la haie d'un parc, se dressait ce pensionnat où j'avais vécu pendant six années, lu des livres épais comme des dictionnaires et entendu le récit des amours de Leopoldus devenu peut-être aujourd'hui maître en horticulture, père de famille nombreuse et chef de village dans son Congo natal. Je suis passé devant la grosse maison de pierres brunes, avec son toit fortement incliné, son rideau de peupliers, son pavillon de briques plus claires et ses deux cours de récréation : celle des humanistes et celle des agricoles. Ce cadre de mon adolescence réveillait en moi des souvenirs mêlés, tristes et beaux, assez pitoyables pour m'ôter l'envie de pousser la barrière et de m'y attarder. J'ai continué à marcher à travers les campagnes, sur ce chemin mal empierré, emprunté, il y avait exactement dix-huit ans, par ma mère et le curé de la paroisse, lorsque, montés sur leurs bicyclettes, ils étaient venus me présenter au directeur de l'internat. Et, comme ce jour-là, un crachin, plus tiède à cause de la saison, transformait en boue la terre entre les silex.

Le village m'est apparu sous la même pluie fine, entre les mêmes talus humides et argileux, une glaise et une eau aussi nécessaires à ce paysage que le sable et le soleil au désert. Le ciel commençait à s'assombrir, les habitants s'étaient confinés chez eux. Je crois bien que personne ne m'a vu rentrer ou alors si des gens m'ont regardé marcher au milieu de la rue, une vieille femme cachée derrière ses rideaux ou des hommes attablés à l'intérieur du café en face de l'église, ces gens-là ne m'ont pas reconnu. Aucun villageois n'est accouru pour me saluer. Nul voisin n'est venu m'apporter la clef qu'avant de mourir ma mère avait pu lui confier, demandant qu'il la garde pour le jour où je réapparaîtrais. Les murs de l'habitation étaient restés debout, les volets rabattus et la porte de devant verrouillée. Une mousse verte couvrait entièrement le soubassement de la maison et grimpait, dans les jointures entre les briques, jusqu'aux fenêtres. Des vitres, à l'étage, avaient été brisées. Les tuiles de l'annexe abritant la remise à charbon et les cabinets avaient chu à l'intérieur de la construction : le bois de la charpente avait pourri, le toit s'était effondré. Les planches de la porte de derrière, celle qu'on utilisait toujours (on n'ouvrait la porte de devant que les jours de fête ou quand venaient frapper des personnes étrangères au village), ces planches étaient vermoulues. Les rompre fut facile; quelques coups d'épaule ont suffi. Je me suis retrouvé dans une serre. Des dizaines de pots s'alignaient devant les plinthes du corridor, elles aussi tachées de moisissures. Dans ces pots croissaient les fougères de toujours, étonnamment hautes. Sur des escabeaux perchaient les pots d'où débordait cette profusion de lierre

ancien comme la demeure elle-même, inexplicablement frais.
Je suis monté dans ma chambre : mon lit s'offrait, telle une
pierre blanche, un autel recouvert d'un linge et dressé au
milieu d'un parterre. Je me suis frayé un passage entre les
cactus, des tiges de lierre encore et d'autres fougères. J'ai
troué des mains l'épais rideau des branches d'asparagus qui
croulaient du haut de la garde-robe et planaient pareilles à
des bouffées de fumée verte entre le plancher et le plafond.
Je me suis laissé tomber sur le lit. La maison était silencieuse.
Je pouvais dans la pénombre à mon aise contempler ces
plantes disposées autour de moi, regarder les pointes jaunis-
santes des feuilles, examiner les entrelacs du lierre entre les
sellettes supportant les vases remplis de terreau où les tiges
s'enracinaient. Je pouvais admirer les clochettes pourpres et
roses du fuchsia posé à la tête du lit et dont un des rameaux,
plus chargé de fleurs, grattait le coin de mon oreiller. La vue
de cette végétation me reposait. Mon corps avait eu le temps
de subir tous les coups, toutes les caresses, toutes les faims.
Il avait vieilli, mon front s'était ridé, des cheveux blancs
poussaient autour de mes oreilles. Encore quelques jours et
j'entrerais dans ma vingt-huitième année. Mon âme en avait
dix fois plus. Elle avait perdu les raisons qui l'avaient fait
vivre, l'avaient portée quelquefois très haut et très loin; elle
se sentait usée. Mon âme avait tout appris. Elle savait à son
tour que Dieu est mort, la révolution broyeuse des hommes
qui la font, l'amour impossible. Elle avait payé au prix le plus
fort le droit de s'en aller. Restait l'amitié des plantes vertes,
agréables à mon regard, à mon odorat, à ce corps qui pouvait
enfin, comme jadis lorsque j'étais enfant, s'endormir en
paix.

ACHEVÉ D'IMPRIMER SUR LES
PRESSES DE L'IMPRIMERIE FLOCH
A MAYENNE LE 10 AOÛT 1978
Nº 16018
CALMANN-LÉVY, 3, RUE AUBER
PARIS-9ᵉ — Nº 10623
Dépôt légal : 3ᵉ trimestre 1978